Histoires naturelles

SUIVIES DE

Nos frères farouches, Ragotte

Édition présentée par
Jean Borie
Professeur
à l'Université d'Orléans

Gallimard

LE DÉCOR

> « Frenchman's Bend was a section of rich river-bottom country lying twenty miles southeast of Jefferson. »
>
> W. FAULKNER, *The Hamlet*.

La scène représente un village dans la Nièvre, et la campagne à l'entour. Ce village est double, comme ces amandes qui sont jumelles et qui font crier philippine, *ce qui vient de l'allemand* vielliebchen, *et signifie bien-aimé. Je trahirai un secret de polichinelle en révélant que ces deux morceaux de village, qui sont en vérité deux communes, se nomment Chitry et Chaumot. Ils se trouvent à trente kilomètres au sud de Vézelay, à quarante kilomètres au nord de Château-Chinon. Le canal du Nivernais, qui suit le cours de l'Yonne, trace entre eux une frontière que franchit la nationale soixante-dix-sept bis. Le cœur de Chitry n'est pas éloigné de plus d'un kilomètre du centre de Chaumot. Chitry-les-Mines, qui n'a plus de mines, garde une église et un château. Si l'on reprend la nationale soixante-dix-sept bis vers l'est, au-delà de Chitry, après trois kilomètres et demi d'un parcours liséré de vert sur la carte Michelin — ce qui signale l'agrément pittoresque du site —, après avoir contourné une éminence de deux cent cinquante-cinq mètres de hauteur* (panorama), *et passé sous le pont du chemin de fer, on pénètre dans les faubourgs de Corbigny, chef-lieu de canton, « 2 390 hab., Ch. de f. P.-L.-M., commerce de bois. Église Saint-Jean* (XIIe *s.) ». Le chemin de fer s'en va, vers le nord, joindre Clamecy, Auxerre, et, au-delà, Paris. Je crois n'avoir rien oublié. La feuille soixante-cinq Michelin n'indique ni puits de pétrole, ni terrain de golf, ni moulin à vent dans la vicinité. Mon dictionnaire non plus n'a rien à ajouter : je lui fais confiance, il est d'époque, c'est-à-dire environ 1900.*

La campagne est ad libitum : *bois, champs, prés, vignes, polyculture parcellaire, avec tout de même, il semblerait, une prédominance des bois et des prés. Le canal du Nivernais entretient le commerce du bois et suscite, si l'on ose employer une expression aussi emphatique, une activité portuaire. Le canal, l'Yonne, ses affluents, permettent l'exercice de la pêche, la forêt s'offre aux plaisirs du chasseur. Les vallonnements doivent être de bien petite ampleur, puisque une butte de deux cent cinquante-cinq mètres constitue un accident remarquable. Vers l'est, cependant, on distingue sans doute les reliefs plus accentués du Morvan.*

Le village ne paraît pas d'une originalité plus frappante que le paysage : nondescript, *comme on dirait en anglais. Les maisons y sont basses, de plain-pied, sans étage. Un perron et un étage suffisent à établir la notabilité bourgeoise.*

Les personnages principaux ont ceci de particulier qu'ils sont tous des personnages secondaires. Entendez par là qu'ils sont les paysans et les animaux que l'on rencontre au village et dans les alentours. Ils gravitent autour d'autres personnages, d'un ordre plus élevé, mais qui n'apparaissent qu'en tant que témoins, et qui demeurent le plus souvent en coulisse. Les deux groupes se connaissent, se coudoient, mais ne se mélangent point. C'est peut-être pourquoi il n'y a ni intrigue, ni action : chacun reste à sa place. Des scènes passent, comme les jours...

Le présentateur du spectacle est un enfant du pays. Il a à Chitry sa maison de famille. Pourtant, en 1895, après le succès de Poil de Carotte, *c'est de l'autre côté du canal, à Chaumot, qu'il a préféré louer une maison, toute semblable. Il y passe une partie de l'année, avec sa femme et ses enfants. Les deux maisons se regardent par-dessus la paisible frontière liquide. Dans ses livres, quand il veut désigner ses parents, il dit parfois* mon père, ma mère, *parfois* Monsieur Lepic, Madame Lepic. *Il appelle sa femme* Gloriette, *du nom dont il a baptisé sa maison de Chaumot. En 1896, quand paraissent les premières* Histoires naturelles, *il vient de se réinstaller, au village il fait encore un peu figure d'étranger, c'est un Monsieur qui fait des livres, un Parisien dans sa résidence secondaire. En 1908, lorsqu'il publie* Nos frères farouches, *il est devenu maire de Chitry. Il a continué d'habiter* la Gloriette, *laissant Mme Lepic seule dans la maison paternelle. Il a été décoré de la croix de la Légion d'honneur. Il est ami de Léon Blum, admirateur de Jaurès, anticlérical. Dans le département, on lui demande parfois une conférence, pour les membres d'une association progressiste. En 1897, son père s'est tué, en se tirant un coup de fusil dans la poitrine. Il était anticlérical, franc-maçon, maire de Chitry.*

Je ne vois aucun inconvénient à réunir en un seul volume Histoires naturelles *et* Nos frères farouches. *La première édition d'*Histoires naturelles, *en 1896, ne comportait que quarante-cinq « fragments ». Ils sont quatre-vingt-trois dans l'édition de 1909. Les textes ajoutés viennent pour la plupart d'autres recueils, comme* Le Vigneron dans sa vigne *ou, précisément,* Nos frères farouches. *En somme, en publiant une nouvelle édition d'*Histoires naturelles *six mois avant de mourir, Renard semble obéir à un désir de classement : d'un côté les portraits d'animaux, de l'autre la société paysanne. On peut y voir le souci morbide de mettre de l'ordre, ou une ambition naturaliste : que chaque créature trouve sa place dans la diversité des espèces, qui elles-mêmes s'harmonisent dans les grands règnes de la nature.*

LE NATUREL

« He neither smoked nor drank himself, being by nature so happily metabolised that, as he might have put it himself, he could not possibly have felt better than he naturally did. »

W. FAULKNER, *The Hamlet.*

À l'acte III de L'École des femmes, *Arnolphe, renforçant les intérêts de sa concupiscence par les rigueurs de la pédagogie, fait apprendre par cœur à Agnès les* Maximes du mariage, ou les Devoirs de la femme mariée. *Aussitôt le pensum terminé, Agnès, s'évadant de sa leçon forcée, redevenant elle-même, écrit à Horace un billet qu'elle lui jette en le lestant d'un caillou. Le caillou n'est qu'instrumental, et le billet nullement lapidaire : la candeur y est tissée d'éloquence, la crudité de l'aveu, de par sa franchise même, se pare mystérieusement d'une touchante élégance, et la simplicité se change en maîtrise. Bref, un chef-d'œuvre. À ce point que le ravissement d'Horace apparaît ambigu : Horace est-il simplement heureux de sa victoire, ou bien se sent-il transporté d'une admiration sociale autant qu'érotique, et titillé d'une jubilation quasi littéraire ? Certes, il choisit le mauvais confident pour laisser déborder son enthousiasme, mais qu'importe, c'est un enthousiasme presque désintéressé qui s'exprime :*

Avez-vous jamais vu d'expression plus douce ?
Malgré les soins maudits d'un injuste pouvoir,
Un plus beau naturel peut-il se faire voir ?

Le naturel, pour Horace, n'est pas l'expression de la simple nature, il est indissociable d'une heureuse rédaction. Dans la perfection d'une expression juste, sincère, élégante, ni affectée, ni brutale, ni bizarre, quelque chose d'infiniment plaisant et d'assez éclatant se dévoile, qu'il nomme un beau naturel. *Il serait vain de prétendre en faire l'analyse, afin de séparer ce qui revient à la « nature » de ce que « la culture » y ajoute. Pour un jeune homme du monde comme Horace, une telle distinction est incompréhensible : pourquoi la civilisation se priverait-elle des agréments de la nature, et comment la nature se laisserait-elle percevoir sans la grâce d'une heureuse expression ? La coïncidence providentielle qui justifie l'euphorie d'Horace, c'est que, chez Agnès, qui est naturellement belle, la justesse du ton se soit* naturellement *ajoutée à la beauté, sans que les rugueux efforts* de la pédagogie d'Arnolphe y fussent pour rien, et même tout à rebours de ces efforts. Dans cette exquise réussite nommée Agnès, la civilisation est naturelle, et la nature naturellement éduquée. Bref, un miracle.

À l'époque de Jules Renard, il n'y a plus, depuis longtemps, de beau naturel. La nature est devenue fonctionnelle : elle est la matière première de la Science et de la Civilisation, elle contient, contradictoirement, un modèle de moralité et une menace de sauvagerie. Elle est aussi un décor, indispensable aux grandes occasions, majestueuse toile peinte (caps rocheux, pics enneigés, vagues écumeuses) sur laquelle doivent se détacher quelques épisodes idéaux ou privilégiés, effusions poétiques et voyages de noces.

Plus récemment, la nature a même été invoquée pour baptiser une école littéraire : le naturalisme, promotion du sexuel dans l'art, sous garantie scientifique, la Némésis médicale faisant figure d'appariteur.

Jules Renard, contemporain de ce dernier développement[1], contraint par nécessité professionnelle de se situer par rapport à lui, ne s'y sent pas tout à fait à l'aise. Pour Jules Renard, la nature est avant tout le lieu d'une stupeur. Elle est cela qui est devant les yeux et qui vous vide, vous draine, vous abrutit, vous annule quand on le contemple. Le naturel, au lieu de chatoyer avec les qualités d'élégance éduquée, au lieu d'être cette grâce sociale qu'incarne naturellement Agnès, le naturel est d'abord une évidence aveuglante, comme un sphinx polymorphe dont la muette énigme

1. Né en 1864, il a donc treize ans au moment de la parution de *L'Assommoir* (1877), et trente-huit ans à la mort de Zola (1902).

imprègne les arbres, l'herbe, les toits et les clochers, les bois et les collines, une évidence invisible à force d'universalité. Quelque chose à scruter. Se fatiguer les yeux et ne pas craindre d'attendre. Fixer ou guetter, selon l'occasion. Répondre au Sphinx par un regard de sphinx. Forcer l'enchantement pour qu'il se rompe et que la vie reprenne :

> (Ragotte) est si naturelle que, d'abord, elle a l'air un peu simple. Il faut longtemps la regarder pour la voir.

La vie, qui reprend de l'autre côté de l'éblouissement, est évidemment une vie capturée, *une vie de mots, une vie littéraire. Il faut bien enregistrer un événement si attendu, si provoqué : l'évidence stérile surprise tout à coup en train de laisser suinter une frugale essence. Il faut, avec précision, recueillir ce rare produit soutiré à l'avarice des choses. Rien qui ressemble à une vision, au sens des mystiques, pas davantage à une voix, qui s'élèverait des solitudes. Personne n'est là, aucune belle dame ne scintille à quelques pieds au-dessus des fleurs des champs. Dès que la stupeur est passée — ce moment de suspension où l'on fixait, comme abruti, l'invisible immobilité du monde —, quand l'enchantement est dissipé, quand les bêtes se remettent à bouger, les gens à agir, les nuages à courir, la plume de l'écrivain les lève et les poursuit, comme on lève un gibier à la chasse. L'ambition de Jules Renard est simple : saisir les choses et les êtres dans la fraction de seconde de leur réanimation — ce qu'il appelle leur vérité. Il faudrait arriver à prélever dans l'instant un calque, une transparence. Si l'on temporise, la plume divague, la littérature commence, qui sèvre le monde de sa vérité.*

Un combat s'engage, difficile, dans lequel la victoire, si rare, ne peut être assurée que par l'alliance d'une grande rapidité et d'une extrême discipline. Il faut que le monde se dise, il ne faut pas qu'il bavarde. D'ailleurs, quand ça bavarde, ce n'est jamais la faute du monde : c'est la plume qui dérape et retombe dans les vieilles ornières qui se nomment philosophie, poésie, roman :

> La vérité est insignifiante et de petites dimensions. Elle a une odeur que ne peuvent sentir que les bons nez.
>
> Avec elle, l'art fait quelque chose d'admirable, mais de déjà faux. On la renifle : ce n'est plus ça.
>
> Dès qu'une vérité dépasse cinq lignes, c'est du roman[2].

Il y a bien sûr des procédés. Le premier est de prétendre n'en pas avoir, et de recourir à la notation toute simple. *Parfois, Renard s'en contente, et peut-être, fidèle à lui-même dans cette sobriété, lui doit-il ses plus belles « réussites ». Mais sans doute serait-il facile de démontrer que la* notation toute simple *n'est pas si simple : elle ne « réussit » qu'à la condition d'être sélective, concentrée, expressive*[3]. *La simplicité est un aboutissement. D'ailleurs, généralement, Renard ne parvient pas à tenir cet équilibre acrobatique. Il a recours alors à une facilité : la métaphore.*

2. *Journal*, 3 septembre 1902, Gallimard, Pléiade, p. 780.
3. « Jaunette s'arrête à chaque pas pour donner des coups de langue rapides à l'herbe de la route. Elle suit le fossé et passe si près du bord que Ragotte tremble. Parfois, un sabot de Jaunette glisse, mais, grâce au ballonnement de son ventre énorme, elle s'équilibre. » *Ragotte*, p. 152.

La métaphore a quelque chose à voir avec le vin : elle est plus ou moins longue en bouche. Dans le meilleur des cas, elle arrive à se prolonger à l'intérieur du lecteur qui vient de l'absorber : elle fixe dans notre esprit une impression qui, tout en étant parfaitement cernée, contenue, précise, n'est pourtant pas immobile, mais vibre et dure comme si le mouvement, arrêté sur l'image, l'avait quittée pour contaminer notre sensibilité et y poursuivre sa vie. La métaphore est un procédé plus violent que la notation toute simple : elle établit un court-circuit. Les deux termes qu'elle met en rapport, pris isolément, ne déclencheraient rien, sans doute. Rapprochés, ils libèrent une intensité[4].

Mais souvent la métaphore avorte, tel un vin brutal et sans subtilité qui ne compte que sur ses douze degrés d'alcool pour produire un effet. Un vin qui trouble la perception et nous fait prendre une chose pour une autre. La métaphore intoxique, et tourne tout à la farce. Loin de piéger la vérité des choses, elle les rend interchangeables. La loi de son jeu est la métamorphose. Vous êtes au Jardin des plantes devant un singe — mais non, c'est un garnement qui a déchiré son fond de culotte ; l'autruche est un chef de gare ; l'éléphant un concierge au gros derrière et au

4. « Quand Philippe la pousse dans la voiture à âne, elle dit encore : " Holà ! mon Dieu ! " et fait une telle grimace qu'on devine qu'elle pleure. Elle ne pleure pas des larmes, mais comme les bords d'une source à sec, les plis de sa face terreuse s'éboulent les uns sur les autres. » *Honorine*, in *Nos frères farouches*, p. 221.

« Le cerf écoutait et flairait mes paroles. Dès que je me tus, il n'hésita point : ses jambes remuèrent comme des tiges qu'un souffle d'air croise et décroise. Il s'enfuit. » *Le Cerf, Histoires naturelles*, p. 101.

pantalon trop remonté. Voyez, dans Histoires naturelles, *la pièce* Singes. *Elle est tout entière dans ce goût : peut-être parce que, au lieu de se consacrer, comme il en a l'habitude, aux animaux domestiques et familiers, Renard s'intéresse, avec agacement d'ailleurs, avec une mauvaise humeur pétulante qui tourne à l'ennui (« ... et le lion qui bâille à nous faire bâiller »), aux exotiques prisonniers du Muséum. La prison, comme la comédie, n'appartiennent pas à la nature : ce sont des indices irréfutables de l'émergence du* social.

Dans cette éclosion accélérée de métaphores, pressées, essoufflées, énervées, mécaniques, précipitant comme un numéro de prestidigitateur des cascades et des métamorphoses de cirque, Renard découvre les lois de la caricature : celle-ci, au XIXe *siècle, s'était élevée à l'histoire en transformant en poire une tête de monarque. Quand cette manie de la caricature — qui est aussi une manie de théâtre : Henri Monnier aide à comprendre cela, qui fut à la fois caricaturiste, comédien et auteur — s'empare de Jules Renard, il est au plus loin de son projet initial, à l'autre extrémité de son registre. Pour trouver un équivalent, il faudrait renvoyer à Grandville, voire aux fades créations de Walt Disney. L'histoire naturelle n'est plus qu'un magasin d'animaux en peluche verbale. Au pire, il ne reste rien que ce pétard de théâtre, un* mot : *« Le papillon : ce billet doux plié en deux cherche une adresse de fleur. » Dans le langage de la critique d'autrefois, on appelait cela de l'afféterie, et c'est bien ce qu'on imagine de plus éloigné du naturel.*

Ces oscillations, ces contradictions si l'on veut, sont imposées à Renard par le spectacle qu'il a choisi de contempler. Dans la vérité, qu'il voudrait conserver insignifiante, une foule de petits sens parasites font effraction à tout instant. Pour ne saisir que le pur naturel, l'événement qui n'est rien, l'événement qui ne pourra jamais être une histoire, il aurait fallu se limiter absolument au frémissement des arbres dans le vent, à la chute d'une feuille, au jeu de la lune et des nuages, au crépitement de la pluie. Et certes, l'inertie soumise au seul passage du temps garde pour Renard une séduction infinie : « C'est après une gelée blanche que les premières feuilles tombent ; une petite pluie fine accélère leur chute... Les feuilles tombent dans la rivière, glissent au fil de l'eau et s'éloignent[5]*. »*

Mais, si Renard adore et souhaite ce non-sens, *de toutes les forces de sa paresse passionnée, quelque chose l'empêche de s'y arrêter. Le simple fait d'observer, il le comprend fort bien, fait spectacle et dramatise. Toute l'illusion théâtrale, toute l'illusion comique organisent déjà le regard du promeneur le plus vacant, ou de l'homme à sa fenêtre : « Regarder l'horizon, c'est regarder loin, mais c'est aussi regarder quelque chose de faux*[6]*. » Dès lors, plus rien n'est neutre (« moi, je regarde et je suis neutre », affirme-t-il, page suivante, contre toute vraisemblance). Une feuille que le vent d'automne pousse dans sa chambre évoque immédiatement le drame de la vie farouche, de la vie sauvage, guettée par les pièges, par les prisons, par les chasseurs : « Une feuille entrait chez moi par la fenêtre ouverte : je l'ai prise et relâchée. »*

5. *Nos frères farouches*, p. 306.
6. *Journal*, 6 juillet 1898, Pléiade, p. 493.

Si une feuille qui tombe suffit à briser la neutralité du monde, qu'en sera-t-il d'un animal ou d'un paysan ? Depuis qu'il a cessé d'être une qualité sociale, depuis qu'on le méconnaît chez Agnès, le naturel est devenu une chimère. Exilé chez les rustres, il y a pris quelque chose de noué, d'arthritique ; il ne se laisse plus voir qu'accompagné de sarcasme, ankylosé par la caricature : une comédie de marionnettes. Cette Ragotte, « si naturelle qu'il fallait la regarder pour la voir », la voici bien vite irréalisée, mécanisée, théâtralisée, transformée en mère Denis : « Ce qui lui va le mieux, c'est d'aller à la rivière et d'en revenir. Pour qu'elle ait son air le plus naturel, il faut qu'elle soit en laveuse... Elle s'adapte si bien à sa brouette qu'elles iraient toutes les deux à la promenade, s'il arrivait à Ragotte de se promener[7]. »

Je me prends à regretter que Jules Renard n'ait pas prêté plus d'attention à Baudelaire. Les quelques allusions qu'il fait à son œuvre dans le Journal *m'ont paru superficielles et sans grand intérêt. S'il avait lu avec intensité* Quelques caricaturistes français, De l'essence du rire *et les* Petits Poèmes en prose, *il aurait sans doute appris beaucoup sur lui-même et sur son art. Mais peut-être n'y tenait-il pas ?*

7. *Nos frères farouches*, p. 154.

LES RÉSIGNÉS

« L'on voit certains animaux farouches, des mâles et des femelles, répandus par la campagne, noirs, livides et tout brûlés du soleil, attachés à la terre qu'ils fouillent et qu'ils remuent avec une opiniâtreté invincible ; ils ont comme une voix articulée, et quand ils se lèvent sur leurs pieds, ils montrent une face humaine, et en effet ils sont des hommes. Ils se retirent la nuit dans des tanières, où ils vivent de pain noir, d'eau et de racines ; ils épargnent aux autres hommes la peine de semer, de labourer et de recueillir pour vivre, et méritent ainsi de ne pas manquer de ce pain qu'ils ont semé. »

LA BRUYÈRE, *Les Caractères*, chapitre *De l'homme.*

Vingt-deux références à La Bruyère dans le Journal *de Jules Renard, d'après l'index de Léon Guichard. Un des auteurs les plus constamment admirés, l'un des rares envers qui le respect demeure toujours au même niveau, pour qui la fidélité ne se dément pas : « La Bruyère, le seul dont dix lignes lues au hasard ne déçoivent jamais*[8]*. » C'est dans La Bruyère que Jules Renard a trouvé son titre : « — Tes* Frères farouches, *oui, un bon titre. Le mot est de La Bruyère*[9]*. » Si l'on veut : La Bruyère en dit à la fois plus et moins. Un peu moins sur la* fraternité, *un peu plus sur la* bestialité *— dont certes il ne songe pas à faire*

8. *Journal*, 28 août 1908, Pléiade, p. 1195.

9. *Journal*, 7 octobre 1907, dans une conversation avec Alfred Capus, Pléiade, p. 1134.

reproche aux paysans, puisqu'ils y sont réduits par la seule dureté de leur condition.

De cette bestialité, Renard ne retient qu'une épithète, farouche, *qui évoque l'état sauvage de créatures rustiques, libres, orgueilleuses, jamais apprivoisées. Encore l'adjectif farouche a-t-il perdu aujourd'hui beaucoup de sa force étymologique*[10]*. Il la perd d'autant plus de qualifier ici la fraternité. Ambitieux programme, en effet, qui prétend réunir la liberté, dans ce qu'elle a d'irréductible, et le sentiment humaniste. Liberté, fraternité, les deux allaient de pair... en 1789. Un siècle plus tard, la liberté et l'*égalité, *institutionnalisées, ont à peu près fait disparaître l'amour du prochain. Et puis, la liberté s'est dédoublée : à côté de la liberté officielle, garantie par la loi, il en est apparu une autre, réfractaire, violente, anarchique...*

Nos frères farouches, *les paysans : quel étrange compromis ! Est-ce l'expression d'une nostalgie ? L'amorce d'une manœuvre ? L'homme de la civilisation serait-il tenté par un voyage vers la sauvagerie ? Cherche-t-il au contraire à coloniser les dernières marches ?*

Les paysans de Jules Renard ont un peu l'air ambigu de ces témoins qui patientent, assis dans un couloir, avant d'être cités devant la cour, gens dont la mine bizarre et l'assemblage disparate ne trouveront qu'à l'audience leur intelligibilité. C'est que Jules Renard vit précisément l'époque de transition où les

10. *Farouche* est de la même famille que *féroce* mais aussi que *forain*. À strictement parler, les *frères farouches* seraient donc des étrangers. Et voilà nos paysans expropriés, rejetés dans la forêt primitive !

paysans se civilisent. Ce sont les années mêmes, de 1870 à 1914, qui, pour l'historien Eugen Weber, marquent La Fin des terroirs[11].

La thèse défendue par Weber, dans son ouvrage récemment traduit en français, se laisse facilement saisir par amplification du titre : la France proclamée en 1791 une et indivisible (« Le royaume est un et indivisible ; son territoire est distribué en 83 départements, chaque département en districts, chaque district en cantons ») n'est devenue que très récemment ce qu'elle croyait être depuis deux siècles. Ce n'est que vers 1914 que l'autarcie des terroirs s'est enfin fondue dans une identité culturelle nationale. Cela s'est fait lentement, par l'action volontariste des agents administratifs, et par le contrecoup de la révolution industrielle, ces influences conjuguées provoquant une acculturation plus ou moins forcée, d'un type que Weber appelle colonial, avec des avant-postes de fonctionnaires administrant des autochtones. Ce processus ne fut pas régulier, il y eut des accélérations et des stases, mais la période 1870-1914 paraît à Weber décisive dans la généralisation et la consolidation d'une mutation nullement inévitable et qui dut surmonter, pour s'accomplir, sinon une véritable résistance, du moins une sournoise inertie. En 1870 encore, selon Eugen Weber, il n'existait, dans la profondeur des campagnes, rien qui puisse s'appeler un sentiment national, un patriotisme au sens moderne — c'est-à-dire jacobin — du mot. Un demi-siècle plus tard, l'existence même du type de guerre menée pendant quatre ans contre l'Allemagne tranche à peu près la question.

11. Fayard, éditions Recherches, coédit., 1983.

Parmi les facteurs déterminants et les symptômes de cette mutation des campagnes, il y eut, bien sûr, le développement des voies de communication, non seulement le réseau des grandes lignes de chemin de fer qui était pour l'essentiel en place en 1870, mais la multiplication des voies d'intérêt local ; l'amélioration des routes et surtout des chemins vicinaux — certains pays isolés en étant encore en plein XIXe *siècle quasiment à une civilisation d'avant la roue, parce qu'ils étaient dans une civilisation d'avant la route. Il y eut l'élargissement des échanges économiques, la spécialisation des productions, le service militaire obligatoire, les lois sur l'enseignement primaire, les migrations de main-d'œuvre, le triomphe du médecin officiel sur le praticien traditionnel, la très lente diffusion — par la presse populaire, par les partis — des débats politiques nationaux jusqu'à l'extrémité des « capillaires ». Tout cela rongea lentement l'isolement des pays, l'autarcie des petites exploitations et de l'économie villageoise, ruina radicalement un certain nombre d'artisanats et d'industries qui assuraient à chaque région une sorte d'autosuffisance, démantela petit à petit une civilisation paysanne avec ses rites, ses attitudes particulières, son habitat, ses traditions « hygiéniques » et culinaires, ses modèles de sociabilité, son endogamie, ses monuments culturels (proverbes et chansons) et surtout la multiplicité de ses dialectes. Weber insiste beaucoup sur l'âpre combat mené pour forcer cette ultime frontière, la langue, et sur les résistances dont ne triompheront aisément ni l'école ni la caserne.*

La fiction d'une unité territoriale n'est longtemps assurée que par les avant-postes administratifs, sous-

préfectures et petites villes, occupées par une poignée de fonctionnaires communiquant mal avec des administrés qui ne parlent pas la même langue, acceptés cependant car leurs salaires sont le principal apport d'argent liquide pour le commerce local — aussi parce que, travaillant peu et recrutés au moyen de concours, ils offrent un fascinant modèle de promotion sociale à la jeunesse paysanne. C'est la petite ville et ses « bureaux des affaires indigènes » (gendarmerie, enseignement, poste, fisc) qui permettent à Weber d'évoquer un modèle colonial. Et, certes, l'historien américain essaie de maintenir une impartialité, de décrire comme un progrès *les modifications de l'habitat, du mobilier, du vêtement, du régime alimentaire, mais il est clair que, pour lui, le triomphe de la loi sur la coutume, l'accession à une économie monétaire et à des productions spécialisées, l'unification de la langue, la consolidation des institutions nationales, s'accompagnent d'un gigantesque saccage culturel et d'un sacrifice des identités.*

Au fil de sa démonstration, parmi des sources innombrables, Eugen Weber cite assez souvent Jules Renard. Rien, dans Nos frères farouches, *n'infirme la thèse de l'écrivain américain. Au contraire, de nombreux détails, que le lecteur découvrira sans peine, viennent la confirmer à chaque page. Jules Renard, observateur qui s'inclut volontiers dans son tableau, semble, par ses réflexions d'homme éclairé, renfoncer le reste des personnages dans un obscurantisme. Le glorieux fils de Chitry, devenu homme de lettres et homme de gauche, sonne, par son exemple même, le glas de cet archaïsme dont il s'acharne à scruter le mystère. On le prendrait facilement pour quelque missionnaire, ethnologue, ou envoyé d'une compagnie de commerce dans un* trading-post, *au fond de la brousse. Philippe, son domestique, joue assez bien le rôle de l'indigène déluré dont le Blanc a fait son assistant et son intermédiaire*[12].

Malheureusement, cet ethnologue a son père dans le cimetière du village, et sa mère vit dans une maison de l'autre côté du canal. Jules Renard est trop enfant du pays pour promener sur la fin des terroirs le regard pédant des « sciences humaines », et trop honnête pour tirer à la ligne en faisant du « folklore » comme tant d'autres avant lui, et depuis.

Les paysans de Jules Renard ne forment pas un tableau cohérent, ni complet — ni même un « échantillon représentatif » — de la population d'un village de la Nièvre vers 1900. Il ne faut pas craindre de disqualifier Renard au plan scientifique — Weber dût-il y laisser quelques plumes.

Philippe, Ragotte, Honorine, les Grillot, les paysans qui intéressent Jules Renard sont d'assez étranges spécimens, de par une caractéristique commune qui les sépare de leurs concitoyens : aucun ne possède la moindre parcelle, les Philippe n'ont même pas à eux une maison. Le cliché sans âge — auquel Zola avait encore vaillamment sacrifié — de la passion féroce du paysan pour sa terre, des luttes infinies qu'il soutient pour arrondir son petit domaine, ce cliché se trouve immédiatement écarté. Le paysan de Jules Renard est quelquefois ouvrier agricole (Grillot),

12. C'est Faulkner encore qui me suggère cette réflexion, Faulkner peintre des petits Blancs du Sud, englués dans une civilisation avortée : « Varner and Snopes resembled the white trader and his native parrot-taught headman in an African outpost. » *The Hamlet.*

quelquefois domestique (Philippe) ; Honorine, elle, est une pauvresse hors d'âge, sans ressources, demi-mendiante, à la charge de la commune. Tous sont pauvres, caractéristique essentielle, aucun n'est misérable[13]*. Certes, ils travaillent durement, et la sueur coule abondamment de leurs fronts, de leurs dos ; pourtant, ils travaillent le moins possible (autre cliché envolé) et même arrangent leur vie pour s'épargner tout effort inutile. Quelquefois, ils ne travaillent pas du tout, et l'économie du village semble moins une économie primitive de la pauvreté qu'une économie savante de la paresse. Ce qui a conduit Jules Renard à une précision quasi ethnographique, ce n'est pas le désir de fixer les vieilles coutumes d'un terroir menacé, encore moins la fascination d'un exotisme (aucun exotisme à Chitry pour lui, enfant du pays), mais une curiosité, peut-être une complicité pour une culture délibérément réduite au minimum, qui assume cette réduction et l'immobilité qui en est la conséquence :*

> Enfin, le paysan devenu riche par une longue série de maigres héritages ne diffère-t-il pas du paysan éternellement pauvre ? Ce dernier me semble le type pur, presque intact, le plus savoureux. Il ne bouge dans aucun sens[14].

Blaise Pascal est plaisant de proclamer que tout le malheur des hommes « vient d'une seule chose, qui

13. Renard, pour qui Hugo est plus qu'un homme, presque un Dieu, ne pratique point l'éloquence de la misère. Il est également inaccessible à une ontologie de la souffrance, et ne comprend pas la grandeur de Léon Bloy.

14. *On ne s'occupe pas assez de nos frères, les paysans. Œuvres*, Pléiade, II, p. 479.

est de ne savoir pas demeurer en repos dans une chambre ». Chitry, Chaumot sont peuplés d'hommes et de femmes qui possèdent un sens affiné du repos, et qui savent parfaitement demeurer chez eux, sans pourtant y découvrir le moyen d'un salut. Tous les grands débats dont la rumeur occupe les sociétés « modernes », toutes les occasions de distraction et de divertissement — ambition, vanité, politesse, mœurs, richesse, confort, politique, santé, amours, religion même —, tout cela, au village, s'apaise, se ralentit, se simplifie, se réduit à presque rien, à rien, peut-être : une vie qui « ne bouge dans aucun sens ».

Emile Guillaumin, écrivain paysan, publie en 1904 La Vie d'un simple. Michelet avait intitulé Les Simples un chapitre de son ouvrage Le Peuple. Mais les simples, pour Michelet, recèlent le vieux savoir enfoui, la pharmacie clandestine, la profonde sorcellerie d'une civilisation souterraine. Et je suppose que Guillaumin accorde à la simplicité une valeur morale. Ce sont là, me semble-t-il, des simplicités idéologiques. Moins édifiant, Renard s'intéresse, avant tout, dans la simplicité... à la simplicité — à cette durée immobile qui s'y trouve prisonnière, comme le parfum d'une vieille soupe éternelle, cent fois recuite, cent fois reconstituée des mêmes ingrédients. Renard doit aussi trouver un malicieux plaisir à faire parler — et parler juste — une culture du silence. Car on sait bien — les informateurs d'Eugen Weber ne tarissent pas là-dessus — que les frères farouches, lorsqu'on les interroge, ou bien se taisent, ou bien vous racontent des histoires. Et ils ne mentent jamais avec autant d'inspiration et d'éloquence que lorsque le questionneur, tout ruisselant de bonne volonté scientifique, se trouve être un ethnologue.

Témoin les vicissitudes posthumes des beaux travaux de Margaret Mead. Coming of age in Chitry ! *Il ne manquerait plus que ça !*

Pour entendre parler le silence, il faut, d'abord, savoir soi-même se taire. Et prendre son temps. Quel voyageur pressé, traversant en voiture un village, jetterait un coup d'œil à cette paysanne qui pousse une brouette de linge à la rivière ? Son existence va sans dire.

Pourtant, à la regarder, à l'écouter, à lui prêter attention, sa conduite découvrira des profondeurs clandestines. Non qu'elle complote, intrigue ou qu'elle ait quoi que ce soit à cacher. Elle n'a rien à cacher qu'elle-même : très élusif secret. Évitons surtout de prendre une interview, de lui demander, micro en main, tel un quelconque Jacques Chancel : « Et la mort, hein ? Et la sexualité ? Et Dieu ? »

*Si l'on patiente assez pour laisser les êtres s'animer à leur propre rythme, ce qu'on verra surgir, peu à peu, ce n'est pas un trésor folklorique, mais l'âpreté d'une immense ascèse par nécessité. Jamais cette ascèse ne se confessera comme telle. L'*omertà *scelle les lèvres. Pourtant, latéralement si l'on peut dire, la simplicité aime bien avoir le dernier mot. La pauvre Ragotte a une fille qui s'est échappée vers la ville. Cette Lucienne s'habille en dame, se frise les cheveux, se maquille, porte des boucles d'oreilles et une chaîne de montre, se fait photographier et envoie le cliché à sa mère : « Ragotte regarde longuement le portrait et finit par dire : " Pauvre petite malheureuse. " » C'est une parole d'attendrissement, mais c'est aussi un verdict. Les frisures et les boucles d'oreilles sont les manifestations d'un espoir* insensé. *Et Ragotte sait bien, sait d'avance, ce qu'il en adviendra.*

Je peux comprendre cela : ma grand-mère qui était villageoise, m'avertissait de n'avoir pas « les yeux plus grands que le ventre ». Je m'en souviens parfaitement, mais je ne l'ai jamais écoutée. Digne héritier de Lucienne, je joue régulièrement au loto. La cinquantaine venue, à la différence de mes congénères, je n'ai pas de maison de campagne. Enfin, je ne me suis pas refait paysan. Pourtant j'imagine assez bien ce que cela signifie, ou signifiait. Savoir que tout plaisir, que tout espoir coûte cher en intrigues, en machines, en rétributions. Avoir l'horreur de la dépense, comprendre la futilité de toute *dépense et que rien,* et surtout pas l'argent, *n'est fait pour être dépensé. Réduire au plus strict ses parcours, ses consommations, ses pensées. Avec, dans ce sommeil, une chose cependant qui demeure toujours plus que vivante, à vif : une susceptibilité immense qui soudain dénude ces êtres racornis, et l'amour-propre, qui ne dort jamais.*

C'est le snobisme de leur pauvreté qui fait des paysans de Jules Renard des conservateurs ou, plus exactement, des indifférents en politique. Leur ascèse leur inspire l'orgueil d'être rentrés dans un ordre des choses. Pas du tout l'ordre vénérable des anciennes hiérarchies, comme l'ont cru les hallucinés du maurrassisme. L'ordre paysan est strictement horizontal : « la campagne toute plate terminait l'horizon », écrit Flaubert dans Bouvard et Pécuchet. *L'ordre des choses n'a pas non plus de légitimité particulière : il est, tout simplement.*

Tout ébranlement de l'immobilité, même provoqué par un excès de peine, a tendance à se manifester en comédie ou en sarcasme. Tout ce qui est étranger, tout ce qui est moderne est ressenti comme ridicule. L'humour paysan est un humour noir. À mon goût, le meilleur des textes réunis ici par Jules Renard est celui qu'il consacre à Honorine, la plus pauvre, la plus vieille, la plus sale des femmes du village. Honorine m'apparaît d'un contour plus net que Ragotte ou Philippe qui sont comme embrumés par la sentimentalité fraternitaire dont l'auteur les enrobe, sans doute parce qu'ils sont ses domestiques. Honorine est une prodigieuse comédienne, un personnage quasi baudelairien, une bouffonne sinistre qui joue sa misère et sa décrépitude. Tout en elle est sarcasme : sa mendicité, sa laideur, sa saleté, sa puanteur, ses puces et ses poux, son incontinence, sa gourmandise, son gâtisme sont autant de dérisions qui la frappent, elle tout d'abord, mais qui ricochent vers les autres et éclaboussent particulièrement l'humanisme de Monsieur le Maire, le bon Maître, l'homme de Progrès. La mort d'Honorine, dont l'imminence est si certaine (mais en même temps si incertaine, de par le caractère facétieux de l'extrême vieillesse), est un sujet de plaisanteries constantes entre elle et les autres, un échange drolatique où elle tient vaillamment sa partie. Personne, au village, n'est plus sociable qu'Honorine, qui est sociable au point d'être collante et comme douée d'ubiquité. Aujourd'hui, les mourants et les infirmes vont se cacher à l'hôpital. Dans le village de Jules Renard, ils vous accablent de leur inévitable présence. Le chevet des malades est un lieu de rencontre. On s'y assemble pour de doctes conférences, et la maladie reste l'une des grandes occasions qui ouvrent la maison à la presse des visites. Comme Monsieur le Maire préférerait isoler les contagieux et renfermer les indécences morbides dans les compartiments ad hoc *des belles classifications hospitalières !*

Monsieur le Maire, tout le monde le sait au village,

est anticlérical et, probablement, matérialiste (qu'est-ce que ça veut dire ?). Il se défend de faire du prosélytisme, mais ne déteste pas mettre la religion sur le tapis. *Inconcevable manque de tact : demander à un paysan de se prononcer sur l'existence de Dieu ! Seule Honorine, dont la position, par rapport à la communauté, mais aussi par rapport à la vie, est suffisamment précaire et excentrique pour oblitérer toute gêne et libérer les hardiesses d'une pensée vraiment philosophique, seule Honorine trouve une langue pour répondre. Je suppose que Renard, homme de théâtre, a senti la profondeur et le prix de ce* mot :

Comme elle ne cesse de répéter : « Oh ! mon Dieu ! oh ! mon Dieu ! », je lui dis :

« C'est agaçant à la fin, Honorine ! Ne parlez donc pas toujours du bon Dieu ! Il n'y en a point.

— Oh ! oh ! fait-elle, scandalisée.

— Non, Honorine. »

Elle grimace ; il faut la connaître pour savoir qu'elle rit.

« Vous me taquinez, dit-elle.

— Je parle sérieusement. Vous êtes la preuve qu'il n'y a pas de bon Dieu. »

Le sérieux la gagne aussi.

« Ma foi, dit-elle, il n'y en a guère [15]. »

Quel théologien pourrait dire mieux ? Quel rebelle pourrait dire davantage ? Honorine fait penser à ce berger du canton d'Uri dont Max Frisch raconte l'histoire :

À Rinderbüel dans le Madranertal gît enseveli sous un énorme pierrier tout un alpage. Un soir, comme le

15. *Nos frères farouches*, p. 219.

vacher était en train de traire, une voix descendit de la paroi abrupte et menaçante qui dominait le chalet : « Je vais laisser tomber ça. » Le vacher, portant ses deux mains en entonnoir à sa bouche, cria en retour dans ce porte-voix : « Tu peux tenir encore ! » Le lendemain soir, la voix retentit de nouveau : « Il faut que je lâche ! » Et encore une fois le vacher impavide de répondre : « Rien qu'une fois, tiens encore un peu ! » Vint le troisième soir ; l'alpe était tranquille, on venait de traire la dernière vache mais tout le troupeau était là, en train de ruminer, quand du haut de la paroi surplombante la voix, de nouveau, éclata, terrible, menaçante et pourtant presque implorante : « Jésus, je lâche ! » Le vacher venait de se redresser, le botte-cul au derrière et le seau plein de lait à la main ; la face levée vers la paroi, il cria : « Eh bien ! laisse aller ! » À cet instant le roc creva, craqua, tomba avec un grondement de tonnerre et des gerbes d'étincelles, et ensevelit ce magnifique pâturage, le vacher et les valets, sous un amoncellement de pierraille et de blocs hauts comme des maisons[16].

On m'objectera qu'il n'y a aucun rapport entre les montagnards suisses et les paysans de la Nièvre. Je sais bien qu'il y a des différences, et j'en pourrais citer plusieurs. Mais a-t-on tellement raison d'insister sur la pluralité *des terroirs ? Jules Renard lui-même n'y croyait pas :*

> Je ne cherche pas à situer les paysans. Ils sont tous les mêmes. Leur cerveau a l'air de fonctionner plus lentement, autrement que le nôtre, voilà tout. Ils ont un orgueil, une bêtise spéciale. Je note. Mais, à mon goût, leur mauvais langage est leur moindre originalité.

16. Josef Müller, *Sagen aus Uri*, cité par Max Frisch, *Guillaume Tell pour les écoles*, éditions L'Âge d'homme, p. 31.

C'est le patois de leur pensée qui m'amuse, et non celui de leur langage ; c'est leur âme, et non leur signalement extérieur[17].

Et il ajoute :

Dans tous les pays, ils ignorent de la même façon.

Peu importe l'arrogance. Remplacez si vous voulez le verbe ignorer *par le verbe* savoir, *ça ne change rien au sens.*

Les paysans vivent à peine, le peu qu'ils vivent est une comédie, et cette comédie un sarcasme. Quant à l'auteur, au metteur en scène, quel est son intérêt dans tout cela ? Pourquoi choisit-il de nous montrer des paysans, et de nous les montrer ainsi ? Cette conception de la vie est-elle aussi *la sienne ? Est-elle* seulement *la sienne, projetée sur ceux qu'il prétend nous « décrire » ? La civilisation ne le satisfait donc pas, lui, homme de progrès ? Qu'attend-il de ses* frères farouches, *veut-il les apprivoiser, veut-il les rejoindre ? S'épouvante-t-il du gouffre qui les sépare, eux et lui, et sur lequel il jette le pont fragile de l'écriture ?*

Quelque chose doit tout de même rattacher Renard aux indigènes de son Yoknapatawpha nivernais, un lien d'accouplement et de souffrance, qui s'appelle la résignation. Le sens du verbe résigner s'est beaucoup aggravé avec le temps. C'était autrefois un verbe transitif : on disait résigner un office, une fonction *(on emploie maintenant* démissionner*). Mais résigner une fonction peut n'être dans la vie qu'un épisode, et dont il arrive qu'on s'arrange fort bien.*

17. *Journal*, 9 juin 1908, Pléiade, p. 1182.

Aujourd'hui, on n'emploie plus résigner qu'à la forme pronominale : se *résigner*. C'est comme si la démission, au lieu de porter sur un objet partiel (un office, une fonction), se retournait contre la personne entière et l'englobait totalement : on se démissionne, ce qui n'est éloigné que d'un degré de se suicider[18]. La résignation, c'est le lot de ceux qui, sortant symboliquement de leur propre vie, décident de la considérer comme accomplie : plus rien ne peut leur arriver, ils n'ont plus rien à attendre. Cette diminution d'être, délibérément choisie, est une attitude assez française. Dans notre société, un grand nombre de situations la demandent, ou la créent : le mariage comme le célibat, l'état de petit fonctionnaire, de petit paysan, de petit commerçant, états permanents autant qu'amenuisés. La résignation a partie liée avec l'adjectif petit et l'adjectif vieux (vieux couple, vieux garçon, vieille fille...). Littérairement, elle semble trouver son expression privilégiée dans ce que les manuels appellent l'école réaliste et naturaliste. Madame Bovary : histoire d'une petite bourgeoise dans une petite ville, mariée à un petit médecin, et qui n'arrive pas à vieillir dans la résignation. La Jeanne de Maupassant (Une vie), qui représente une sorte d'anti-Bovary, sera bien forcée d'y venir. On est toujours forcé d'y venir : c'est cela ou la tragédie. Et la tragédie demande tant d'énergie : il faut crier, se débattre, brûler les plan-

18. *Résigner* signifiait proprement *rendre, remettre*. Je relève, dans Bloch et Warburg, *Dictionnaire étymologique* : « Le sens moral et religieux de *se résigner* apparaît au XVIe siècle dans *résigner son cœur, se résigner à Dieu* (en 1541, chez Calvin) ». Voilà donc un cas très curieux où la perte du sentiment religieux fait basculer le sens d'un mot de l'expression de l'humilité et de la foi à celle du désespoir.

ches. Pour le même résultat final, *la résignation offre tout de même une récompense, très voluptueuse, quoique fort dangereuse, et qui s'appelle la paresse.*

MONSIEUR LE MAIRE, ÉCRIVAIN

Le théâtre occupe une large place dans l'œuvre de Jules Renard. Cette manière d'écrire correspond à une vocation profonde qui fait éclore partout, dans les romans, dans les récits, de courtes saynètes. Rien n'était plus étranger au talent de Renard que la tragédie en cinq actes. Il le savait, et avait la candeur d'en souffrir. Ce qui lui convient, c'est la scène, le tableau, le sketch : quelques lignes de dialogue produisent le même effet de capture instantanée obtenu ailleurs par la sélection de l'image ou du détail expressifs. Ce don de sténographie stylisée, cette intelligence des échanges, cette sensibilité à ce qui peut se tramer, à travers quelques paroles anodines, entre deux êtres, lui permettent, non seulement de laisser jouer ses paysans, mais aussi de représenter, dans toute leur ambiguïté, les rapports qu'il entretient lui-même avec ses personnages, c'est-à-dire avec la société de son pays natal.

Idéalement, il souhaiterait n'être rien d'autre qu'un regard, situé nulle part, bénéficiant des privilèges de la distance et de la neutralité : « Moi, dans tout cela, je regarde, écoute, note, mais je suis neutre[19]*. » En même temps il sait bien que c'est impossible. Librement, il est revenu au pays, mais son séjour n'est pas*

19. *Journal*, 20 juillet 1898, Pléiade, p. 494.

une villégiature. Au minimum, il est lié à Chitry par un pacte professionnel : il « pressure » la population pour lui faire « rendre » de la littérature. Exploité, le village se venge : le séjour à Chitry réveille d'anciennes dépendances. Ce n'est pas seulement à son pays que Renard est revenu, mais à lui-même, à une image oubliée de lui-même. Le retour ressuscite, rafraîchit d'antiques conflits, tend à nouveau des chaînes dont on ne sentait plus l'entrave. Tout le contraire d'une libération. Renard s'enfonce dans son village qui l'absorbe, « le mange ». Un mélange de confort, de sécurité et d'angoisse : « Pays natal, pays mortel », note-t-il dans le Journal. *Par son progressisme, Renard se rattache à l'universalité d'une société rationnelle, horizontale et monotone. Desséchante utopie et qui reste une utopie. Sans renier cet « idéal », Renard souhaite sans doute appartenir à un ensemble moins abstrait, à un ensemble* avec racines. *Seuls les ensembles historiques offrent à leurs membres cette sociabilité pérenne que récusait avec tant de superbe le* Comité de Salut public : « *Nous voulons substituer dans notre pays la* morale *à l'égoïsme ; la probité à l'honneur ; les principes aux usages ; les devoirs aux bienséances ; l'empire de la raison à la tyrannie de la mode ; le mépris du vice au mépris du malheur ; la fierté à l'insolence ; la grandeur d'âme à la vanité ; l'amour de la gloire à l'amour de l'argent ; les bonnes gens à la bonne compagnie ; le mérite à l'intrigue ; le génie au bel esprit ; la vérité à l'éclat ; le charme du bonheur aux ennuis de la volupté ; la grandeur de l'homme à la petitesse des grands ; un Peuple magnanime, puissant, heureux à un Peuple aimable, frivole, et misérable ; c'est-à-dire toutes les vertus et tous les miracles de la République à tous les vices et à tous les ridicules de la Monarchie*[20]*.* » *Renard aurait souscrit, peut-être, à un programme aussi exaltant. Il est facile de voir pourtant que le triomphe de la vertu entraîne la défaite de tout ce qui fonde l'agrément des rapports humains, c'est-à-dire les usages, les bienséances, la mode, la bonne compagnie, la volupté... On peut exiger, du haut de la tribune, que les Français deviennent un peuple magnanime, puissant, heureux (!), et se réjouir d'avoir encore à sa disposition, quelque part en province, un village aimable, frivole et misérable. On pourrait simplifier cela en disant que Renard était un barrésien de gauche*[21]*. Mais si Barrès a parlé avec tant d'éloquence des racines, c'est que, absolument déraciné lui-même, et probablement fort content de l'être, il avait découvert dans ce thème une opportunité stratégique dont son intelligence politique lui montrait l'intérêt. À part cela, rien de plus artificiel que sa Lorraine, surtout comparée au Nivernais de Renard. Le rapport de Renard à ses racines est de l'ordre de la contrainte, hélas, non de la stratégie.* Les Revenants *ne sont pas ceux qui rentrent chez eux après un long voyage, mais ceux qui ne sont jamais partis, qui n'ont jamais cessé de hanter un lieu maudit où, patiemment, ils vous attendent : « pays natal, pays mortel ».*

Du malaise que Renard éprouve à se trouver chez lui, il essaie de rejeter la responsabilité sur sa condition d'écrivain. Cela nous vaut des réflexions

20. Cité par Cabet, *Voyage en Icarie,* Slatkine éditeur, collection Ressources, p. 507.

21. De fait, Renard, ami de Léon Blum et dreyfusard, garde une admiration, d'ailleurs lucide, pour Barrès.

qui sont drôles, et qui doivent avoir leur part de vérité sur la difficulté d'amener ses concitoyens à concevoir ce qu'est un écrivain. Est-ce que ça gagne beaucoup, un écrivain ? Est-ce que ça travaille dur ? Condition suspecte où le travail est invisible : un écrivain se promène, rêve derrière son bureau en regardant par sa fenêtre défiler les nuages. S'il se hasarde dehors, il est un oisif, une mouche du coche, un inspecteur des travaux finis. Il lui faut se munir d'une canne à pêche, d'un fusil de chasse, se faire accompagner d'un chien pour rentrer dans l'ordonnance, dans le naturel du paysage. La littérature (Bouvard et Pécuchet *comme* Du côté de chez Swann) *nous a appris que le terroir, ce chef-d'œuvre achevé, ne supportait rien d'allogène (il a pourtant absorbé, depuis, le H.L.M. cubique et le pavillon proliférant). Si, battant retraite, l'écrivain s'enferme avec ses papiers, il n'est plus alors qu'un employé de bureau. Un espion aussi : il épie les conversations et met les gens dans ses livres.*

Pour ces raisons, qui sans doute ne sont pas les seules, ni les plus déterminantes, Renard tiendra beaucoup à acquérir les signes d'une dignité moins équivoque et plus lisible : la croix de la Légion d'honneur, un poste de conseiller municipal, le fauteuil de maire. Cette insertion sociale pose de manière nouvelle la question de la neutralité : « Nous voulons le collectivisme pour le château d'en face, pas pour notre petite maison de campagne. Nous la plaçons dans la zone neutre[22]. » Le problème, ainsi formulé, se banalise — ce qui ne signifie pas qu'il disparaisse. Comment être à la fois un notable et un homme de progrès, comment ne pas « se couper du peuple » ?

22. *Journal*, août 1909, Pléiade, p. 1247.

Sur cette contradiction traditionnelle, propre à la bourgeoisie socialisante, on ne peut pas dire que Jules Renard apporte du nouveau. Au moins son exemple peut-il être considéré comme significatif.

Du château de Chitry et d'un monsieur le comte qui y demeurerait, nous ne savons presque rien. On aurait tort de déduire de ce silence que l'un et l'autre ne comptent point. C'est lorsqu'il se tait que Jules Renard redevient un vrai natif de Chitry : plus les choses pèsent, moins on en parle. Sans exagérer son importance, je ne pense pas qu'il faille oublier le château.

Une autre absence est assez notoire, celle des paysans riches, et autres propriétaires ou fonctionnaires de moindre calibre. Mais celle-ci est délibérée, Renard s'en est expliqué dans le texte On ne s'occupe pas assez de nos frères, les paysans[23]. *Il y expédie avec une verve assez méprisante « ce valet de chambre qui revient au pays, avec ses économies, et qui se gonfle, achète des terres, arrondit sa cour devant sa porte afin que " ses chariots puissent tourner " ». Clairement, à Chitry, Jules Renard entend réduire l'échange social au seul dialogue entre la maison Renard et la collectivité des* vrais *paysans, « éternellement pauvres ». Comte ne puis, notable ne daigne, Renard suis.*

Classiquement, Renard tentera d'effacer la fausseté de sa situation de bourgeois de gauche par la référence au progrès et à l'universalité de ses effets. Car, malgré son dédain pour ses pairs, malgré son intérêt exclusif pour le peuple, notable il est. Et, d'ailleurs, cette prééminence, il l'accepte volontiers, à condition

23. *Œuvres*, Pléiade, vol. II, p. 479-482.

de ne pas la partager avec une classe. *Si, comme écrivain, il vit à Chitry dans le malaise, en tant qu'homme éclairé, démocrate de la frange socialisante, élu du peuple, ennemi de l'obscurantisme clérical, une légitimité profonde l'investit. L'alibi progressiste, l'autorité édilitaire lui permettent d'assumer sa notabilité jusqu'au paternalisme et de répandre les bienfaits autour de lui comme n'importe quelle dame d'œuvres. Il ne semble pas*[24] *avoir conscience des ravages causés par son humanisme. Monsieur et madame ont pris avec eux à leur service, à Paris, Joseph, un garçon de vingt ans qui est un enfant des Philippe. Joseph tombe gravement malade. Monsieur le fait soigner à l'hôpital dans le service d'un grand patron. C'est l'époque où l'hôpital se dépouille lentement de sa fonction d'assistance publique pour devenir le laboratoire d'expériences où s'élabore ce qu'on appelle aujourd'hui la médecine de pointe. Le grand patron est formel, Joseph est perdu, il a une méningite. Les Philippe prévenus sont accourus de Chitry assister leur enfant dans son agonie. Leur maître ne manque pas cette occasion de leur faire apprécier les merveilles de la technique : — « Que dites-vous de l'hôpital ? Vous n'en aviez pas encore vu ?... — Il vous a semblé bien tenu, hein ? propre, tout luisant !*[25] *» Quant au verdict du chef de service, pour Renard, c'est un oracle : « Dès qu'un grand médecin comme le sien a parlé !... »*

On n'est pas consolé, peut-être, mais au moins on

24. Je dis : *il ne semble pas,* car la cruauté de l'ironie chez Jules Renard est grande. Il ne s'épargne jamais lui-même. Il convient donc de se méfier.

25. *La Mort du petit Joseph,* in *Nos frères farouches,* p. 169.

sait où l'on va. Ce dialogue, me direz-vous, vise délibérément à la caricature. Oui ? Je n'en sais rien. Si Renard reste le frère de ses paysans dans leur immobilité et leur résignation, il les quitte sèchement lorsqu'il s'agit de reconnaître l'objectivité des effets et des causes. Pourtant, ni la notabilité ni la science ne libèrent Jules Renard. Comme dans une pièce d'Ibsen, il n'a pu, en revenant au pays, en y reprenant sa place, que se soumettre à son destin d'héritier. La fuite dans le progrès ne le dispensera pas d'affronter l'ombre du père.

JOUIR DE SON RESTE

> « Anyhow we had the holiday, we didn't know how long ; and that was fine too because now you never had to say *Only two days left* or *Only one day left* since all you had to do was just be holiday, breathe holiday, to-day and to-morrow too and who knows ? to-morrow after that and, who knows ? Still to-morrow after that. »
>
> W. FAULKNER, *The Town.*

Le 1er février 1910, Jules Renard assiste à la représentation de Chantecler, *d'Edmond Rostand, confrère avec lequel il entretient depuis longtemps une orageuse relation d'amitié et de rivalités mêlées. Les Renard ont été invités à la première, mais ils se jugent mal placés, confondus dans la foule* (« Chanteclerc, *131 et 133, dans un petit coin. A* Cyrano *et à* L'Aiglon, *pour la répétition générale et pour la première, nous avions des places au premier rang. C'est l'échelle de la gloire*[26] »). *Le 16 février, le*

26. *Journal*, 1er février 1910, Pléiade, p. 1264.

Journal *enregistre une visite du docteur Crépel chez les Renard. Le médecin ausculte Jules, écoute attentivement le cœur, vérifie la tension : rien à signaler. Le 22 mai, Jules Renard est mort. Je ne suggère pas qu'il soit mort du succès de* Chantecler. *En dépit de la rassurante bonhomie médicale, Renard se sentait, se savait malade, depuis des mois.*

Le théâtre de Rostand semble aujourd'hui si anodin dans son éloquence démodée qu'on n'imagine pas que quiconque ait pu en prendre ombrage. C'est oublier l'énorme popularité de ce théâtre et c'est encore commettre une injustice. Chantecler *porte au* chef-d'œuvre *une tentative que Renard avait lui-même esquissée dans quelques-unes des* Histoires naturelles. Chantecler *atteste l'existence, oubliée dans la littérature, d'un baroque 1900 dont la présence survit pourtant autour de nous, avec profusion, dans l'architecture abondante qui nous reste de ces années. Et il est vrai que, par son extravagance,* Chantecler *refoule Jules Renard à l'autre extrémité de son registre, dans un art minimal et puritain. Un art étouffé, replié sur lui-même, ennemi de lui-même.* Chantecler *c'est, si j'ose dire, la victoire du théâtre sur la campagne*[27]*. Chez Jules Renard, les racines, le pays natal fournissent au théâtre et l'étouffent en même temps, comme un bois trop vert étouffe le foyer sous sa fumée âcre. Vallès avait un peu souffert des mêmes difficultés, contraint de se moquer de lui-même et des siens, contraint d'arracher ce qu'il avait de plus intime, parce que ce qu'il avait de plus intime*

27. « Le théâtre... c'est l'âtre... / Où tous deux veulent voir la Bûche-au-Bois-Dormant / Rougir de s'éveiller près du Prince Sarment » (*Chantecler*).

était aussi ce qu'il y avait en lui de plus gangrené, pourri, haï. Edmond de Goncourt, à qui on peut faire confiance, ne l'avait pas raté :

> Une vilaine et rancunière humanité entre aujourd'hui en scène dans le livre de Vallès, qui vient de paraître. La mère, jusqu'à présent, était sacrée ; la mère, jusqu'à présent, avait été épargnée par l'enfant qu'elle avait porté dans ses flancs. Aujourd'hui c'en est fini en littérature de la religion de la famille, et la révolution commence contre elle. Vingtras est un livre symptomatique de ce temps[28].

Évidemment, Edmond n'y comprend rien. L'Enfant, *autant que* Poil de Carotte, *témoigne que la religion de la famille est si bien établie qu'il n'y a plus rien d'autre à faire, pour l'adulte, que lécher inlassablement les stigmates qu'elle lui a imposés. Les lécher ou les mordre, qu'importe, ils ne disparaîtront pas. Jamais Jules Renard ne s'est sevré de Chitry. Il y est retourné comme s'il trouvait là sa vocation et son centre. Il n'avait su mettre entre ses parents et lui que la barrière trop symbolique d'un océan large de quelques mètres et qu'un simple pont franchit. Étrange commodité de pouvoir passer l'Achéron dix fois par jour.*

Histoires naturelles, Nos frères farouches *ne présentent en premier plan que des vies étrangères qui, indifférentes en principe à l'auteur, ne devraient intéresser que sa faculté d'observation, ne devraient stimuler que ses entreprises méticuleuses de décalcomanie. Un* hobby, *en quelque sorte. Toute esthétique réaliste se réclame d'une impersonnalité.*

28. *Journal*, éditions Flammarion, vol. III, p. 28.

Cependant, il y a longtemps que les esthétiques réalistes ont perdu leur crédibilité théorique. Flaubert, qu'on présente souvent comme génial mais bête, eut néanmoins assez d'intelligence pour ne jamais commettre une ligne de préface ou de manifeste. Les sécurités de l'impersonnalité furent toujours illusoires. Les paysans de Jules Renard communiquent le vertige de leur résignation. Ses animaux ne sont pas d'un commerce plus anodin. Si je tentais de les classer, les catégories de Cuvier ne me seraient d'aucun secours. Les distinctions pertinentes au bestiaire de Jules Renard sont d'un autre ordre. Les animaux de Jules Renard se répartissent en espèces indigènes ou exotiques, sauvages ou domestiques, libres ou apprivoisées. Les exotiques, d'ailleurs, ne comptent guère : Renard n'est pas un J. Gérard, un Tartarin, un tueur de lions. Il a lu Buffon, il a visité le Jardin des plantes, il en a ramené une frise de grotesques[29]. La présence des grilles y est sensible, et, dans les travestis que Renard imagine (la casquette de chef de gare de l'autruche, la pauvre jaquette du marabout, les chaussons et la culotte avachie de l'éléphant, le sabre de bois du pélican), les misères de la captivité triomphent facilement des prestiges de l'exotisme. Renard a mis l'histoire naturelle au pluriel, parce que ses animaux sont tous au singulier.

Les bêtes ramènent de force, sous les yeux de Renard, d'inquiétantes alternatives : la jouissance dangereuse de la liberté s'oppose, comme autrefois chez La Fontaine, à la sécurité torpide des domesticités. D'ailleurs, en face du monde animal, Renard n'est pas seulement un observateur : ses histoires

29. *Singes, Histoires naturelles*, pp. 99 et 100.

naturelles sont aussi les récits d'un chasseur. De retour à Chitry, si Renard veut tenir son rang dans ce paysage où il est tout autre chose qu'un touriste, il lui faut accepter l'accessoire héréditaire, le fusil. Toute la campagne se ligue pour lui rappeler qu'il est fils de son père. Renard père s'est suicidé avec cet instrument qu'il avait utilisé, sa vie durant, à massacrer les perdrix. Le fusil attire Jules Renard et lui fait horreur. Monsieur le maire doit, par force, assumer dans cette campagne le passif féodal de son oisiveté. Le château, dont j'ai rappelé qu'il ne fallait pas oublier l'existence, le force à ce pastiche ridicule. Même en 1900, le terroir oblige à choisir entre Saint-François et Julien l'Hospitalier — pour ne pas dire Gilles de Rais.

Renard, dans la quiétude inquiète de sa vie aux champs, ne peut justement se résoudre à rien. Tout conspire avec sa lâcheté, car rien n'est univoque, tout est ironique. Le goujon, qu'il voudrait ne pas prendre, qu'il voudrait épargner, revient obstinément échouer dans son épuisette pour lui faire candidement l'offrande de son agonie. L'oiseau qui, comme par miracle, s'est posé spontanément sur l'appui de sa fenêtre, n'est pas un frère sauvage *que le destin lui donne, mais une bestiole apprivoisée qui,* d'instinct, *recherche sa prison perdue. Un autre oiseau, en cage celui-là, écœure Renard par l'indifférence affairée et stupide avec laquelle il vit sa captivité (« la sérénité mécanique d'une pendule qui ne marquerait rien »). Les ruses du gibier le plus alerte se terminent toujours devant la gueule du fusil, et le chasseur, malgré lui, gagne à tous les coups.*

Renard aimerait être à la fois le tyran qui décime et le souverain bienveillant qui fait grâce. Comme il le dit pour la feuille que le vent avait poussée dans sa chambre : je l'ai prise et relâchée. *Honorer la loi et avoir le privilège d'y faire exception. Prolonger le moment où la rigueur et la grâce sont encore conjointement possibles. Rester, aussi longtemps qu'on le peut, sans choisir son camp. Mais comment laisser perdurer l'équivoque, lorsque l'ordre règne et que les victimes s'offrent ? Écœurante sauvagerie qui ne sait que se faire tuer. Fade et puante odeur de domesticité. Renard est un colonial qui en voudrait aux nègres d'être si bêtes. Mon Dieu — qui n'existez pas —,il n'y a même pas à choisir, le choix s'impose. Et la culpabilité doit se porter* en secret. *Monsieur le maire, bourgeois de gauche, écrivain et chasseur, ne suscite nulle part la moindre réprobation. Les* frères farouches *le laissent tomber, ils deviennent* les Philippe, *excellents domestiques. Tous sont résignés, tous souffrent, tous meurent. Nulle révolte, nul appel. Le spectacle même de la captivité, de la souffrance, n'éveille pas en Renard une vraie pitié, plutôt une nausée. Le sadisme rôde, comme autrefois le Malin. L'approbation est unanime. Il n'y a nulle part de Juge. Renard ne peut compter sur aucune aide extérieure, sur aucune censure : qu'il se laisse aller au massacre, qu'il remplisse son carnier, qu'il achève même une perdrix blessée en l'étranglant entre ses doigts, aucun regard accusateur ne viendra l'arrêter. Les paysans qu'il rencontre le saluent en souriant : quoi de plus naturel que Monsieur le maire revenant de tirer des perdrix ?*

Il y a bien les Grillot, qui sont de vrais voyous. Aller les rejoindre serait un trop long voyage. Il reste l'écriture, l'œuvre, le Journal *où l'on se montre tel quel, antipathique souvent,* presque *un salaud. La belle affaire ! Le lecteur, à coup sûr, absoudra. Cela vaut mieux tout de même que de plonger la tête dans les jupes de sa maman en sanglotant : « Mère, donne-moi le soleil ! »*

Renard dispose géométriquement à Chitry les instruments de sa servitude : le canal qui sépare son heureux *foyer de la maison de ses parents, le château de monsieur le comte, la mairie, le chemin de fer qui mène à Paris, à la vie littéraire, et qui en revient ; les paysans, ses administrés, leurs vaches, leurs chevaux, leurs cochons, leurs chiens, bétail soumis, esclaves assoupis, les champs, les bois, les vallons, les rivières où attendent les victimes des massacres permis. Tout cela est si bien réglé ! On peut laisser s'égrener les jours en se posant quotidiennement la même question : le renoncement est-il sagesse ou acquiescement à la mort ? D'ailleurs, à quoi a-t-on renoncé ? Ce dont on est sûr, c'est qu'à chaque journée passée, dans la haute pile des jours disponibles, entassés comme des assiettes propres sur le buffet d'un restaurant, un invisible garçon a soustrait une unité. Que faire sinon enfiler encore une fois sa grosse veste, décrocher son fusil, embrasser sa femme, ouvrir la porte en se disant — s'adressant silencieusement au gamin perdu qu'on abritera toujours — : allons, va faire encore un tour,* jouis de ton reste ! *Pour un écolier en vacances, la mort, c'est la rentrée des classes.*

Jean Borie

Histoires naturelles

LE CHASSEUR D'IMAGES

Il saute du lit de bon matin, et ne part que si son esprit est net, son cœur pur, son corps léger comme un vêtement d'été. Il n'emporte point de provisions. Il boira l'air frais en route et reniflera les odeurs salubres. Il laisse ses armes à la maison et se contente d'ouvrir les yeux. Les yeux servent de filets où les images s'emprisonnent d'elles-mêmes.

La première qu'il fait captive est celle du chemin qui montre ses os, cailloux polis, et ses ornières, veines crevées, entre deux haies riches de prunelles et de mûres.

Il prend ensuite l'image de la rivière. Elle blanchit aux coudes et dort sous la caresse des saules. Elle miroite quand un poisson tourne le ventre, comme si on jetait une pièce d'argent, et, dès que tombe une pluie fine, la rivière a la chair de poule.

Il lève l'image des blés mobiles, des luzernes appétissantes et des prairies ourlées de ruisseaux. Il saisit au passage le vol d'une alouette ou d'un chardonneret.

Puis il entre au bois. Il ne se savait pas doué de sens si délicats. Vite imprégné de parfums, il ne perd aucune sourde rumeur, et, pour qu'il communique avec les arbres, ses nerfs se lient aux nervures des feuilles.

Bientôt, vibrant jusqu'au malaise, il perçoit trop, il fermente, il a peur, quitte le bois et suit de loin les paysans mouleurs regagnant le village.

Dehors, il fixe un moment, au point que son œil éclate, le soleil qui se couche et dévêt sur l'horizon ses lumineux habits, ses nuages répandus pêle-mêle.

Enfin, rentré chez lui, la tête pleine, il éteint sa lampe et longuement, avant de s'endormir, il se plaît à compter ses images.

Dociles, elles renaissent au gré du souvenir. Chacune d'elles en éveille une autre, et sans cesse leur troupe phosphorescente s'accroît de nouvelles venues, comme des perdrix poursuivies et divisées tout le jour chantent le soir, à l'abri du danger, et se rappellent aux creux des sillons.

LA POULE

Pattes jointes, elle saute du poulailler, dès qu'on lui ouvre la porte.

C'est une poule commune, modestement parée et qui ne pond jamais d'œufs d'or.

Éblouie de lumière, elle fait quelques pas, indécise, dans la cour.

Elle voit d'abord le tas de cendres où, chaque matin, elle a coutume de s'ébattre.

Elle s'y roule, s'y trempe, et, d'une vive agitation d'ailes, les plumes gonflées, elle secoue ses puces de la nuit.

Puis elle va boire au plat creux que la dernière averse a rempli.

Elle ne boit que de l'eau.

Elle boit par petits coups et dresse le col, en équilibre sur le bord du plat.

Ensuite elle cherche sa nourriture éparse.

Les fines herbes sont à elle, et les insectes et les graines perdues.

Elle pique, elle pique, infatigable.

De temps en temps, elle s'arrête.

Droite sous son bonnet phrygien, l'œil vif, le jabot avantageux, elle écoute de l'une et de l'autre oreille.

Et, sûre qu'il n'y a rien de neuf, elle se remet en quête.

Elle lève haut ses pattes raides, comme ceux qui ont la goutte. Elle écarte les doigts et les pose avec précaution, sans bruit.

On dirait qu'elle marche pieds nus.

COQS

I

Il n'a jamais chanté. Il n'a pas couché une nuit dans un poulailler, connu une seule poule.

Il est en bois, avec une patte en fer au milieu du

ventre, et il vit, depuis des années et des années, sur une vieille église comme on n'ose plus en bâtir. Elle ressemble à une grange et le faîte de ses tuiles s'aligne aussi droit que le dos d'un bœuf.

Or, voici que des maçons paraissent à l'autre bout de l'église.

Le coq de bois les regarde, quand un brusque coup de vent le force à tourner le dos.

Et, chaque fois qu'il se retourne, de nouvelles pierres lui bouchent un peu plus de son horizon.

Bientôt, d'une saccade, levant la tête, il aperçoit, à la pointe du clocher qu'on vient de finir, un jeune coq qui n'était pas là ce matin. Cet étranger porte haut sa queue, ouvre le bec comme ceux qui chantent, et l'aile sur la hanche, tout battant neuf, il éclate en plein soleil.

D'abord les deux coqs luttent de mobilité. Mais le vieux coq de bois s'épuise vite et se rend. Sous son unique pied, la poutre menace ruine. Il penche, raidi, près de tomber. Il grince et s'arrête.

Et voilà les charpentiers.

Ils abattent ce coin vermoulu de l'église, descendent le coq et le promènent par le village. Chacun peut le toucher, moyennant cadeau.

Ceux-ci donnent un œuf, ceux-là un sou, et Mme Loriot une pièce d'argent.

Les charpentiers boivent de bons coups, et, après s'être disputé le coq, ils décident de le brûler.

Lui ayant fait un nid de paille et de fagot, ils mettent le feu.

Le coq de bois pétille clair et sa flamme monte au ciel qu'il a bien gagné.

II

Chaque matin, au saut du perchoir, le coq regarde si l'autre est toujours là, — et l'autre y est toujours.

Le coq peut se vanter d'avoir battu tous ses rivaux de la terre, — mais l'autre, c'est le rival invincible, hors d'atteinte.

Le coq jette cris sur cris : il appelle, il provoque, il menace, — mais l'autre ne répond qu'à ses heures, et d'abord il ne répond pas.

Le coq fait le beau, gonfle ses plumes, qui ne sont pas mal, celles-ci bleues, et celles-là argentées, — mais l'autre, en plein azur, est éblouissant d'or.

Le coq rassemble ses poules, et marche à leur tête. Voyez : elles sont à lui ; toutes l'aiment et toutes le craignent, — mais l'autre est adoré des hirondelles.

Le coq se prodigue. Il pose, çà et là, ses virgules d'amour, et triomphe, d'un ton aigu, de petits riens ; — mais justement l'autre se marie et carillonne à toute volée ses noces de village.

Le coq jaloux monte sur ses ergots pour un combat suprême ; sa queue a l'air d'un pan de manteau que relève une épée. Il défie, le sang à la crête, tous les coqs du ciel, — mais l'autre, qui n'a pas peur de faire face aux vents d'orage, joue en ce moment avec la brise et tourne le dos.

Et le coq s'exaspère jusqu'à la fin du jour.

Ses poules rentrent, une à une. Il reste seul, enroué, vanné, dans la cour déjà sombre, — mais l'autre éclate encore aux derniers feux du soleil, et chante, de sa voix pure, le pacifique angélus du soir.

CANARDS

I

C'est la cane qui va la première, boitant des deux pattes, barboter au trou qu'elle connaît.

Le canard la suit. Les pointes de ses ailes croisées sur le dos, il boite aussi des deux pattes.

Et cane et canard marchent taciturnes comme à un rendez-vous d'affaires.

La cane d'abord se laisse glisser dans l'eau boueuse où flottent des plumes, des fientes, une feuille de vigne, et de la paille. Elle a presque disparu.

Elle attend. Elle est prête.

Et le canard entre à son tour. Il noie ses riches couleurs. On ne voit que sa tête verte et l'accroche-cœur du derrière. Tous deux se trouvent bien là. L'eau chauffe. Jamais on ne la vide et elle ne se renouvelle que les jours d'orage.

Le canard, de son bec aplati, mordille et serre la nuque de la cane. Un instant il s'agite et l'eau est si épaisse qu'elle en frissonne à peine. Et vite calmée, plate, elle réfléchit, en noir, un coin de ciel pur.

La cane et le canard ne bougent plus. Le soleil les cuit et les endort. On passerait près d'eux sans les remarquer. Ils ne se dénoncent que par les rares bulles d'air qui viennent crever sur l'eau croupie.

II

Devant la porte fermée, ils dorment tous deux, joints et posés à plat, comme la paire de sabots d'une voisine chez un malade.

DINDES

I

Elle se pavane au milieu de la cour, comme si elle vivait sous l'ancien régime.

Les autres volailles ne font que manger toujours, n'importe quoi. Elle, entre ses repas réguliers, ne se préoccupe que d'avoir bel air. Toutes ses plumes sont empesées et les pointes de ses ailes raient le sol, comme pour tracer la route qu'elle suit : c'est là qu'elle s'avance et non ailleurs.

Elle se rengorge tant qu'elle ne voit jamais ses pattes.

Elle ne doute de personne, et, dès que je m'approche, elle s'imagine que je veux lui rendre mes hommages.

Déjà elle glougloute d'orgueil.

« Noble dinde, lui dis-je, si vous étiez une oie, j'écrirais votre éloge, comme le fit Buffon, avec une de vos plumes. Mais vous n'êtes qu'une dinde... »

J'ai dû la vexer, car le sang monte à sa tête. Des grappes de colère lui pendent au bec. Elle a une crise de rouge. Elle fait claquer d'un coup sec l'éventail de sa queue et cette vieille chipie me tourne le dos.

II

Sur la route, voici encore le pensionnat des dindes.

Chaque jour, quelque temps qu'il fasse, elles se promènent.

Elles ne craignent ni la pluie, personne ne se retrousse mieux qu'une dinde, ni le soleil, une dinde ne sort jamais sans son ombrelle.

LA PINTADE

C'est la bossue de ma cour. Elle ne rêve que plaies à cause de sa bosse.

Les poules ne lui disent rien : brusquement, elle se précipite et les harcèle.

Puis elle baisse sa tête, penche le corps, et, de toute la vitesse de ses pattes maigres, elle court frapper, de son bec dur, juste au centre de la roue d'une dinde.

Cette poseuse l'agaçait.

Ainsi, la tête bleuie, ses barbillons à vif, cocardière, elle rage, du matin au soir. Elle se bat sans motif, peut-être parce qu'elle s'imagine toujours qu'on se moque de sa taille, de son crâne chauve et de sa queue basse.

Et elle ne cesse de jeter un cri discordant qui perce l'air comme une pointe.

Parfois elle quitte la cour et disparaît. Elle laisse aux volailles pacifiques un moment de répit. Mais elle revient plus turbulente et plus criarde. Et, frénétique, elle se vautre par terre.

Qu'a-t-elle donc ?

La sournoise fait une farce.

Elle est allée pondre son œuf à la campagne.

Je peux le chercher si ça m'amuse.

Elle se roule dans la poussière, comme une bossue.

L'OIE

Tiennette voudrait aller à Paris, comme les autres filles du village. Mais est-elle seulement capable de garder ses oies ?

À vrai dire, elle les suit plutôt qu'elle ne les mène. Elle tricote, machinale, derrière leur troupe, et elle s'en rapporte à l'oie de Toulouse qui a la raison d'une grande personne.

L'oie de Toulouse connaît le chemin, les bonnes herbes, et l'heure où il faut rentrer.

Si brave que le jars l'est moins, elle protège ses sœurs contre le mauvais chien. Son col vibre et serpente à ras de terre, puis se redresse, et elle domine Tiennette effarée. Dès que tout va bien, elle triomphe et chante du nez qu'elle sait grâce à qui l'ordre règne.

Elle ne doute pas qu'elle ferait mieux encore.

Et, un soir, elle quitte le pays. Elle s'éloigne sur la route, bec au vent, plumes collées. Des femmes, qu'elle croise, n'osent l'arrêter. Elle marche vite à faire peur.

Et pendant que Tiennette, restée là-bas, finit de s'abêtir, et, toute pareille aux oies, ne s'en distingue plus, l'oie de Toulouse vient à Paris.

LES PIGEONS

I

Qu'ils fassent sur la maison un bruit de tambour voilé ;

Qu'ils sortent de l'ombre, culbutent, éclatent au soleil et rentrent dans l'ombre ;

Que leur col fugitif vive et meure comme l'opale au doigt ;

Qu'ils s'endorment, le soir, dans la forêt, si pressés que la plus haute branche du chêne menace de rompre sous cette charge de fruits peints ;

Que ces deux-là échangent des saluts frénétiques et brusquement, l'un à l'autre, se convulsent ;

Que celui-ci revienne d'exil, avec une lettre, et vole comme la pensée de notre amie lointaine (Ah ! un gage !) ;

Tous ces pigeons, qui d'abord amusent, finissent par ennuyer.

Ils ne sauraient tenir en place et les voyages ne les forment point.

Ils restent toute la vie un peu niais. Ils s'obstinent à croire qu'on fait les enfants par le bec.

Et c'est insupportable à la longue, cette manie héréditaire d'avoir toujours dans la gorge quelque chose qui ne passe pas.

II

LES DEUX PIGEONS : Viens, mon grrros..., viens, mon grrros... viens, mon grrros...

LE PAON

Il va sûrement se marier aujourd'hui.

Ce devait être pour hier. En habit de gala, il était prêt. Il n'attendait que sa fiancée. Elle n'est pas venue. Elle ne peut tarder.

Glorieux, il se promène avec une allure de prince indien et porte sur lui les riches présents d'usage. L'amour avive l'éclat de ses couleurs et son aigrette tremble comme une lyre.

La fiancée n'arrive pas.

Il monte au haut du toit et regarde du côté du soleil. Il jette son cri diabolique :

Léon ! Léon !

C'est ainsi qu'il appelle sa fiancée. Il ne voit rien venir et personne ne répond. Les volailles habituées ne lèvent même point la tête. Elles sont lasses de l'admirer. Il redescend dans la cour, si sûr d'être beau qu'il est incapable de rancune.

Son mariage sera pour demain.

Et, ne sachant que faire du reste de la journée, il

se dirige vers le perron. Il gravit les marches, comme des marches de temple, d'un pas officiel.

Il relève sa robe à queue toute lourde des yeux qui n'ont pu se détacher d'elle.

Il répète encore une fois la cérémonie.

LE CYGNE

Il glisse sur le bassin, comme un traîneau blanc, de nuage en nuage. Car il n'a faim que des nuages floconneux qu'il voit naître, bouger, et se perdre dans l'eau. C'est l'un d'eux qu'il désire. Il le vise du bec, et il plonge tout à coup son col vêtu de neige.

Puis, tel un bras de femme sort d'une manche, il retire.

Il n'a rien.

Il regarde : les nuages effarouchés ont disparu.

Il ne reste qu'un instant désabusé, car les nuages tardent peu à revenir, et, là-bas, où meurent les ondulations de l'eau, en voici un qui se reforme.

Doucement, sur son léger coussin de plumes, le cygne rame et s'approche...

Il s'épuise à pêcher de vains reflets, et peut-être qu'il mourra, victime de cette illusion, avant d'attraper un seul morceau de nuage.

Mais qu'est-ce que je dis ?

Chaque fois qu'il plonge, il fouille du bec la vase nourrissante et ramène un ver.

Il engraisse comme une oie.

LE CHIEN

On ne peut mettre Pointu dehors, par ce temps, et l'aigre sifflet du vent sous la porte l'oblige même à quitter le paillasson. Il cherche mieux et glisse sa bonne tête entre nos sièges. Mais nous nous penchons, serrés, coude à coude, sur le feu, et je donne une claque à Pointu. Mon père le repousse du pied. Maman lui dit des injures. Ma sœur lui offre un verre vide.

Pointu éternue et va voir à la cuisine si nous y sommes.

Puis il revient, force notre cercle, au risque d'être étranglé par les genoux, et le voilà dans un coin de la cheminée.

Après avoir longtemps tourné sur place, il s'assied près du chenet et ne bouge plus. Il regarde ses maîtres d'un œil si doux qu'on le tolère. Seulement le chenet presque rouge et les cendres écartées lui brûlent le derrière.

Il reste tout de même.

On lui rouvre un passage.

« Allons, file ! es-tu bête ! »

Mais il s'obstine. À l'heure où les dents des chiens perdus crissent de froid, Pointu, au chaud, poil roussi, fesses cuites, se retient de hurler et rit jaune, avec des larmes plein les yeux.

LES CHIENS

Les deux chiens qui s'étaient pris, là-bas, de l'autre côté du canal, et que nous ne pouvions pas ne pas voir, Gloriette et moi, de notre banc, nous donnaient le spectacle d'un grotesque et douloureux collage dont la rupture s'éternise, quand arriva près d'eux Coursol. Il ramenait ses moutons par le canal et portait sur l'épaule une bûche de bois qu'il avait ramassée en chemin pour se chauffer l'hiver.

Dès qu'il s'aperçut que l'un des deux chiens était à lui, il le saisit par le collier et laissa d'abord tomber sa bûche, sans hâte, sur l'autre chien.

Comme les deux bêtes ne se séparaient pas, Coursol, au milieu de ses moutons arrêtés, dut frapper plus fort. Le chien hurla sans pouvoir rompre. On entendit alors les coups de bûche résonner sur l'échine.

« Pauvres bêtes ! dit Gloriette pâle.

— Voilà, dis-je, comme on les traite au pays, et c'est étonnant que Coursol ne les jette pas au canal. L'eau agirait plus vite.

— Quelle brute ! dit Gloriette.

— Mais non ! C'est Coursol, un brave homme paisible. »

Gloriette se retenait de crier. J'étais écœuré comme elle, mais j'avais l'habitude.

« Ordonne-lui de cesser ! dit Gloriette.

— Il est loin, il m'entendrait mal.

— Lève-toi ! fais-lui des signes !

— S'il me comprenait, il répondrait sans colère :

Est-ce qu'on peut laisser des chiens dans cet état ? »

Gloriette regardait, toute blanche, lèvres ouvertes, et Coursol tapait toujours sur le chien courbaturé.

« Ça devient atroce ! Veux-tu que je m'en aille ? dit Gloriette prise de pudeur. Tu pourras mieux te révolter contre ce misérable ! »

J'allais répondre je ne sais quoi, quelque chose de ce genre : « Ce n'est pas sur notre commune ! », lorsqu'un dernier coup de bûche, qui pouvait les assommer, désunit les deux bêtes. Coursol, ayant agi comme il devait, poussa ses moutons vers le village. Les chiens, libres, restèrent quelques instants l'un près de l'autre. Ils tournaient, penauds, sur eux-mêmes, encore liés par le souvenir.

DÉDÈCHE EST MORT

C'était le petit griffon de mademoiselle et nous l'aimions tous.

Il connaissait l'art de se pelotonner n'importe où, et, même sur une table, il semblait dormir au creux d'un nid.

Il avait compris que la caresse de sa langue nous devenait désagréable et il ne nous caressait plus qu'avec sa patte, sur la joue, finement. Il suffisait de se protéger l'œil.

Il riait. On crut longtemps que c'était une façon d'éternuer, mais c'était bien un rire.

Quoiqu'il n'eût pas de profonds chagrins, il savait pleurer, c'est-à-dire grogner de la gorge, avec une goutte d'eau pure au coin des yeux.

Il lui arrivait de se perdre et de revenir à la maison tout seul, si intelligemment, qu'à nos cris de joie nous tâchions d'ajouter quelques marques d'estime.

Sans doute, il ne parlait pas, malgré nos efforts. En vain, mademoiselle lui disait : « Si tu parlais donc un tout petit peu ! »

Il la regardait, frémissant, étonné comme elle. De la queue, il faisait bien les gestes, il ouvrait les mâchoires, mais sans aboyer. Il devinait que mademoiselle espérait mieux qu'un aboiement, et la parole était au cœur, près de monter à la langue et aux lèvres. Il aurait fini par la donner, il n'avait pas encore l'âge !

Un soir sans lune, à la campagne, comme Dédèche se cherchait des amis au bord de la route, un gros chien, qu'on ne reconnut pas, sûrement de braconnier, happa cette fragile boule de soie, la secoua, la serra, la rejeta et s'enfuit.

Ah ! si mademoiselle avait pu saisir ce chien féroce, le mordre à la gorge, le rouler et l'étouffer dans la poussière !

Dédèche guérit de la blessure des crocs, mais il lui resta aux reins une douloureuse faiblesse.

Il se mit à pisser partout. Dehors, il pissait comme une pompe, tant qu'il pouvait, joyeux de nous délivrer d'un souci, et à peine rentré il ne se retenait déjà plus. Dès qu'on tournait le dos, il tournait le sien au pied d'un meuble, et mademoiselle jetait son cri d'alarme monotone : « Une éponge ! de l'eau ! du soufre ! »

On se mettait en colère, on grondait Dédèche d'une voix terrible, et on le battait avec des gestes violents qui ne le touchaient pas, son regard fin nous répondait : « Je sais bien, mais que faire ? »

Il restait gentil et gracieux, mais parfois il se voûtait comme s'il avait sur l'échine les dents du chien du braconnier.

Et puis son odeur finissait par inspirer des mots aux amis les moins spirituels.

Le cœur même de mademoiselle allait durcir !

Il fallut tuer Dédèche.

C'est très simple : on fait une incision dans une bouchée de viande, on y met deux poudres, une de cyanure de potassium, l'autre d'acide tartrique, on recoud avec du fil très fin. On donne une première boulette inoffensive, pour rire, puis la vraie. L'estomac digère et les deux poudres, par réaction, forment de l'acide cyanhydrique ou prussique qui foudroie l'animal.

Je ne veux plus me rappeler qui de nous administra les boulettes.

Dédèche attend, couché, bien sage, dans sa corbeille. Et nous aussi nous attendons, nous écoutons de la pièce à côté, affalés sur des sièges, comme pris d'une immense fatigue.

Un quart d'heure passe, une demi-heure. Quelqu'un dit doucement :

« Je vais voir.

— Encore cinq minutes ! »

Nos oreilles bourdonnent. Ne croirait-on pas qu'un chien hurle quelque part, au loin, le chien de braconnier ?

Enfin le plus courageux de nous disparaît et revient dire d'une voix qu'on ne lui connaissait pas :

« C'est fini ! »

Mademoiselle laisse tomber sa tête sur le lit et

sanglote. Elle cède aux sanglots, comme on a le fou rire, quand on ne voulait que rire.

Elle répète, la figure dans l'oreiller :

« Non, non, je ne boirai pas mon chocolat ce matin ! »

À la maman qui lui parle de mari, elle murmure qu'elle restera vieille fille.

Les autres rattrapent à temps leurs larmes. Ils sentent qu'ils pleureraient tous et que chaque nouvelle source ferait jaillir une source voisine.

Ils disent à mademoiselle :

« Tu es bête, ce n'est rien ! »

Pourquoi rien ? C'était de la vie ! et nous ne pouvons pas savoir jusqu'où allait celle que nous venons de supprimer.

Par pudeur, pour ne pas avouer que la mort d'un petit chien nous bouleverse, nous songeons aux êtres humains déjà perdus, à ceux qu'on pourrait perdre, à tout ce qui est mystérieux, incompréhensible, noir et glacé.

Le coupable se dit : « Je viens de commettre un assassinat par trahison. »

Il se lève et ose regarder sa victime. Plus tard, nous saurons qu'il a baisé le petit crâne chaud et doux de Dédèche.

« Ouvre-t-il ses yeux ?

— Oui, mais des yeux vitreux, qui ne voient plus.

— Il est mort sans souffrir ?

— Oh ! j'en suis sûr.

— Sans se débattre ?

— Il a seulement allongé sa patte au bord de la corbeille, comme s'il nous tendait encore une petite main. »

LE CHAT

I

Le mien ne mange pas les souris ; il n'aime pas ça. Il n'en attrape que pour jouer avec. Quand il a bien joué, il lui fait grâce de la vie, et il va rêver ailleurs, l'innocent, assis dans la boucle de sa queue, la tête bien fermée comme un poing.

Mais, à cause des griffes, la souris est morte.

II

On lui dit : « Prends les souris et laisse les oiseaux ! »

C'est bien subtil, et le chat le plus fin quelquefois se trompe.

LA VACHE

I

Las de chercher, on a fini par ne pas lui donner de nom. Elle s'appelle simplement « la vache » et c'est le nom qui lui va le mieux.

D'ailleurs, qu'importe, pourvu qu'elle mange ! Or, l'herbe fraîche, le foin sec, les légumes, le grain et même le pain et le sel, elle a tout à discrétion, et elle mange de tout, tout le temps, deux fois, puisqu'elle rumine.

Dès qu'elle m'a vu, elle accourt d'un petit pas léger, en sabots fendus, la peau bien tirée sur ses pattes comme un bas blanc, elle arrive certaine que j'apporte quelque chose qui se mange. Et l'admirant chaque fois, je ne peux que lui dire : Tiens, mange !

Mais de ce qu'elle absorbe elle fait du lait et non de la graisse. À heure fixe, elle offre son pis plein et carré. Elle ne retient pas le lait, — il y a des vaches qui le retiennent, — généreusement, par ses quatre trayons élastiques, à peine pressés, elle vide sa fontaine. Elle ne remue ni le pied, ni la queue, mais de sa langue énorme et souple, elle s'amuse à lécher le dos de la servante.

Quoiqu'elle vive seule, l'appétit l'empêche de s'ennuyer. Il est rare qu'elle beugle de regret au souvenir vague de son dernier veau. Mais elle aime les visites, accueillante avec ses cornes relevées sur le front, et ses lèvres affriandées d'où pendent un fil d'eau et un brin d'herbe.

Les hommes, qui ne craignent rien, flattent son ventre débordant ; les femmes, étonnées qu'une si grosse bête soit si douce, ne se défient plus que de ses caresses et font des rêves de bonheur.

II

Elle aime que je la gratte entre les cornes. Je recule un peu, parce qu'elle s'approche de plaisir, et la bonne grosse bête se laisse faire, jusqu'à ce que j'aie mis le pied dans sa bouse.

LA MORT DE BRUNETTE

Philippe, qui me réveille, me dit qu'il s'est levé la nuit pour l'écouter et qu'elle avait le souffle calme.

Mais, depuis ce matin, elle l'inquiète.

Il lui donne du foin sec et elle le laisse.

Il offre un peu d'herbe fraîche, et Brunette, d'ordinaire si friande, y touche à peine. Elle ne regarde plus son veau et supporte mal ses coups de nez quand il se dresse sur ses pattes rigides, pour téter.

Philippe les sépare et attache le veau loin de la mère. Brunette n'a pas l'air de s'en apercevoir.

L'inquiétude de Philippe nous gagne tous. Les enfants même veulent se lever.

Le vétérinaire arrive, examine Brunette et la fait sortir de l'écurie. Elle se cogne au mur et elle bute contre le pas de la porte. Elle tomberait ; il faut la rentrer.

« Elle est bien malade », dit le vétérinaire.

Nous n'osons pas lui demander ce qu'elle a.

Il craint une fièvre de lait, souvent fatale, surtout aux bonnes laitières, et se rappelant une à une celles qu'on croyait perdues et qu'il a sauvées, il écarte avec un pinceau, sur les reins de Brunette, le liquide d'une fiole.

« Il agira comme un vésicatoire, dit-il. J'en ignore la composition exacte. Ça vient de Paris. Si le mal ne gagne pas le cerveau, elle s'en tirera toute seule, sinon, j'emploierai la méthode de l'eau glacée. Elle étonne les paysans simples, mais je sais à qui je parle.

— Faites, monsieur. »

Brunette, couchée sur la paille, peut encore supporter le poids de sa tête. Elle cesse de ruminer. Elle semble retenir sa respiration pour mieux entendre ce qui se passe au fond d'elle.

On l'enveloppe d'une couverture de laine, parce que les cornes et les oreilles se refroidissent.

« Jusqu'à ce que les oreilles tombent, dit Philippe, il y a de l'espoir. »

Deux fois elle essaie en vain de se mettre sur ses jambes. Elle souffle fort, par intervalles de plus en plus espacés.

Et voilà qu'elle laisse tomber sa tête sur son flanc gauche.

« Ça se gâte », dit Philippe accroupi et murmurant des douceurs.

La tête se relève et se rabat sur le bord de la mangeoire, si pesamment que le choc sourd nous fait faire : oh !

Nous bordons Brunette de tas de paille pour qu'elle ne s'assomme pas.

Elle tend le cou et les pattes, elle s'allonge de toute sa longueur, comme au pré, par les temps orageux.

Le vétérinaire se décide à la saigner. Il ne s'approche pas trop. Il est aussi savant qu'un autre, mais il passe pour moins hardi.

Aux premiers coups du marteau de bois, la lancette glisse sur la veine. Après un coup mieux assuré, le sang jaillit dans le seau d'étain, que d'habitude le lait emplit jusqu'au bord.

Pour arrêter le jet, le vétérinaire passe dans la veine une épingle d'acier.

Puis, du front à la queue de Brunette soulagée, nous appliquons un drap mouillé d'eau de puits et qu'on renouvelle fréquemment parce qu'il s'échauffe vite. Elle ne frissonne même pas. Philippe la tient ferme par les cornes et empêche la tête d'aller battre le flanc gauche.

Brunette, comme domptée, ne bouge plus. On ne sait pas si elle va mieux ou si son état s'aggrave.

Nous sommes tristes, mais la tristesse de Philippe est morne comme celle d'un animal qui en verrait souffrir un autre.

Sa femme lui apporte sa soupe du matin qu'il mange sans appétit, sur un escabeau, et qu'il n'achève pas.

« C'est la fin, dit-il, Brunette enfle ! »

Nous doutons d'abord, mais Philippe a dit vrai. Elle gonfle à vue d'œil, et ne se dégonfle pas, comme si l'air entré ne pouvait ressortir.

La femme de Philippe demande :

« Elle est morte ?

— Tu ne le vois pas ! » dit Philippe durement.

Mme Philippe sort dans la cour.

« Ce n'est pas près que j'aille en chercher une autre, dit Philippe.

— Une quoi ?

— Une autre Brunette.

— Vous irez quand je voudrai », dis-je d'une voix de maître qui m'étonne.

Nous tâchons de nous faire croire que l'accident nous irrite plus qu'il ne nous peine, et déjà nous disons que Brunette est crevée.

Mais le soir, j'ai rencontré le sonneur de l'église,

et je ne sais pas ce qui m'a retenu de lui dire :

« Tiens, voilà cent sous, va sonner le glas de quelqu'un qui est mort dans ma maison. »

LE BŒUF

I

La porte s'ouvre ce matin, comme d'habitude, et Castor quitte, sans buter, l'écurie. Il boit à lentes gorgées sa part au fond de l'auge et laisse la part de Pollux attardé. Puis, le mufle s'égouttant ainsi que l'arbre après l'averse, il va de bonne volonté, avec ordre et pesanteur, se ranger à sa place ordinaire, sous le joug du chariot.

Les cornes liées, la tête immobile, il fronce le ventre, chasse mollement de sa queue les mouches noires et, telle une servante sommeille, le balai à la main, il rumine en attendant Pollux.

Mais, par la cour, les domestiques affairés crient et jurent et le chien jappe comme à l'approche d'un étranger.

Est-ce le sage Pollux qui, pour la première fois, résiste à l'aiguillon, tournaille, heurte le flanc de Castor, fume, et, quoique attelé, tâche encore de secouer le joug commun ?

Non, c'est un autre.

Castor, dépareillé, arrête ses mâchoires, quand il voit, près du sien, cet œil trouble de bœuf qu'il ne reconnaît pas.

II

Au soleil qui se couche, les bœufs traînent par le pré, à pas lents, la herse légère de leur ombre.

LE TAUREAU

I

Le pêcheur à la ligne volante marche d'un pas léger au bord de l'Yonne et fait sautiller sur l'eau sa mouche verte.

Les mouches vertes, il les attrape aux troncs des peupliers polis par le frottement du bétail.

Il jette sa ligne d'un coup sec et tire d'autorité.

Il s'imagine que chaque place nouvelle est la meilleure, et bientôt il la quitte, enjambe un échalier et de ce pré passe dans l'autre.

Soudain, comme il traverse un grand pré que grille le soleil, il s'arrête.

Là-bas, du milieu des vaches paisibles et couchées, le taureau vient de se lever pesamment.

C'est un taureau fameux et sa taille étonne les passants sur la route. On l'admire à distance et, s'il ne l'a fait déjà, il pourrait lancer son homme au ciel, ainsi qu'une flèche, avec l'arc de ses cornes. Plus doux qu'un agneau tant qu'il veut, il se met tout à coup en fureur, quand ça le prend, et près de lui, on ne sait jamais ce qui arrivera.

Le pêcheur l'observe obliquement.

« Si je fuis, pense-t-il, le taureau sera sur moi avant que je ne sorte du pré. Si, sans savoir nager, je plonge dans la rivière, je me noie. Si je fais le mort par terre, le taureau, dit-on, me flairera et ne me touchera pas. Est-ce bien sûr ? Et, s'il ne s'en va plus, quelle angoisse ! Mieux vaut feindre une indifférence trompeuse. »

Et le pêcheur à la ligne volante continue de pêcher, comme si le taureau était absent. Il espère ainsi lui donner le change.

Sa nuque cuit sous son chapeau de paille.

Il retient ses pieds qui brûlent de courir et les oblige à fouler l'herbe. Il a l'héroïsme de tremper dans l'eau sa mouche verte.

D'ailleurs, qui le presse ?

Le taureau ne s'occupe pas de lui et reste avec les vaches.

Il ne s'est mis debout que pour remuer, par lassitude, comme on s'étire.

Il tourne au vent du soir sa tête crépue.

Il beugle par intervalles, l'œil à demi fermé.

Il mugit de langueur et s'écoute mugir.

II

Les femmes le reconnaissent aux poils frisés qu'il a sur le front.

III

« Comme il me regarde !

— N'aie pas peur, Gloriette, il voit bien que tu as l'air d'une honnête femme. »

LES MOUCHES D'EAU

Il n'y a qu'un chêne au milieu du pré, et les bœufs occupent toute l'ombre de ses feuilles.

La tête basse, ils font les cornes au soleil.

Ils seraient bien, sans les mouches.

Mais aujourd'hui, vraiment, elles dévorent. Âcres et nombreuses, les noires se collent par plaques de suie aux yeux, aux narines, aux coins des lèvres même, et les vertes sucent de préférence la dernière écorchure.

Quand un bœuf remue son tablier de cuir, ou frappe du sabot la terre sèche, le nuage de mouches se déplace avec murmure. On dirait qu'elles fermentent.

Il fait si chaud que les vieilles femmes, sur leur porte, flairent l'orage, et déjà elles plaisantent un peu.

« Gare au bourdoudou ! » disent-elles.

Là-bas, un premier coup de lance lumineux perce le ciel, sans bruit. Une goutte de pluie tombe.

Les bœufs, avertis, relèvent la tête, se meuvent jusqu'au bord du chêne et soufflent patiemment.

Ils le savent : voici que les bonnes mouches viennent chasser les mauvaises.

D'abord rares, une par une, puis serrées, toutes ensemble, elles fondent, du ciel déchiqueté, sur l'ennemi qui cède peu à peu, s'éclaircit, se disperse.

Bientôt, du nez camus à la queue inusable, les bœufs ruisselants ondulent d'aise sous l'essaim victorieux des mouches d'eau.

LA JUMENT

C'est la rentrée générale des foins ; les granges se bourrent jusqu'aux tuiles faîtières. Les hommes et les femmes se dépêchent, parce que le temps menace et que, si la pluie tombait sur le foin coupé, il perdrait de sa valeur. Tous les chariots roulent ; on charge l'un, tandis que les chevaux ramènent l'autre à la ferme. Il fait déjà nuit que le va-et-vient dure encore.

Une jument mère hennit dans ses brancards. Elle répond au poulain qui l'appelait et qui a passé la journée au pré sans boire.

Elle sent que c'est la fin, qu'elle va le rejoindre et elle tire du collier comme si elle était seule attelée. Le chariot s'immobilise près du mur de la grange. On dételle, et la jument libre irait d'un trot lourd à la barrière où le poulain tend le nez, si on ne l'arrêtait, parce qu'il faut qu'elle retourne chercher là-bas le dernier chariot.

LE CHEVAL

Il n'est pas beau, mon cheval. Il a trop de nœuds et de salières, les côtes plates, une queue de rat et des incisives d'Anglaise. Mais il m'attendrit. Je n'en reviens pas qu'il reste à mon service et se laisse, sans révolte, tourner et retourner.

Chaque fois que je l'attelle, je m'attends qu'il me dise : *non,* d'un signe brusque, et détale.

Point. Il baisse et lève sa grosse tête comme pour remettre un chapeau d'aplomb, recule avec docilité entre les brancards.

Aussi je ne lui ménage ni l'avoine ni le maïs. Je le brosse jusqu'à ce que le poil brille comme une cerise. Je peigne sa crinière, je tresse sa queue maigre. Je le flatte de la main et de la voix. J'éponge ses yeux, je cire ses pieds.

Est-ce que ça le touche ?

On ne sait pas.

Il pète.

C'est surtout quand il me promène en voiture que je l'admire. Je le fouette et il accélère son allure. Je l'arrête et il m'arrête. Je tire la guide à gauche et il oblique à gauche, au lieu d'aller à droite et de me jeter dans le fossé avec des coups de sabots quelque part.

Il me fait peur, il me fait honte et il me fait pitié.

Est-ce qu'il ne va pas bientôt se réveiller de son demi-sommeil, et, prenant d'autorité ma place, me réduire à la sienne ?

À quoi pense-t-il ?

Il pète, pète, pète.

L'ÂNE

I

Tout lui est égal. Chaque matin, il voiture, d'un petit pas sec et dru de fonctionnaire, le facteur

Jacquot qui distribue aux villages les commissions faites en ville, les épices, le pain, la viande de boucherie, quelques journaux, une lettre.

Cette tournée finie, Jacquot et l'âne travaillent pour leur compte. La voiture sert de charrette. Ils vont ensemble à la vigne, au bois, aux pommes de terre. Ils ramènent tantôt des légumes, tantôt des balais verts, ça ou autre chose, selon le jour.

Jacquot ne cesse de dire : « Hue ! hue ! » sans motif, comme il ronflerait. Parfois l'âne, à cause d'un chardon qu'il flaire, ou d'une idée qui le prend, ne marche plus. Jacquot lui met un bras autour du cou et pousse. Si l'âne résiste, Jacquot lui mord l'oreille.

Ils mangent dans les fossés, le maître une croûte et des oignons, la bête ce qu'elle veut.

Ils ne rentrent qu'à la nuit. Leurs ombres passent avec lenteur d'un arbre à l'autre.

Subitement, le lac de silence où les choses baignent et dorment déjà, se rompt, bouleversé.

Quelle ménagère tire, à cette heure, par un treuil rouillé et criard, des pleins seaux d'eau de son puits ?

C'est l'âne qui remonte et jette toute sa voix dehors et brait, jusqu'à extinction, qu'il s'en fiche, qu'il s'en fiche.

II

Le lapin devenu grand.

LE COCHON

Grognon, mais familier comme si nous t'avions gardé ensemble, tu fourres le nez partout et tu marches autant avec lui qu'avec les pattes.

Tu caches sous des oreilles en feuilles de betterave tes petits yeux cassis.

Tu es ventru comme une groseille à maquereau.

Tu as de longs poils comme elle, comme elle la peau claire et une courte queue bouclée.

Et les méchants t'appellent : « Sale cochon ! »

Ils disent que, si rien ne te dégoûte, tu dégoûtes tout le monde et que tu n'aimes que l'eau de vaisselle grasse.

Mais ils te calomnient.

Qu'ils te débarbouillent et tu auras bonne mine.

Tu te négliges par leur faute.

Comme on fait ton lit, tu te couches, et la malpropreté n'est que ta seconde nature.

LE COCHON ET LES PERLES

Dès qu'on le lâche au pré, le cochon se met à manger et son groin ne quitte plus la terre.

Il ne choisit pas l'herbe fine. Il attaque la première venue et pousse au hasard, devant lui, comme un soc ou comme une taupe aveugle, son nez infatigable.

Il ne s'occupe que d'arrondir un ventre qui prend

déjà la forme du saloir, et jamais il n'a souci du temps qu'il fait.

Qu'importe que ses soies aient failli s'allumer tout à l'heure au soleil de midi, et qu'importe maintenant que ce nuage lourd, gonflé de grêle, s'étale et crève sur le pré.

La pie, il est vrai, d'un vol automatique se sauve ; les dindes se cachent dans la haie, et le poulain puéril s'abrite sous un chêne.

Mais le cochon reste où il mange.

Il ne perd pas une bouchée.

Il ne remue pas, avec moins d'aise, la queue.

Tout criblé de grêlons, c'est à peine s'il grogne :

« Encore leurs sales perles ! »

LES MOUTONS

I

Ils reviennent des chaumes, où, depuis ce matin, ils paissaient, le nez à l'ombre de leur corps.

Selon les signes d'un berger indolent, le chien nécessaire attaque la bande du côté qu'il faut.

Elle tient toute la route, ondule d'un fossé à l'autre et déborde, ou tassée, unie, moelleuse, piétine le sol, à petits pas de vieilles femmes. Quand elle se met à courir, les pattes font le bruit des roseaux et criblent la poussière du chemin de nids d'abeilles.

Ce mouton frisé, bien garni, saute comme un ballot jeté en l'air, et du cornet de son oreille s'échappent des pastilles.

Cet autre a le vertige et heurte du genou sa tête mal vissée.

Ils envahissent le village. On dirait que c'est aujourd'hui leur fête et qu'avec pétulance, ils bêlent de joie par les rues.

Mais ils ne s'arrêtent pas au village, et je les vois reparaître, là-bas. Ils gagnent l'horizon. Par le coteau, ils montent, légers, vers le soleil. Ils s'en approchent et se couchent à distance.

Des traînards prennent, sur le ciel, une dernière forme imprévue, et rejoignent la troupe pelotonnée.

Un flocon se détache encore et plane, mousse blanche, puis fumée, vapeur, puis rien.

Il ne reste plus qu'une patte dehors.

Elle s'allonge, elle s'effile comme une quenouille, à l'infini.

Les moutons frileux s'endorment autour du soleil las qui défait sa couronne et pique, jusqu'à demain, ses rayons dans leur laine.

II

LES MOUTONS : Mée... Mée... Mée...
LE CHIEN DE BERGER : Il n'y a pas de mais !

LA CHÈVRE

Personne ne lit la feuille du journal officiel affichée au mur de la mairie.

Si, la chèvre.

Elle se dresse sur ses pattes de derrière, appuie celles de devant au bas de l'affiche, remue ses cornes et sa barbe, et agite la tête de droite et de gauche, comme une vieille dame qui lit.

Sa lecture finie, ce papier sentant bon la colle fraîche, la chèvre le mange.

Tout ne se perd pas dans la commune.

LE BOUC

Son odeur le précède. On ne le voit pas encore qu'elle est arrivée.

Il s'avance en tête du troupeau et les brebis le suivent, pêle-mêle, dans un nuage de poussière.

Il a des poils longs et secs qu'une raie partage sur le dos.

Il est moins fier de sa barbe que de sa taille, parce que la chèvre aussi porte une barbe sous le menton.

Quand il passe, les uns se bouchent le nez, les autres aiment ce goût-là.

Il ne regarde ni à droite ni à gauche : il marche raide, les oreilles pointues et la queue courte. Si les hommes l'ont chargé de leurs péchés, il n'en sait rien, et il laisse, sérieux, tomber un chapelet de crottes.

Alexandre est son nom, connu même des chiens.

La journée finie, le soleil disparu, il rentre au village, avec les moissonneurs, et ses cornes, fléchissant de vieillesse, prennent peu à peu la courbe des faucilles.

LES LAPINS

Dans une moitié de futaille, Lenoir et Legris, les pattes au chaud sous la fourrure, mangent comme des vaches. Ils ne font qu'un seul repas qui dure toute la journée.

Si l'on tarde à leur jeter une herbe fraîche, ils rongent l'ancienne jusqu'à la racine, et la racine même occupe les dents.

Or il vient de leur tomber un pied de salade. Ensemble Lenoir et Legris se mettent après.

Nez à nez, ils s'évertuent, hochent la tête, et les oreilles trottent.

Quand il ne reste qu'une feuille, ils la prennent, chacun par un bout, et luttent de vitesse.

Vous croiriez qu'ils jouent, s'ils ne rient pas, et que, la feuille avalée, une caresse fraternelle unira les becs.

Mais Legris se sent faiblir. Depuis hier il a le gros ventre et une poche d'eau le ballonne. Vraiment il se bourrait trop. Bien qu'une feuille de salade passe sans qu'on ait faim, il n'en peut plus. Il lâche la feuille et se couche à côté, sur ses crottes, avec des convulsions brèves.

Le voilà rigide, les pattes écartées, comme pour une réclame d'armurier : *On tue net, on tue loin.*

Un instant, Lenoir s'arrête de surprise. Assis en chandelier, le souffle doux, les lèvres jointes et l'œil cerclé de rose, il regarde.

Il a l'air d'un sorcier qui pénètre un mystère.

Ses deux oreilles droites marquent l'heure suprême.

Puis elles se cassent.

Et il achève la feuille de salade.

LE LIÈVRE

Philippe m'avait promis de m'en faire voir un au gîte. C'est difficile, et il faut l'œil des vieux chasseurs.

Nous traversions une éteule (les paysans disent une étoule) qu'un coteau protège contre le nord.

Un lièvre se gîte le matin, à l'abri du vent qui souffle, et, même si le vent tourne dans la journée, le lièvre reste à son gîte jusqu'à la nuit prochaine.

En chasse, moi, je regarde le chien, les arbres, les alouettes, le ciel ; Philippe regarde par terre. Il jette un coup d'œil dans chaque sillon à la dévalée et à la montée. Une pierre, une motte l'attire. C'est peut-être un lièvre ? Il va vérifier.

Et, cette fois, c'en est un !

« Voulez-vous le tirer ? » me dit Philippe, d'une voix contenue.

Je me retourne. Philippe, arrêté, les yeux fixés au sol, sur un point, le fusil haut, se tient prêt.

« Le voyez-vous ? dit-il.

— Où donc ?

— Vous ne voyez pas son œil qui remue ?

— Non.

— Là, devant vous.

— Dans la raie ?

— Oui, mais pas dans la première, dans l'autre.

— Je ne vois rien. »

J'ai beau me frotter les yeux pleins de buée. Philippe, pâle du coup qu'il a reçu au cœur en apercevant le lièvre, me répète :

« Vous ne le voyez pas ? Vous ne le voyez donc pas ! »

Et ses mains tremblent. Il a peur que le lièvre ne parte.

« Montrez-le-moi, dis-je, avec votre fusil.

— Tenez, là, l'œil, son œil, au bout du canon !

— Ah ! je ne vois rien ; épaulez, Philippe, mettez-le en joue. »

Je me place derrière Philippe, et même par la ligne de mire de son fusil, je ne trouve pas !

C'est énervant !

Je vois quelque chose, mais ça ne peut pas être le lièvre ; c'est une bosse de terre, jaune comme toutes les mottes de l'éteule. Je cherche l'œil. Il n'y a point d'œil. Je me retiens de dire à Philippe :

« Tant pis, tirez ! »

Et le chien qui courait au loin est revenu près de nous. Comme il n'a pas le vent, il ne sent pas le lièvre, mais il peut s'élancer au hasard. Philippe le menace, à voix basse, de claques et de coups de pied, s'il bouge.

Philippe ne me parle plus. Il a fait l'impossible, et il attend que je renonce.

Oh ! cet œil noir, rond et gros comme une petite prune, cet œil de lièvre terrorisé, où est-il ?

Ah ! je le vois !

À mon coup de fusil, le lièvre bondit hors du gîte, la tête fracassée. Et c'est bien le lièvre que je voyais. Je l'avais vu presque tout de suite, j'ai de bons yeux.

J'étais trompé par la pose du lièvre. Je le croyais en boule, comme un jeune chien, et je cherchais l'œil dans la boule. Mais le lièvre se gîte allongé, les pattes de devant jointes et les oreilles rabattues. Il ne fait un trou que pour placer son derrière, être le plus possible à ras de l'éteule. Le derrière est ici et l'œil là, très loin. De là ma courte hésitation.

« C'est lâche de tuer un lièvre au gîte, dis-je à Philippe. Nous aurions dû lui jeter une pierre, le faire sauver et le tirer tous deux à la course. Il ne pouvait pas nous échapper.

— Ce sera pour une autre fois, dit Philippe.

— C'est bien de me l'avoir montré, Philippe, il n'y a pas beaucoup de chasseurs comme vous.

— Je ne le ferais pas pour tout le monde », dit Philippe.

LE LÉZARD

I

Fils spontané de la pierre fendue où je m'appuie, il me grimpe sur l'épaule. Il a cru que je continuais le mur parce que je reste immobile et que j'ai un paletot couleur de muraille. Ça flatte tout de même.

II

LE MUR : Je ne sais quel frisson me passe sur le dos.

LE LÉZARD : C'est moi.

LE LÉZARD VERT

Prenez garde à la peinture !

LA COULEUVRE

De quel ventre est-elle tombée, cette colique ?

LA BELETTE

Pauvre, mais propre, distinguée, elle passe et repasse, par petits bonds, sur la route, et va, d'un fossé à l'autre, donner, de trou en trou, ses leçons au cachet.

LE HÉRISSON

I

Essuyez votre... S.V.P.

II

« Il faut me prendre comme je suis et ne pas trop serrer. »

LE SERPENT

I

Trop long.

II

La dix-millionième partie du quart du méridien terrestre.

LE VER

En voilà un qui s'étire et qui s'allonge comme une belle nouille.

LES GRENOUILLES

Par brusques détentes, elles exercent leurs ressorts.

Elles sautent de l'herbe comme de lourdes gouttes d'huile frite.

Elles se posent, presse-papiers de bronze, sur les larges feuilles du nénuphar.

L'une se gorge d'air. On mettrait un sou, par sa bouche, dans la tirelire de son ventre.

Elles montent, comme des soupirs, de la vase.

Immobiles, elles semblent, les gros yeux à fleur d'eau, les tumeurs de la mare plate.

Assises en tailleur, stupéfiées, elles bâillent au soleil couchant.

Puis, comme les camelots assourdissants des rues, elles crient les dernières nouvelles du jour.

Il y aura réception chez elles ce soir ; les entendez-vous rincer leurs verres ?

Parfois, elles happent un insecte.

Et d'autres ne s'occupent que d'amour.

Et toutes, elles tentent le pêcheur à la ligne.

Je casse, sans difficulté, une gaule. J'ai, piquée à mon paletot, une épingle que je recourbe en hameçon.

La ficelle ne me manque pas.

Mais il me faudrait encore un brin de laine, un bout de n'importe quoi rouge.

Je cherche sur moi, par terre, au ciel.

Je ne trouve rien et je regarde mélancoliquement ma boutonnière fendue, toute prête, que, sans reproche, on ne se hâte guère d'orner du ruban rouge.

LE CRAPAUD

Né d'une pierre, il vit sous une pierre et s'y creusera un tombeau.

Je le visite fréquemment, et chaque fois que je lève sa pierre, j'ai peur de le retrouver et peur qu'il n'y soit plus.

Il y est.

Caché dans ce gîte sec, propre, étroit, bien à lui, il l'occupe pleinement, gonflé comme une bourse d'avare.

Qu'une pluie le fasse sortir, il vient au-devant de moi. Quelques sauts lourds, et il me regarde de ses yeux rougis.

Si le monde injuste le traite en lépreux, je ne crains pas de m'accroupir près de lui et d'approcher du sien mon visage d'homme.

Puis je dompterai un reste de dégoût, et je te caresserai de ma main, crapaud !

On en avale dans la vie qui font plus mal au cœur.

Pourtant, hier, j'ai manqué de tact. Il fermentait et suintait, toutes ses verrues crevées.

« Mon pauvre ami, lui dis-je, je ne veux pas te faire de peine, mais, Dieu ! que tu es laid ! »

Il ouvrit sa bouche puérile et sans dents, à l'haleine chaude, et me répondit avec un léger accent anglais :

« Et toi ? »

LA SAUTERELLE

Serait-ce le gendarme des insectes ?

Tout le jour, elle saute et s'acharne aux trousses d'invisibles braconniers qu'elle n'attrape jamais.

Les plus hautes herbes ne l'arrêtent pas.

Rien ne lui fait peur, car elle a des bottes de sept lieues, un cou de taureau, le front génial, le ventre d'une carène, des ailes en celluloïd, des cornes diaboliques et un grand sabre au derrière.

Comme on ne peut avoir les vertus d'un gendarme sans les vices, il faut bien le dire, la sauterelle chique.

Si je mens, poursuis-la de tes doigts, joue avec elle à quatre coins, et quand tu l'auras saisie, entre deux bonds, sur une feuille de luzerne, observe sa bouche : par ses terribles mandibules, elle sécrète une mousse noire comme du jus de tabac.

Mais déjà tu ne la tiens plus. Sa rage de sauter la reprend. Le monstre vert t'échappe d'un brusque effort et, fragile, démontable, te laisse une petite cuisse dans la main.

LE GRILLON

C'est l'heure où, las d'errer, l'insecte nègre revient de promenade et répare avec soin le désordre de son domaine.

D'abord il ratisse ses étroites allées de sable.

Il fait du bran de scie qu'il écarte au seuil de sa retraite.

Il lime la racine de cette grande herbe propre à le harceler.

Il se repose.

Puis il remonte sa minuscule montre.

A-t-il fini ? Est-elle cassée ? Il se repose encore un peu.

Il rentre chez lui et ferme sa porte.

Longtemps il tourne sa clef dans la serrure délicate.

Et il écoute :

Point d'alarme dehors.

Mais il ne se trouve pas en sûreté.

Et comme par une chaînette dont la poulie grince, il descend jusqu'au fond de la terre.

On n'entend plus rien.

Dans la campagne muette, les peupliers se dressent comme des doigts en l'air et désignent la lune.

LE CAFARD

Noir et collé comme un trou de serrure.

LE VER LUISANT

I

Que se passe-t-il ? Neuf heures du soir et il y a encore de la lumière chez lui.

II

Cette goutte de lune dans l'herbe !

L'ARAIGNÉE

I

Une petite main noire et poilue crispée sur des cheveux.

II

Toute la nuit, au nom de la lune, elle appose ses scellés.

LE HANNETON

I

Un bourgeon tardif s'ouvre et s'envole du marronnier.

II

Plus lourd que l'air, à peine dirigeable, têtu et ronchonnant, il arrive tout de même au but, avec ses ailes en chocolat.

LES FOURMIS

I

Chacune d'elles ressemble au chiffre 3.
Et il y en a ! il y en a !
Il y en a 3 3 3 3 3 3 3 3 3 3 3 3... jusqu'à l'infini.

II

La fourmi et le perdreau

Une fourmi tombe dans une ornière où il a plu et elle va se noyer, quand un perdreau, qui buvait, la pince du bec et la sauve.

« Je vous le revaudrai, dit la fourmi.

— Nous ne sommes plus, répond le perdreau sceptique, au temps de La Fontaine. Non que je doute de votre gratitude, mais comment piqueriez-vous au talon le chasseur prêt à me tuer ! Les chasseurs aujourd'hui ne marchent point pieds nus. »

La fourmi ne perd pas sa peine à discuter et elle se hâte de rejoindre ses sœurs qui suivent toutes le même chemin, semblables à des perles noires qu'on enfile.

Or, le chasseur n'est pas loin.

Il se reposait, sur le flanc, à l'ombre d'un arbre. Il aperçoit le perdreau piétant et picotant à travers le chaume. Il se dresse et veut tirer, mais il a des fourmis dans le bras droit. Il ne peut lever son arme.

Le bras retombe inerte et le perdreau n'attend pas qu'il se dégourdisse.

L'ESCARGOT

I

Casanier dans la saison des rhumes, son cou de girafe rentré, l'escargot bout comme un nez plein.

Il se promène dès les beaux jours, mais il ne sait marcher que sur la langue.

II

Mon petit camarade Abel jouait avec ses escargots.

Il en élève une pleine boîte et il a soin, pour les reconnaître, de numéroter au crayon la coquille.

S'il fait trop sec, les escargots dorment dans la boîte. Dès que la pluie menace, Abel les aligne dehors, et si elle tarde à tomber, il les réveille en versant dessus un pot d'eau. Et tous, sauf les mères qui couvent, dit-il, au fond de la boîte, se promènent sous la garde d'un chien appelé Barbare et qui est une lame de plomb qu'Abel pousse du doigt.

Comme je causais avec lui du mal que donne leur dressage, je m'aperçus qu'il me faisait signe que *non,* même quand il me répondait oui.

« Abel, lui dis-je, pourquoi ta tête remue-t-elle ainsi de droite et de gauche ?

— C'est mon sucre, dit Abel.

— Quel sucre ?

— Tiens, là. »

Tandis qu'à quatre pattes il ramenait le numéro 8 près de s'égarer, je vis au cou d'Abel, entre la peau et la chemise, un morceau de sucre qui pendait à un fil, comme une médaille.

« Maman me l'attache, dit-il, quand elle veut me punir.

— Ça te gêne ?

— Ça gratte.

— Et ça cuit, hein ! c'est tout rouge.

— Mais quand elle me pardonne, dit Abel, je le mange. »

LA CHENILLE

Elle sort d'une touffe d'herbe qui l'avait cachée pendant la chaleur. Elle traverse l'allée de sable à grandes ondulations. Elle se garde d'y faire halte et un moment elle se croit perdue dans une trace de sabot du jardinier.

Arrivée aux fraises, elle se repose, lève le nez de droite et de gauche pour flairer ; puis elle repart et sous les feuilles, sur les feuilles, elle sait maintenant où elle va.

Quelle belle chenille, grasse, velue, fourrée, brune avec des points d'or et ses yeux noirs !

Guidée par l'odorat, elle se trémousse et se fronce comme un épais sourcil.

Elle s'arrête au bas d'un rosier.

De ses fines agrafes, elle tâte l'écorce rude, balance sa petite tête de chien nouveau-né et se décide à grimper.

Et, cette fois, vous diriez qu'elle avale péniblement chaque longueur de chemin par déglutition.

Tout en haut du rosier, s'épanouit une rose au teint de candide fillette. Ses parfums qu'elle prodigue la grisent. Elle ne se défie de personne. Elle laisse monter par sa tige la première chenille venue. Elle l'accueille comme un cadeau.

Et, pressentant qu'il fera froid cette nuit, elle est bien aise de se mettre un boa autour du cou.

LA PUCE

Un grain de tabac à ressort.

LE PAPILLON

Ce billet doux plié en deux cherche une adresse de fleur.

LA GUÊPE

Elle finira pourtant par s'abîmer la taille !

LA DEMOISELLE

Elle soigne son ophtalmie.

D'un bord à l'autre de la rivière, elle ne fait que tremper dans l'eau fraîche ses yeux gonflés.

Et elle grésille, comme si elle volait à l'électricité.

L'ÉCUREUIL

I

Du panache ! du panache ! oui, sans doute ; mais, mon petit ami, ce n'est pas là que ça se met.

II

Leste allumeur de l'automne, il passe et repasse sous les feuilles la petite torche de sa queue.

LA SOURIS

Comme, à la clarté d'une lampe, je fais ma quotidienne page d'écriture, j'entends un léger bruit. Si je m'arrête, il cesse. Il recommence, dès que je gratte le papier.

C'est une souris qui s'éveille.

Je devine ses va-et-vient au bord du trou obscur où notre servante met ses torchons et ses brosses.

Elle saute par terre et trotte sur les carreaux de la cuisine. Elle passe près de la cheminée, sous l'évier, se perd dans la vaisselle, et par une série de reconnaissances qu'elle pousse de plus en plus loin, elle se rapproche de moi.

Chaque fois que je pose mon porte-plume, ce silence l'inquiète. Chaque fois que je m'en sers, elle croit peut-être qu'il y a une autre souris quelque part, et elle se rassure.

Puis je ne la vois plus. Elle est sous ma table, dans mes jambes. Elle circule d'un pied de chaise à l'autre. Elle frôle mes sabots, en mordille le bois, ou hardiment, la voilà dessus !

Et il ne faut pas que je bouge la jambe, que je respire trop fort : elle filerait.

Mais il faut que je continue d'écrire, et de peur qu'elle ne m'abandonne à mon ennui de solitaire, j'écris des signes, des riens, petitement, menu, menu, comme elle grignote.

SINGES

Allez voir les singes (maudits gamins, ils ont tout déchiré leur fond de culotte !) grimper, danser au soleil neuf, se fâcher, se gratter, éplucher des choses, et boire avec une grâce primitive, tandis que de leurs yeux, troubles parfois, mais pas longtemps, s'échappent des lueurs vite éteintes.

Allez voir les flamants qui marchent sur des pincettes, de peur de mouiller, dans l'eau du bassin, leurs jupons roses ; les cygnes et la vaniteuse plomberie de leur col ; l'autruche, ses ailes de poussin, et sa casquette de chef de gare responsable ; les cigognes qui haussent tout le temps les épaules (à la fin, ça ne signifie plus rien) ; le marabout frileux dans sa pauvre jaquette, les pingouins en macfarlane ; le pélican qui tient son bec comme un sabre de bois, et les perruches, dont les plus apprivoisées le sont moins que leur gardien lui-même qui finit par nous prendre une pièce de dix sous dans la main.

Allez voir le yack lourd de pensées préhistoriques ; la girafe qui nous montre, par-dessus les barreaux de la grille, sa tête au bout d'une pique ; l'éléphant qui traîne ses chaussons devant sa porte, courbé, le nez bas : il disparaît presque dans le sac d'une culotte trop remontée, et, derrière, un petit bout de corde pend.

Allez donc voir le porc-épic garni de porte-plume bien gênants pour lui et son amie ; le zèbre, modèle à transparent de tous les autres zèbres ; la panthère descendue au pied de son lit ; l'ours qui nous amuse et ne s'amuse guère, et le lion qui bâille, à nous faire bâiller.

LE CERF

J'entrai au bois par un bout de l'allée, comme il arrivait par l'autre bout.

Je crus d'abord qu'une personne étrangère s'avançait avec une plante sur la tête.

Puis je distinguai le petit arbre nain, aux branches écartées et sans feuilles.

Enfin le cerf apparut net et nous nous arrêtâmes tous deux.

Je lui dis :

« Approche. Ne crains rien. Si j'ai un fusil, c'est par contenance, pour imiter les hommes qui se prennent au sérieux. Je ne m'en sers jamais et je laisse ses cartouches dans leur tiroir. »

Le cerf écoutait et flairait mes paroles. Dès que je me tus, il n'hésita point : ses jambes remuèrent comme des tiges qu'un souffle d'air croise et décroise. Il s'enfuit.

« Quel dommage ! lui criai-je. Je rêvais déjà que nous faisions route ensemble. Moi, je t'offrais, de ma main, les herbes que tu aimes, et toi, d'un pas de promenade, tu portais mon fusil couché sur ta ramure. »

LE GOUJON

I

Il remonte le courant d'eau vive et suit le chemin que tracent les cailloux : car il n'aime ni la vase, ni les herbes.

Il aperçoit une bouteille couchée sur un lit de sable. Elle n'est pleine que d'eau. J'ai oublié à dessein d'y mettre une amorce. Le goujon tourne autour, cherche l'entrée et le voilà pris.

Je ramène la bouteille et rejette le goujon.

Plus haut, il entend du bruit. Loin de fuir, il s'approche, par curiosité. C'est moi qui m'amuse, piétine dans l'eau et remue le fond avec une perche, au bord d'un filet. Le goujon têtu veut passer par une maille. Il y reste.

Je lève le filet et rejette le goujon.

Plus bas, une brusque secousse tend ma ligne et le bouchon bicolore file entre deux eaux.

Je tire et c'est encore lui.

Je le décroche de l'hameçon et le rejette.

Cette fois, je ne l'aurai plus.

Il est là, immobile, à mes pieds, sous l'eau claire. Je distingue sa tête élargie, son gros œil stupide et sa paire de barbillons.

Il bâille, la lèvre déchirée, et il respire fort, après une telle émotion.

Mais rien ne le corrige.

Je laisse de nouveau tremper ma ligne avec le même ver.

Et aussitôt le goujon mord.

Lequel de nous deux se lassera le premier ?

II

Décidément, ils ne veulent pas mordre. Ils ne savent donc pas que c'est aujourd'hui l'ouverture de la pêche !

LE BROCHET

Immobile à l'ombre d'un saule, c'est le poignard dissimulé au flanc du vieux bandit.

LA BALEINE

Elle a bien dans la bouche de quoi se faire un corset, mais avec ce tour de taille !...

POISSONS

M. Vernet n'était pas un pêcheur à embarras, un pêcheur savant, lumineux, bavard, insupportable, il n'avait point de costume spécial, d'engins coûteux et inutiles, et la veille de l'ouverture ne lui donnait pas la fièvre.

Une ligne lui suffisait, de fil cordonné ; un bouchon discrètement peint, des vers de son jardin comme amorce, et un sac de toile où il rapportait le poisson. Pourtant M. Vernet aimait la pêche ; passionnément, ce serait trop dire ; il l'aimait bien, il n'aimait plus qu'elle, après avoir renoncé successivement, pour des raisons diverses, à ses exercices préférés.

La pêche ouverte, il pêchait presque tous les

jours, le matin ou le soir, le plus souvent au même endroit. D'autres pêcheurs accordent de l'importance au vent qu'il fait, au soleil qui chauffe, aux nuances de l'eau. M. Vernet aucune. Sa perche de ligne de noisetier à la main, il partait à son gré, longeait l'Yonne, s'arrêtait aussitôt qu'il ne voulait pas aller plus loin, déroulait, posait la ligne, et passait d'agréables moments, jusqu'à l'heure de revenir à la maison pour déjeuner ou dîner. M. Vernet n'était pas assez fantaisiste, sous prétexte de pêche, pour manger mal à l'aise, dehors.

C'est ainsi qu'il se trouva, dimanche dernier, le matin, d'assez bonne heure, s'étant pressé un peu ce premier jour, assis sur l'herbe, et non sur un pliant, au bord de la rivière.

Tout de suite, il s'amusa autant qu'il pouvait. Cette matinée lui semblait délicieuse, non pas seulement parce qu'il pêchait, mais parce qu'il respirait un air léger, parce qu'il voyait miroiter l'Yonne, suivait de l'œil une course sur l'eau de moustiques à longues pattes, et écoutait des grillons chanter derrière lui.

Certes, la pêche l'intéressait aussi, beaucoup.

Bientôt, il prit un poisson.

Ce n'était pas une aventure extraordinaire pour M. Vernet. Il en avait pris d'autres ! Il ne s'acharnait pas après les poissons, il était homme à s'en passer, mais chaque fois qu'un poisson mordait trop, il fallait bien le tirer de l'eau. Et M. Vernet le tirait toujours avec un peu d'émotion. On la devinait au tremblement de ses doigts qui changeaient l'amorce.

M. Vernet, avant d'ouvrir son sac, posa le goujon dans l'herbe. Il ne faut pas dire : « Quoi ! Ce n'était qu'un goujon ! » Il y a de gros goujons qui agitent si violemment la ligne que le cœur du pêcheur bat comme à un drame.

M. Vernet, calmé, rejeta sa ligne à l'eau et au lieu de mettre le goujon dans le sac, sans savoir pourquoi (il ne sut jamais le dire), il regarda le goujon.

Pour la première fois, il regarda un poisson qu'il venait de prendre ! D'habitude, il se dépêchait de lancer sa ligne à d'autres poissons, qui n'attendaient qu'elle. Aujourd'hui, il regardait le goujon avec curiosité, puis avec étonnement, puis avec une espèce d'inquiétude.

Le goujon, après quelques soubresauts qui le fatiguèrent vite, s'immobilisa sur le flanc et ne donna plus signe de vie que par les efforts visibles qu'il faisait pour respirer.

Ses nageoires collées au dos, il ouvrait et fermait sa bouche, ornée, à la lèvre inférieure, de deux barbillons, comme de petites moustaches molles. Et, lentement, la respiration devenait plus pénible, au point que les mâchoires hésitaient même à se rejoindre.

« C'est drôle, dit M. Vernet, je m'aperçois qu'il étouffe ! »

Et il ajouta :

« Qu'il souffre ! »

C'était une remarque nouvelle, aussi nette qu'inattendue. Oui, les poissons souffrent quand ils meurent ; on ne le croit pas d'abord, parce qu'ils ne le disent pas. Ils n'expriment rien ; ils sont muets, c'est le cas de le dire ; et par ses détentes d'agonie, ce goujon semblait jouer encore !

Pour voir les poissons mourir, il faut, par hasard, les regarder attentivement, comme M. Vernet. Tant qu'on n'y pense pas, peu importe, mais dès qu'on y pense !...

« Je me connais, se dit M. Vernet, je suis fichu ; je m'interroge et je sens que j'irai jusqu'au bout de mon questionnaire ; c'est inutile de résister à la tentation d'être logique : la peur du ridicule ne m'arrêtera pas ; après la chasse, la pêche ! Un jour quelconque, à la chasse, après un de mes crimes, je me suis dit : de quel droit fais-tu ça ? La réponse était toute prête. On s'aperçoit vite qu'il est répugnant de casser l'aile d'une perdrix, les pattes d'un lièvre. Le soir, j'ai pendu mon fusil qui ne tuera plus. L'odieux de la pêche, moins sanglante, vient seulement de me frapper. »

À ces mots, M. Vernet vit le bouchon de sa ligne qui se promenait sur l'eau comme animé, comme par défi. Il tira machinalement une fois de plus. C'était une perche hérissée, épineuse, qui, goulue comme toutes ses pareilles, avait avalé l'hameçon jusqu'au ventre. Il fallut l'extraire, arracher de la chair, déchirer les ouïes de dentelle rouge, se poisser les mains de sang.

Oh ! il saignait, celui-là, il s'exprimait !

M. Vernet roula sa ligne, cacha au pied d'un saule les deux poissons qu'une loutre y trouverait peut-être et s'en alla.

Il semblait plutôt gai et méditait en marche.

« Je serais sans excuse, se disait-il. Chasseur, même si je pouvais m'offrir avec mon argent d'autre viande, je mangeais du moins le gibier, je me nourrissais, je ne donnais pas la mort uniquement par plaisir, mais Mme Vernet rit bien, quand je lui apporte mes quelques poissons raides et secs, et que je n'ose même pas, honteux, la prier de les faire cuire. C'est le chat qui se régale. Qu'il aille les pêcher lui-même s'il veut ! Moi, je casse ma ligne ! »

Cependant, comme il tenait encore les morceaux brisés, M. Vernet murmura, non sans tristesse :

« Est-ce enfin devenir sage, est-ce perdre déjà le goût de vivre ? »

AU JARDIN

LA BÊCHE : *Fac et spera.*

LA PIOCHE : Moi aussi.

LES FLEURS : Fera-t-il soleil aujourd'hui ?

LE TOURNESOL : Oui, si je veux.

L'ARROSOIR : Pardon, si je veux, il pleuvra, et, si j'ôte ma pomme, à torrents.

LE ROSIER : Oh ! quel vent !

LE TUTEUR : Je suis là.

LA FRAMBOISE : Pourquoi les roses ont-elles des épines ? Ça ne se mange pas, une rose.

LA CARPE DU VIVIER : Bien dit ! C'est parce qu'on me mange que je pique, moi, avec mes arêtes.

LE CHARDON : Oui, mais trop tard.

LA ROSE : Me trouves-tu belle ?

LE FRELON : Il faudrait voir les dessous.

LA ROSE : Entre.

L'ABEILLE : Du courage ! Tout le monde me dit que je travaille bien. J'espère, à la fin du mois, passer chef de rayon.

LES VIOLETTES : Nous sommes toutes officiers d'académie.

LES VIOLETTES BLANCHES : Raison de plus pour être modestes, mes sœurs.

LE POIREAU : Sans doute. Est-ce que je me vante ?

L'ÉPINARD : C'est moi qui suis l'oseille.

L'OSEILLE : Mais non, c'est moi.

L'ÉCHALOTE : Oh ! que ça sent mauvais.

L'AIL : Je parie que c'est encore l'œillet.

L'ASPERGE : Mon petit doigt me dit tout.

LA POMME DE TERRE : Je crois que je viens de faire mes petits.

LE POMMIER, *au Poirier d'en face :* C'est ta poire, ta poire, ta poire... c'est ta poire que je voudrais produire.

LES COQUELICOTS

Ils éclatent dans le blé, comme une armée de petits soldats ; mais d'un bien plus beau rouge, ils sont inoffensifs.

Leur épée, c'est un épi.

C'est le vent qui les fait courir, et chaque coquelicot s'attarde, quand il veut, au bord du sillon, avec le bleuet, sa payse.

LA VIGNE

Tous ses ceps, l'échalas droit, sont au port d'armes.

Qu'attendent-ils ? le raisin ne sortira pas encore cette année, et les feuilles de vigne ne servent plus qu'aux statues.

CHAUVES-SOURIS

La nuit s'use à force de servir.

Elle ne s'use point par le haut, dans ses étoiles. Elle s'use comme une robe qui traîne à terre, entre les cailloux et les arbres, jusqu'au fond des tunnels malsains et des caves humides.

Il n'est pas de coin où ne pénètre un pan de nuit. L'épine le crève, les froids le gercent, la boue le gâte. Et chaque matin, quand la nuit remonte, des loques s'en détachent, accrochées au hasard.

Ainsi naissent les chauves-souris.

Et elles doivent à cette origine de ne pouvoir supporter l'éclat du jour.

Le soleil couché, quand nous prenons le frais, elles se décollent des vieilles poutres où, léthargiques, elles pendaient d'une griffe.

Leur vol gauche nous inquiète. D'une aile baleinée et sans plumes, elles palpitent autour de nous. Elles se dirigent moins avec d'inutiles yeux blessés qu'avec l'oreille.

Mon amie cache son visage, et moi je détourne la tête par peur du choc impur.

On dit qu'avec plus d'ardeur que notre amour même, elles nous suceraient le sang jusqu'à la mort.

Comme on exagère !

Elles ne sont pas méchantes. Elles ne nous touchent jamais.

Filles de la nuit, elles ne détestent que les lumières, et, du frôlement de leurs petits châles funèbres, elles cherchent des bougies à souffler.

LA CAGE SANS OISEAUX

Félix ne comprend pas qu'on tienne des oiseaux prisonniers dans une cage.

« De même, dit-il, que c'est un crime de cueillir une fleur, et, personnellement, je ne veux la respirer que sur sa tige, de même les oiseaux sont faits pour voler. »

Cependant il achète une cage ; il l'accroche à sa fenêtre. Il y dépose un nid d'ouate, une soucoupe de graines, une tasse d'eau pure et renouvelable. Il y suspend une balançoire et une petite glace.

Et comme on l'interroge avec surprise :

« Je me félicite de ma générosité, dit-il, chaque fois que je regarde cette cage. Je pourrais y mettre un oiseau et je la laisse vide. Si je voulais, telle grive brune, tel bouvreuil pimpant, qui sautille, ou tel autre de nos petits oiseaux variés serait esclave. Mais grâce à moi, l'un d'eux au moins reste libre. C'est toujours ça. »

LE SERIN

Quelle idée ai-je eue d'acheter cet oiseau ?

L'oiselier me dit : « C'est un mâle. Attendez une semaine qu'il s'habitue, et il chantera. »

Or, l'oiseau s'obstine à se taire et il fait tout de travers.

Dès que je remplis son gobelet de graines, il les pille du bec et les jette aux quatre vents.

J'attache, avec une ficelle, un biscuit entre deux barreaux. Il ne mange que la ficelle. Il repousse et frappe, comme d'un marteau, le biscuit et le biscuit tombe.

Il se baigne dans son eau pure et il boit dans sa baignoire. Il crotte au petit bonheur dans les deux.

Il s'imagine que l'échaudé est une pâte toute prête où les oiseaux de son espèce se creusent des nids et il s'y blottit d'instinct.

Il n'a pas encore compris l'utilité des feuilles de salade et ne s'amuse qu'à les déchirer.

Quand il pique une graine pour de bon, pour l'avaler, il fait peine. Il la roule d'un coin à l'autre du bec, et la presse et l'écrase, et tortille sa tête, comme un petit vieux qui n'a plus de dents.

Son bout de sucre ne lui sert jamais. Est-ce une pierre qui dépasse, un balcon ou une table peu pratique ?

Il lui préfère ses morceaux de bois. Il en a deux qui se superposent et se croisent et je m'écœure à le regarder sauter. Il égale la stupidité mécanique d'une pendule qui ne marquerait rien. Pour quel plaisir saute-t-il ainsi, sautillant par quelle nécessité ?

S'il se repose de sa gymnastique morne, perché d'une patte sur un bâton qu'il étrangle, il cherche de l'autre patte, machinalement, le même bâton.

Aussitôt que, l'hiver venu, on allume le poêle, il croit que c'est le printemps, l'époque de sa mue, et il se dépouille de ses plumes.

L'éclat de ma lampe trouble ses nuits, désordonne ses heures de sommeil. Il se couche au crépuscule. Je laisse les ténèbres s'épaissir autour de lui. Peut-être rêve-t-il ? Brusquement, j'approche la lampe de sa cage. Il rouvre les yeux. Quoi ! c'est déjà le jour ? Et vite, il recommence de s'agiter, danser, cribler une feuille, et il écarte sa queue en éventail, décolle ses ailes.

Mais je souffle la lampe et je regrette de ne pas voir sa mine ahurie.

J'ai bientôt assez de cet oiseau muet qui ne vit qu'à rebours, et je le mets dehors par la fenêtre... Il ne sait pas plus se servir de la liberté que d'une cage. On va le reprendre avec la main.

Qu'on se garde de me le rapporter !

Non seulement je n'offre aucune récompense, mais je jure que je ne connais pas cet oiseau.

LE PINSON

Au bout du toit de la grange, un pinson chante. Il répète, par intervalles égaux, sa note héréditaire. À force de le regarder, l'œil trouble ne le distingue plus de la grange massive. Toute la vie de ces pierres, de ce foin, de ces poutres et de ces tuiles s'échappe par un bec d'oiseau.

Ou plutôt la grange elle-même siffle un petit air.

LE NID DE CHARDONNERETS

Il y avait, sur une branche fourchue de notre cerisier, un nid de chardonnerets joli à voir, rond, parfait, tout crins au-dehors, tout duvet au-dedans, et quatre petits venaient d'y éclore. Je dis à mon père :

« J'ai presque envie de les prendre pour les élever. »

Mon père m'avait expliqué souvent que c'est un crime de mettre des oiseaux en cage. Mais, cette fois, las sans doute de répéter la même chose, il ne trouva rien à me répondre. Quelques jours après, je lui dis :

« Si je veux, ce sera facile. Je placerai d'abord le nid dans une cage, j'attacherai la cage au cerisier et la mère nourrira les petits par les barreaux, jusqu'à ce qu'ils n'aient plus besoin d'elle. »

Mon père ne me dit pas ce qu'il pensait de ce moyen.

C'est pourquoi j'installai le nid dans une cage, la cage sur le cerisier et ce que j'avais prévu arriva : les vieux chardonnerets, sans hésiter, apportèrent aux petits des pleins becs de chenilles. Et mon père observait de loin, amusé comme moi, leur va-et-vient fleuri, leur vol teint de rouge sang et de jaune soufre.

Je dis un soir :

« Les petits sont assez drus. S'ils étaient libres, ils s'envoleraient. Qu'ils passent une dernière nuit en famille et demain je les porterai à la maison, je les pendrai à ma fenêtre, et je te prie de croire qu'il n'y aura pas beaucoup de chardonnerets au monde mieux soignés. »

Mon père ne me dit pas le contraire.

Le lendemain, je trouvai la cage vide. Mon père était là, témoin de ma stupeur.

« Je ne suis pas curieux, dis-je, mais je voudrais bien savoir quel est l'imbécile qui a ouvert cette cage ! »

LE LORIOT

Je lui dis :

« Rends-moi cette cerise, tout de suite.

— Bien », répond le loriot.

Il rend la cerise et, avec la cerise, les trois cent mille larves d'insectes nuisibles, qu'il avale dans une année.

LE MOINEAU

Assis sous les noisetiers du jardin, j'écoute les bruits que fait par ses feuilles, ses insectes et ses oiseaux, tout arbre qui ne se méfie pas.

Silencieux, inanimé à notre approche, il se remet à vivre dès qu'il ne nous croit plus là, parce que nous nous taisons comme lui.

Après la visite d'un chardonneret, qui voltige dans les noisetiers, donne aux feuilles quelques coups de bec, et repart sans m'apercevoir, c'est un moineau qui vient se poser sur une branche au-dessus de ma tête.

Bien que déjà dru, il doit être jeune. Il serre la branche avec ses pattes, il ne bouge plus, comme si le vol l'avait fatigué, et il pépie d'un bec tendre. Il ne peut pas me voir et je le regarde longtemps. Puis il me faut bien remuer. Au mouvement que je fais, le moineau ouvre à peine ses ailes et les referme sans inquiétude.

Je ne sais pourquoi je me dresse, machinal, et du bout des lèvres, la main tendue, je l'appelle.

Le moineau, d'un vol gauche, descend de sa branche sur mon doigt !

Je me sens ému comme un homme qui se découvre un charme ignoré jusque-là, comme un rêveur qui souriait par hasard à une femme inconnue et la voit sourire.

Le moineau confiant bat des ailes pour garder son équilibre au bout de mon doigt et son bec est prêt à tout avaler.

Comme je vais le montrer à la famille sûrement émerveillée, notre petit voisin Raoul, qui semblait chercher quelque chose, accourt :

« Ah ! vous l'avez ? dit-il.

— Oui, camarade, je sais les prendre, moi !

— Il s'est sauvé de sa cage, dit Raoul, je le cherche depuis ce matin.

— Comment, c'est le tien ?

— Oui, monsieur. Il y a huit jours que je l'élève. Il commence à voler loin et il reste bien apprivoisé.

— Voilà ton moineau, Raoul ; mais ne le laisse plus s'échapper, sinon je l'étrangle : il me fait des peurs ! »

LES HIRONDELLES

I

Elles me donnent ma leçon de chaque jour.

Elles pointillent l'air de petits cris.

Elles tracent une raie droite, posent une virgule au bout, et, brusquement, vont à la ligne.

Elles mettent entre folles parenthèses la maison où j'habite.

Trop vives pour que la pièce d'eau du jardin prenne copie de leur vol, elles montent de la cave au grenier.

D'une plume d'aile légère, elles bouclent d'inimitables parafes.

Puis, deux à deux, en accolade, elles se joignent, se mêlent, et, sur le bleu du ciel, elles font tache d'encre.

Mais l'œil d'un ami peut seul les suivre, et si vous savez le grec et le latin, moi je sais lire l'hébreu que décrivent dans l'air les hirondelles de cheminée.

II

LE PINSON : Je trouve l'hirondelle stupide : elle croit qu'une cheminée, c'est un arbre.

LA CHAUVE-SOURIS : Et on a beau dire, de nous deux c'est elle qui vole le plus mal : en plein jour, elle ne fait que se tromper de chemin ; si elle volait la nuit, comme moi, elle se tuerait à chaque instant.

III

Une douzaine d'hirondelles à cul blanc se croisent sous mes yeux avec une ardeur inquiète et silencieuse, en un espace limité comme une volière. C'est à mon nez un tissage rapide d'ouvrières pressées par le temps.

Que cherchent-elles éperdues, dans l'air criblé de leur vol ? Demandent-elles un refuge ? Ont-elles quelque adieu à me dire ? Immobile, je sens la fraîcheur des souffles légers, et je crains, j'espère une rencontre où deux de ces folles se briseraient. Mais, d'une adresse qui décourage, elles disparaissent tout à coup sans un choc.

LA PIE

I

Il lui reste toujours, du dernier hiver, un peu de neige.

Elle sautille à pieds joints par terre, puis, de son vol droit et mécanique, elle se dirige vers un arbre.

Quelquefois elle le manque et ne peut s'arrêter que sur l'arbre voisin.

Commune, si dédaignée qu'elle semble immortelle, en habit dès le matin pour bavarder jusqu'au soir, insupportable avec sa queue-de-pie, c'est notre oiseau le plus français.

II

LA PIE : Cacacacacaca.

LA GRENOUILLE : Qu'est-ce qu'elle dit ?

LA PIE : Je ne dis pas, je chante.

LA GRENOUILLE : Couac !

LA TAUPE : Taisez-vous donc là-haut, on ne s'entend plus travailler !

MERLE !

I

Dans mon jardin il y a un vieux noyer presque mort qui fait peur aux petits oiseaux. Seul un oiseau noir habite ses dernières feuilles.

Mais le reste du jardin est plein de jeunes arbres fleuris où nichent des oiseaux gais, vifs et de toutes les couleurs.

Et il semble que ces jeunes arbres se moquent du vieux noyer. À chaque instant, ils lui lancent, comme des paroles taquines, une volée d'oiseaux babillards.

Tour à tour, pierrots, martins, mésanges et pinsons le harcèlent. Ils choquent de l'aile la pointe de ses branches. L'air crépite de leurs cris menus ; puis ils se sauvent, et c'est une autre bande importune qui part des jeunes arbres.

Tant qu'elle peut, elle nargue, piaille, siffle et s'égosille.

Ainsi de l'aube au crépuscule, comme des mots railleurs, pinsons, mésanges, martins et pierrots s'échappent des jeunes arbres vers le vieux noyer.

Mais parfois il s'impatiente, il remue ses dernières feuilles, lâche son oiseau noir et répond :

Merle !

II

LE GEAI : Toujours en noir, vilain merle !

LE MERLE : Monsieur le sous-préfet, je n'ai que ça à me mettre.

LE PERROQUET

Pas mal ! et il avait bien quelque mérite au temps où les bêtes ne parlaient pas mais aujourd'hui toutes les bêtes ont du talent.

L'ALOUETTE

I

Je n'ai jamais vu d'alouette et je me lève inutilement avec l'aurore. L'alouette n'est pas un oiseau de la terre.

Depuis ce matin, je foule les mottes et les herbes sèches.

Des bandes de moineaux gris ou de chardonnerets peints à vif flottent sur les haies d'épines.

Le geai passe la revue des arbres dans un costume officiel.

Une caille rase des luzernes et trace au cordeau la ligne droite de son vol.

Derrière le berger qui tricote mieux qu'une femme, les moutons se suivent et se ressemblent.

Et tout s'imprègne d'une lumière si neuve que le corbeau, qui ne présage rien de bon, fait sourire.

Mais écoutez comme j'écoute.

Entendez-vous quelque part, là-haut, piler dans une coupe d'or des morceaux de cristal ?

Qui peut me dire où l'alouette chante ?

Si je regarde en l'air, le soleil brûle mes yeux.

Il me faut renoncer à la voir.

L'alouette vit au ciel, et c'est le seul oiseau du ciel qui chante jusqu'à nous.

II

Elle retombe, ivre morte de s'être encore fourrée dans l'œil du soleil.

LE MARTIN-PÊCHEUR

Ça n'a pas mordu, ce soir, mais je rapporte une rare émotion.

Comme je tenais ma perche de ligne tendue, un martin-pêcheur est venu s'y poser.

Nous n'avons pas d'oiseau plus éclatant.

Il semblait une grosse fleur bleue au bout d'une longue tige. La perche pliait sous le poids. Je ne respirais plus, tout fier d'être pris pour un arbre par un martin-pêcheur.

Et je suis sûr qu'il ne s'est pas envolé de peur, mais qu'il a cru qu'il ne faisait que passer d'une branche à une autre.

L'ÉPERVIER

Il décrit d'abord des ronds sur le village.

Il n'était qu'une mouche, un grain de suie.

Il grossit à mesure que son vol se resserre.

Parfois il demeure immobile. Les volailles donnent des signes d'inquiétude. Les pigeons rentrent au toit. Une poule, d'un cri bref, rappelle ses petits, et on entend cacarder les oies vigilantes d'une basse-cour à l'autre.

L'épervier hésite et plane à la même hauteur. Peut-être n'en veut-il qu'au coq du clocher.

On le croirait pendu au ciel, par un fil.

Brusquement le fil casse, l'épervier tombe, sa victime choisie. C'est l'heure d'un drame ici-bas.

Mais, à la surprise générale, il s'arrête avant de toucher terre, comme s'il manquait de poids, et il remonte d'un coup d'aile.

Il a vu que je le guette de ma porte, et que je cache, derrière moi, quelque chose de long qui brille.

LA BERGERONNETTE

Elle court autant qu'elle vole, et toujours dans nos jambes, familière, imprenable, elle nous défie, avec ses petits cris, de marcher sur sa queue.

LE GEAI

Le sous-préfet aux champs.

LE CORBEAU

I

L'accent grave sur le sillon.

II

« Quoi ? quoi ? quoi ?
— Rien. »

III

Les corbeaux passent sous un ciel bleu et sans couture. Tout à coup l'un d'eux, qui est en tête, ralentit, et trace un grand cercle. Les autres tournent derrière lui. Ils semblent danser une ronde par ennui de la route, et faire des grâces avec leurs ailes tendues comme les plis d'une jupe.

... Un corbeau
Tout à l'heure annonçait malheur à quelque oiseau.

J'ai pris mon fusil et tué le corbeau.

Il ne s'était pas trompé.

LES PERDRIX

La perdrix et le laboureur vivent en paix, lui derrière sa charrue, elle dans la luzerne voisine, à la distance qu'il faut l'un de l'autre pour ne pas se gêner. La perdrix connaît la voix du laboureur, elle ne le redoute pas quand il crie ou qu'il jure.

Que la charrue grince, que le bœuf tousse et que l'âne se mette à braire, elle sait que ce n'est rien.

Et cette paix dure jusqu'à ce que je la trouble.

Mais j'arrive et la perdrix s'envole, le laboureur n'est pas tranquille, le bœuf non plus, l'âne non plus. Je tire, et au fracas d'un importun, toute la nature se désordonne.

Ces perdrix, je les lève d'abord dans une éteule, puis je les relève dans une luzerne, puis je les relève dans un pré, puis le long d'une haie ; puis à la corne d'un bois, puis...

Et tout à coup je m'arrête, en sueur, et je m'écrie : « Ah ! les sauvages, me font-elles courir ! »

De loin, j'ai aperçu quelque chose au pied d'un arbre, au milieu du pré.

Je m'approche de la haie et je regarde par-dessus.

Il me semble qu'un col d'oiseau se dresse à l'ombre de l'arbre. Aussitôt mes battements de cœur s'accélèrent. Il ne peut y avoir dans cette herbe que des perdrix. Par un signal familier, la mère, en m'entendant, les a fait se coucher à plat. Elle-même s'est baissée. Son col seul reste droit et elle veille. Mais j'hésite, car le col ne remue pas et j'ai peur de me tromper, de tirer sur une racine.

Çà et là, autour de l'arbre, des taches jaunes, perdrix ou mottes de terre, achèvent de me troubler la vue.

Si je fais partir les perdrix, les branches de l'arbre m'empêcheront de tirer au vol, et j'aime mieux, en tirant par terre, commettre ce que les chasseurs sérieux appellent un assassinat.

Mais ce que je prends pour un col de perdrix ne remue toujours pas.

Longtemps j'épie.

Si c'est bien une perdrix, elle est admirable d'immobilité et de vigilance, et toutes les autres, par leur façon de lui obéir, méritent cette gardienne. Pas une ne bouge.

Je fais une feinte. Je me cache tout entier derrière la haie, et je cesse d'observer, car tant que je vois la perdrix, elle me voit.

Maintenant nous sommes tous invisibles, dans un silence de mort.

Puis, de nouveau, je regarde.

Oh ! cette fois, je suis sûr ! La perdrix a cru à ma disparition. Le col s'est haussé et le mouvement qu'elle fait pour le raccourcir la dénonce.

J'applique lentement à mon épaule ma crosse de fusil...

Le soir, las et repu, avant de m'endormir d'un sommeil giboyeux, je pense aux perdrix que j'ai chassées tout le jour, et j'imagine la nuit qu'elles passent.

Elles sont affolées.

Pourquoi en manque-t-il à l'appel ?

Pourquoi en est-il qui souffrent et qui, becquetant leurs blessures, ne peuvent tenir en place ?

Et pourquoi s'est-on mis à leur faire peur à toutes ?

À peine se posent-elles maintenant, que celle qui guette sonne l'alarme. Il faut repartir, quitter l'herbe ou l'éteule.

Elles ne font que se sauver, et elles s'effraient même des bruits dont elles avaient l'habitude.

Elles ne s'ébattent plus, ne mangent plus, ne dorment plus.

Elles n'y comprennent rien.

Si la plume qui tombe d'une perdrix blessée venait se piquer d'elle-même à mon chapeau de fier chasseur, je ne trouverais pas que c'est exagéré.

Dès qu'il pleut trop ou qu'il fait trop sec, que mon chien ne sent plus, que je tire mal et que les perdrix deviennent inabordables, je me crois en état de légitime défense.

Il y a des oiseaux, la pie, le geai, le merle, la grive, avec lesquels un chasseur qui se respecte ne se bat pas, et je me respecte.

Je n'aime me battre qu'avec les perdrix !

Elles sont si rusées !

Leurs ruses, c'est de partir de loin, mais on les rattrape et on les corrige.

C'est d'attendre que le chasseur ait passé, mais derrière lui elles s'envolent trop tôt et il se retourne.

C'est de se cacher dans une luzerne profonde, mais il y va tout droit.

C'est de faire un crochet au vol, mais ainsi elles se rapprochent.

C'est de courir au lieu de voler, et elles courent plus vite que l'homme, mais il y a le chien.

C'est de s'appeler quand on les divise, mais elles appellent aussi le chasseur et rien ne lui est plus agréable que leur chant.

Déjà ce couple de jeunes commençait de vivre à part. Je les surpris, le soir, au bord d'un labouré. Elles s'envolèrent si étroitement jointes, aile dessus, aile dessous je peux dire, que le coup de fusil qui tua l'une démonta l'autre.

L'une ne vit rien et ne sentit rien, mais l'autre eut le temps de voir sa compagne morte et de se sentir mourir près d'elle.

Toutes deux, au même endroit de la terre, elles ont laissé un peu d'amour, un peu de sang et quelques plumes.

Chasseur, d'un coup de fusil tu as fait deux beaux coups : va les conter à ta famille.

Ces deux vieilles de l'année dernière dont la couvée avait été détruite, ne s'aimaient pas moins que des jeunes. Je les voyais toujours ensemble. Elles étaient habiles à m'éviter et je ne m'acharnais pas à leur poursuite. C'est par hasard que j'en ai tué une. Et puis j'ai cherché l'autre, pour la tuer, elle aussi, par pitié !

Celle-ci a une patte cassée qui pend, comme si je la retenais par un fil.

Celle-là suit d'abord les autres jusqu'à ce que ses ailes la trahissent ; elle s'abat, et elle piète ; elle court tant qu'elle peut, devant le chien, légère et à demi hors des sillons.

Celle-ci a reçu un grain de plomb dans la tête. Elle se détache des autres. Elle pointe en l'air, étourdie, elle monte plus haut que les arbres, plus haut qu'un coq de clocher, vers le soleil. Et le chasseur, plein d'angoisse, la perd de vue, quand elle cède enfin au poids de sa tête lourde. Elle ferme ses ailes, et va piquer du bec le sol, là-bas, comme une flèche.

Celle-là tombe, sans faire ouf ! comme un chiffon qu'on jette au nez du chien pour le dresser.

Celle-là, au coup de feu, oscille comme une petite barque et chavire.

On ne sait pas pourquoi celle-ci est morte, tant la blessure est secrète sous les plumes.

Je fourre vite celle-là dans ma poche, comme si j'avais peur d'être vu, de me voir.

Mais il faut que j'étrangle celle qui ne veut pas mourir. Entre mes doigts, elle griffe l'air, elle ouvre le bec, sa fine langue palpite, et sur les yeux. dit Homère, descend l'ombre de la mort.

Là-bas, le paysan lève la tête à mon coup de feu et me regarde.

C'est un juge, cet homme de travail ; il va me parler ; il va me faire honte d'une voix grave.

Mais non : tantôt c'est un paysan jaloux qui bisque de ne pas chasser comme moi, tantôt c'est un brave paysan que j'amuse et qui m'indique où sont allées mes perdrix.

Jamais ce n'est l'interprète indigné de la nature.

Je rentre ce matin, après cinq heures de marche, la carnassière vide, la tête basse et le fusil lourd. Il fait une chaleur d'orage et mon chien, éreinté, va devant moi, à petits pas, suit les haies, et fréquemment, s'assied à l'ombre d'un arbre où il m'attend.

Soudain, comme je traverse une luzerne fraîche, il tombe ou plutôt il s'aplatit en arrêt : c'est un arrêt ferme, une immobilité de végétal. Seuls les poils du bout de sa queue tremblent. Il y a, je le jurerais, des perdrix sous son nez. Elles sont là, collées les unes aux autres, à l'abri du vent et du soleil. Elles voient le chien, elles me voient, elles me reconnaissent peut-être, et, terrifiées, elles ne partent pas.

Réveillé de ma torpeur, je suis prêt et j'attends.

Mon chien et moi, nous ne bougerons pas les premiers.

Brusquement et simultanément, les perdrix partent : toujours collées, elles ne font qu'une, et je flanque dans le tas mon coup de fusil comme un coup de poing. L'une d'elles, assommée, pirouette. Le chien saute dessus et me rapporte une loque sanglante, une moitié de perdrix. Le coup de poing a emporté le reste.

Allons ! nous ne sommes pas bredouille ! Le chien gambade et je me dandine d'orgueil.

Ah ! je mériterais un bon coup de fusil dans les fesses !

LA BÉCASSE

I

Il ne restait, d'un soleil d'avril, que des lueurs roses aux nuages qui ne bougeaient plus, comme arrivés.

La nuit montait du sol et nous vêtait peu à peu, dans la clairière étroite où mon père attendait les bécasses.

Debout près de lui, je ne distinguais nettement que sa figure. Plus grand que moi, il me voyait à peine, et le chien soufflait, invisible à nos pieds.

Les grives se dépêchaient de rentrer au bois où le merle jette son cri guttural, cette espèce de hennissement qui est un ordre à tous les oiseaux de se taire et de dormir.

La bécasse allait bientôt quitter ses retraites de feuilles mortes et s'élever. Quand il fait doux, comme ce soir-là, elle s'attarde, avant de gagner la plaine. Elle tourne sur le bois et se cherche une compagne. On devine, à son appel léger, qu'elle s'approche ou s'éloigne. Elle passe d'un vol lourd entre les gros chênes et son long bec pend si bas qu'elle semble se promener en l'air avec une petite canne.

Comme j'écoutais et regardais en tous sens, mon père brusquement fit feu, mais il ne suivit pas le chien qui s'élançait.

« Tu l'as manquée ? lui dis-je.

— Je n'ai pas tiré, dit-il. Mon fusil vient de partir dans mes mains.

— Tout seul ?

— Oui.

— Ah !... une branche peut-être ?

— Je ne sais pas. »

Je l'entendais ôter sa cartouche vide.

« Comment le tenais-tu ? »

N'avait-il pas compris ?

« Je te demande de quel côté était le canon ? »

Comme il ne répondait plus, je n'osais plus parler. Enfin, je lui dis :

« Tu aurais pu tuer... le chien.

— Allons-nous-en », dit mon père.

II

Ce soir, il fait un temps doux après une pluie fine. On part vers cinq heures, on gagne le bois et on marche sur les feuilles jusqu'au coucher du soleil.

Le chien multiplie dans le taillis ses lieues de chien. Sentira-t-il des bécasses ?

Peu importe au chasseur, s'il est poète.

Le quart d'heure de la croule venu, on se place toujours trop tôt, au pied d'un arbre, au bord d'une clairière. Les vols rapides des grives et des merles frôlent le cœur. Le canon du fusil bouge d'impatience. À chaque bruit, une émotion ! L'oreille tinte et l'œil se voile, et le moment passe si vite... que c'est déjà trop tard.

Les bécasses ne se lèveront plus ce soir.

Tu ne peux pas coucher là, poète !

Reviens ; prends la traverse, à cause de la nuit, par les prés humides, où tes souliers écrasent les petites huttes molles des taupes ; rentre chez toi, au chaud, à la lumière, sans remords, puisque tu es sans bécasse, — à moins que tu n'en aies laissé une à la maison !

UNE FAMILLE D'ARBRES

C'est après avoir traversé une plaine brûlée de soleil que je les rencontre.

Ils ne demeurent pas au bord de la route, à cause du bruit. Ils habitent les champs incultes, sur une source connue des oiseaux seuls.

De loin, ils semblent impénétrables. Dès que j'approche, leurs troncs se desserrent. Ils m'accueillent avec prudence. Je peux me reposer, me rafraîchir, mais je devine qu'ils m'observent et se défient.

Ils vivent en famille, les plus âgés au milieu et les petits, ceux dont les premières feuilles viennent de naître, un peu partout, sans jamais s'écarter.

Ils mettent longtemps à mourir, et ils gardent les morts debout jusqu'à la chute en poussière.

Ils se flattent de leurs longues branches, pour s'assurer qu'ils sont tous là, comme les aveugles. Ils gesticulent de colère si le vent s'essouffle à les déraciner. Mais entre eux aucune dispute. Ils ne murmurent que d'accord.

Je sens qu'ils doivent être ma vraie famille. J'oublierai vite l'autre. Ces arbres m'adopteront peu à peu, et pour le mériter j'apprends ce qu'il faut savoir :

Je sais déjà regarder les nuages qui passent.

Je sais aussi rester en place.

Et je sais presque me taire.

FERMETURE DE LA CHASSE

C'est une pauvre journée, grise et courte, comme rognée à ses deux bouts.

Vers midi, le soleil maussade essaie de percer la brume et entrouvre un œil pâle tout de suite refermé.

Je marche au hasard. Mon fusil est inutile, et le chien, si fou d'ordinaire, ne s'écarte pas.

L'eau de la rivière est d'une transparence qui fait mal : si on y plongeait les doigts, elle couperait comme une vitre cassée.

Dans l'éteule, à chacun de mes pas jaillit une alouette engourdie. Elles se réunissent, tourbillonnent et leur vol trouble à peine l'air gelé.

Là-bas, des congrégations de corbeaux déterrent du bec des semences d'automne.

Trois perdrix se dressent au milieu d'un pré dont l'herbe rase ne les abrite plus.

Comme les voilà grandies ! Ce sont de vraies dames maintenant. Elles écoutent, inquiètes. Je les ai bien vues, mais je les laisse tranquilles et m'éloigne. Et quelque part, sans doute, un lièvre qui tremblait se rassure et remet son nez au bord du gîte.

Tout le long de cette haie (çà et là une dernière feuille bat de l'aile comme un oiseau dont la patte est prise), un merle fuit à mon approche, va se cacher plus loin, puis ressort sous le nez du chien et, sans risque, se moque de nous.

Peu à peu, la brume s'épaissit. Je me croirais perdu. Mon fusil n'est plus, dans mes mains, qu'un bâton qui peut éclater. D'où partent ce bruit vague, ce bêlement, ce son de cloche, ce cri humain ?

Il faut rentrer. Par une route déjà effacée, je retourne au village. Lui seul connaît son nom. D'humbles paysans l'habitent, que personne ne vient jamais voir, excepté moi.

NOUVELLE LUNE

L'ongle de la lune repousse.

Le soleil a disparu. On se retourne : la lune est là. Elle suivait, sans rien dire, modeste et patiente imitatrice.

La lune exacte est revenue. L'homme attendait, le cœur comprimé dans les ténèbres, si heureux de la voir qu'il ne sait plus ce qu'il voulait lui dire.

De gros nuages blancs s'approchent de la pleine lune comme des ours d'un gâteau de miel.

Le rêveur s'épuise à regarder la lune sans aiguilles et qui ne marque rien, jamais rien.

On se sent tout à coup mal à l'aise. C'est la lune qui s'éloigne et emporte nos secrets. On voit encore à l'horizon le bout de son oreille.

Nos frères farouches
Ragotte

À Octave Mirbeau et Lucien Descaves.

31 octobre 1907

RAGOTTE

I
MŒURS DE RAGOTTE

Elle est si naturelle que, d'abord, elle a l'air un peu simple. Il faut longtemps la regarder pour la voir.

À L'ÉCOLE

Elle est allée à l'école huit mois, chez ce vieil ours de Darneau.

On payait trente sous par mois et, en hiver, chaque élève apportait le matin sa bûche.

Il y avait deux partis en classe : les écriveux et ceux qui n'écrivaient pas. Ses sœurs ont eu le temps d'apprendre. Comme elle était l'aînée, elle a dû tout de suite se mettre au ménage avec sa mère, et elle n'a rien appris.

Elle connaît la lettre P, la lettre J et la lettre L, parce que ces lettres lui ont servi à marquer le linge de ses petits, qui s'appellent Paul, Joseph et Lucienne. Elle reconnaît aussi le chiffre 5, on ne sait pas pourquoi.

Elle ne peut rendre la monnaie que sur dix sous. Par exemple, si on lui achète un sou de lait, elle redoit neuf sous. À partir de dix sous, elle s'embrouille, et elle aime mieux dire :

« Vous me paierez une autre fois ! »

Elle se passe bien d'écrire, mais elle regrette encore de ne pas savoir lire. On a beau lui faire lentement la lecture d'une lettre, elle se méfie. Si elle savait, elle pourrait lire la lettre à son aise, la relire toute seule, en cachette, souvent.

« J'ai soixante ans, madame, dit-elle à Gloriette, c'est trop tard ; si j'en avais vingt de moins, je vous ferais une prière, je vous prierais de m'apprendre à lire ! »

Elle observe mademoiselle penchée sur sa table de travail.

« Je viens voir, dit-elle, si vous ne vous trompez pas dans vos écritures ! »

Et elle ajoute, fine, haussant les épaules pour se moquer d'elle-même :

« C'est bien à moi !... »

Quand son homme, Philippe, est absorbé par la lecture du *Petit Parisien*, elle a envie de lui arracher le journal et de le jeter au feu.

« Qu'est-ce qu'il trouve donc de si curieux là-dessus ? »

Si elle reçoit une lettre à son nom, ce qui ne lui arrive presque jamais, elle l'apporte à Philippe.

« Ah ! mon Dieu ! fait-elle, troublée, dépêche-toi !

— Tu as le temps, peut-être ! répond Philippe.

— Écoute, dit Ragotte, tu vas me la lire d'abord une première fois, vite, pour que je sache si c'est une bonne ou une mauvaise nouvelle. Ensuite, tu me la liras une deuxième fois, sans te presser, pour que je comprenne, comme il faut, ce qu'ils me veulent. »

Elle ne sait pas encore que le timbre des lettres est à deux sous.

Elle explique ainsi ce que fait un employé de bureau :

« Toute la journée, dit-elle, il écrit dans une chambre. »

LOUÉE

À douze ans, elle était déjà en maître, c'est-à-dire au service des autres, chez une vieille dame ayant les moyens, mais si avare qu'elle ne pouvait pas garder une servante.

À l'arrivée de Ragotte, les voisines se dirent :

« Elle est fraîche, cette petite-là ! Elle n'aura pas longtemps sa bonne mine ! »

La vieille dame taillait elle-même la soupe pour qu'elle fût claire de pain.

« Quand on ne travaille pas beaucoup, disait-elle, on n'a pas besoin de beaucoup manger. »

Jamais on ne veillait. Hiver comme été, il fallait se coucher à la nuit tombante et ne pas user de chandelle.

Dès que la vieille dormait, Ragotte allait prendre le pain dans l'arche et se coupait une tranche mince sur toute la longueur de la miche. Elle mangeait sous ses draps, sans bruit, au risque de s'étouffer, et sans plaisir, parce que, demain, la vieille s'apercevrait sûrement de quelque chose.

La vieille ne s'aperçut de rien, et Ragotte, contente de gagner quelques sous, qu'elle devait donner à sa mère, ne se plaignait pas.

Au bout de trois mois, sa mère, la voyant maigrir, la retira à cause des voisines, par fierté.

Elle dit à propos de tout ce qui a précédé sa naissance :

« En ce temps-là, je n'étais pas faite ! »

« Quand mon père se fâchait, il me disait : " Si tu n'es pas contente, passe par où les maçons n'ont pas maçonné. "

— Qu'est-ce qu'il voulait dire ?

— Par la porte !

— De mon temps, les jeunes filles rentraient toutes à la tombée de la nuit. »

MARIÉE

« Ce n'était pas pour ma beauté, dit Ragotte, ce n'était pas non plus pour ma fortune, mais à l'âge de me marier, j'en avais cinq autour de moi ! Le premier m'a fait la cour trois ans. Las de m'attendre, il s'est marié avec une autre ; puis, une fois veuf, il m'a redemandée. Je ne voulais pas. Quand il était trop près de moi, j'avais de l'ennui. Il me disait :

« " Si votre mariage avec Philippe manque, vous me donnerez sa place, et je lui rembourserai tous ses frais. "

« J'ai mieux aimé Philippe.

— Vous ne regrettez rien ?

— Ma foi non », dit-elle, après avoir un peu hésité parce que Philippe est là.

« Quand je pense, dit tout de même Ragotte, que je pouvais choisir entre cinq garçons, et que j'ai choisi le plus laid !

— Quand je pense, dit Philippe, que je connaissais trois filles et que j'ai pris la plus vieille !

— Et ce n'était pas malin de ta part, répond Ragotte ; si j'avais été un homme, je n'aurais jamais voulu d'une femme plus âgée que moi !

— Regardez-le, dit-elle, il ne voit plus clair ! »

C'est qu'en effet il plisse et ferme presque les yeux à force de rire.

Elle s'est mariée en sabots ; elle avait acheté des souliers neufs, mais par crainte de les salir, elle ne voulait les mettre que pour faire son entrée à l'église. Arrivée sous le porche, elle voit que sa mère, qui devait les porter à la main, ne les a pas.

« Et mes souliers, maman ?

— Ha, ma fille, je les ai oubliés ; ils sont sous l'armoire, mon enfant ! »

Il fallut bien aller jusqu'au chœur avec les sabots qui tapaient le moins possible sur les dalles.

« Tout s'est passé comme il faut la première nuit ?

— Oh ! oui, dit Ragotte, Philippe avait une chemise bien propre. »

Elle était encore si jeune de caractère qu'elle n'a pas pu, tout de suite, s'empêcher de faire la partie avec les filles du village. Elle ne s'arrêtait que lorsqu'une voisine de ses amies lui criait :

« Attention ! voilà ton homme ! »

Nouvelle mariée, elle habitait la même maison, c'est-à-dire la même pièce que son beau-père. Cela ne devenait gênant que lorsqu'elle accouchait ; mais le beau-père sortait par discrétion. Et puis Ragotte n'était pas longue. Personne ne mettait moins de temps qu'elle.

« Mon beau-père ne m'adressait pas la parole. Philippe croyait qu'il boudait par ma faute et m'en voulait. Il aimait beaucoup son père. Moi aussi, je l'aimais, le pauvre vieux, seulement, je n'étais pas bicheuse, et je ne savais pas le mignoter à sa suffisance. »

AMOUR

Elle aime Philippe, mais comment oser dire qu'elle l'aime d'amour ?

Quel nom faut-il que je donne au sentiment qui les tient liés ?

Elle l'aime : cela signifie qu'elle le préfère à tous. Elle a perdu sa mère, Philippe lui restait. Elle perd son petit Joseph, Philippe reste. Ses autres enfants peuvent mourir, Philippe vivant, elle ne sera pas inconsolable.

Elle dit : « Pourvu que je l'aie ! » comme elle dirait : « Tant qu'on a du pain, on ne meurt pas de faim ! »

Elle se passerait de tout, sauf de Philippe, et, pour cette raison, elle l'appelle, sans se creuser la tête : « Mon principal ! »

Philippe l'appelle bonnement : la vieille demoiselle !

« Aujourd'hui, dit-elle, il aime mieux se faire lécher par son chien que par moi ; mais qu'il ne vienne pas ensuite mettre sa figure contre la mienne, je n'ai pas besoin qu'il me rende les bicheries du chien ! »

« À cause de son nez, je le reconnaîtrais entre cent cochons. »

Philippe a le nez un peu déformé.

EN MÉNAGE

« Moi aussi, madame Gloriette, j'étais ambitieuse ! J'ai voulu longtemps mettre des chaussettes à mes petits. Ils possédaient tous trois chacun leur paire. Je la lavais le soir, pour la faire sécher la nuit, et j'en coiffais les chenets. Un matin, j'ai retrouvé les chaussettes mangées par les grillons. Je me suis rendu compte, ce jour-là, que mes petits marcheraient aussi bien pieds nus. »

« Quand un petit commence à pouvoir rester assis sur ses fesses, madame, ça prouve qu'il n'a pas le cul trop rond. »

Philippe ne lui donne jamais un sou. Il fait sa vie de son côté, elle fait la sienne du sien. Loin de se plaindre, elle blâme certaines femmes :

« Il y en a, dit-elle, qui gardent le porte-monnaie et qui ne remettent de l'argent à leur homme que vingt sous par vingt sous. Moi, je ne pourrais pas. »

Toutefois, elle pense qu'à la rigueur la femme peut vivre sur son homme, et même le mari sur sa femme : c'est compagne et compagnon ! Mais un père et une mère ne doivent pas rester à la charge de leurs enfants. Dès qu'elle ne pourra plus, aidée de son principal ou seule, faire sa vie, elle voudra mourir.

« Dans un ménage, dit-elle, quand il pleut sur l'un, il fait mou sur l'autre. »

Ce qui veut dire que, si l'un gagne des sous, l'autre en profite.

Elle ne dépense pas dix francs par an à son entretien, et dans les vieilles culottes qu'on passe à Philippe et qu'il use, elle trouve encore de bonnes pièces pour se faire des chaussons tout neufs.

Elle n'a pas adopté le pantalon des femmes ; on ne marche à l'aise que si les cuisses se touchent.

Toujours propre, décente et modeste dans sa tenue, il faut qu'il fasse bien chaud pour qu'elle dénoue et relève sur le cou les brides de son bonnet blanc. C'est presque du libertinage.

Ce qui l'a flattée, un jour qu'elle s'achetait un petit manteau pour une noce, c'est que Tapin, le marchand de nouveautés, ait dit, en lui mettant sur le dos la première jaquette venue :

« Vous êtes bien plaisante à habiller ! »

Comme Tapin faisait miroiter un caraco de satinette :

« Oh ! non ! non ! dit-elle, c'est trop victorieux pour moi ! »

« Un homme peut rester au lit quand il est malade, une femme pas. Une femme n'a jamais le temps de s'écouter. »

« Une femme doit manger moins qu'un homme. »

Jadis, on mêlait des pommes de terre à la farine du pain. Ragotte a mangé de ce pain-là, et elle fait la grimace au souvenir du morceau de pomme de terre froide qu'on sentait tout à coup sous la dent.

Elle a été longue à s'habituer au pain de monsieur, qui est le pain blanc. Elle aime toujours le pain de ménage, et parfois elle fait avec sa cousine, qui cuit encore elle-même, des échanges au goût et au profit de chacune.

Elle est allée, ce matin, au marché de la ville, et elle dit :

« Autrefois, il y avait un boucher ; aujourd'hui, il y en a cinq ! Le monde devient carnassier. »

« Autrefois, il fallait courir jusqu'à la ville acheter deux sous de sel. On prenait ses précautions le dimanche. Aujourd'hui, pour notre argent, ils nous apportent tout à la maison. »

« Manger ! Est-ce drôle que tout le monde s'enferme dans les maisons, à la même heure, pour faire la même chose ! »

Ils mangent, Philippe, Ragotte, le Paul, à une petite table où ne peut tenir que la grande écuelle commune.

« Vous êtes bien là, dit Gloriette, serrés coude à coude.

— Oui, madame, répond Ragotte, on se donne appétit les uns aux autres. »

« En veux-tu, toi, du pain ? lui demande Philippe.

— Je ne peux pas déjeuner sans ça !

— Est-ce que je sais, moi ? »

Habile à avaler sa soupe proprement et nettement, elle n'aime pas les tables mal torchées.

« Vous avez déjà fini votre soupe, Ragotte ?

— Oh ! madame, quand on l'attaque à pleine cuiller, ça va vite.

— C'est bien propre, Philippe, une toile cirée comme celle de madame. Il n'en faudrait pas grand sur notre petite table ! si un jour, à la ville, tu en voyais un morceau ?...

— Mange donc ! » lui dit Philippe.

Elle se chauffe mal, si elle ne voit pas le feu ; elle aime les beaux feux de bois dont la braise ardente fait pleurer des larmes cuites ; mais elle trouve que rien ne vaut le gentil feu d'une paire de sabots qu'elle a portés, qu'elle brûle quand ils ne sont plus mettables, et qu'elle regarde flamber, toute songeuse.

Le son du cor de chasse l'émeut au point qu'elle ose dire à Philippe :

« Pourquoi n'as-tu jamais appris à flûter comme ça ? »

Il y avait à la cuisine un reste de gâteau.

« Avez-vous mangé ce gâteau ? dit Gloriette.

— Non, madame, je n'ai fait que laver la vaisselle. »

Elle dit à Gloriette qui surveille du bœuf à la mode :

« Votre fricot sent si bon que je mangerais bien mon pain sec à côté. »

« Avez-vous goûté à votre pot de confitures ?

— Oh ! non, madame !

— Qu'est-ce que vous attendez ?

— Toute seule, j'aurais honte ; il me viendra peut-être de la compagnie ! »

Quelquefois, la bouchère, dont elle a élevé un des petits, lui fait présent d'un morceau de viande.

Cette générosité cause à Ragotte plus d'embarras que de plaisir. Elle montre la viande à Gloriette :

« Voilà, madame, un brave goûter ! Mais je ne sais pas le faire cuire ; vous allez bien m'expliquer, dites ? »

C'est malheureux de ne pas être dame ! Elle mangerait de la crème au chocolat tous les jours.

« Un rien me suffit pour ma nourriture, mais quand j'ai quelque chose de bon, je me laisse faire comme les autres.

— Toute la journée et toute la vie, dit-elle, on ne travaille que pour la gueule ! »

LE ROCKING-CHAIR

Philippe, qui désherbe, accroupi, les oignons du jardin, reçoit une motte de terre sur le dos. Il ne sait pas d'abord d'où ça lui tombe, mais il aperçoit Ragotte dans le rocking-chair. Elle lui sourit avec tendresse.

« Regarde comme je me balance ! » dit-elle.

Philippe hausse les épaules.

Il a tort.

Il faut voir Ragotte dans cette petite voiture sans roue. Elle s'amuse comme une fillette, émerveillée par cette nouvelle invention des hommes qui ne savent plus quoi imaginer.

« Madame, dites, pour une pièce de trois francs, on aurait bien un bon fauteuil ? »

Elle a pris d'abord le tub pour un ciel de lit et elle finit par trouver que ces boules, que le monsieur appelle des haltères, pourraient servir à écraser le sel.

C'est une des dernières paysannes qui ne veulent pas accepter certains progrès et qui s'arrêtent et se baissent n'importe où.

« Quand je suis allée à Moulins, chez une cousine, comme j'avais un petit besoin, elle m'a mise dans une chambre, oui, toute seule, dans une vraie chambre ! Oh ! que j'avais peur ! je serais morte si on était entré. »

Il lui arrive de se croire si seule au monde qu'elle se mouche dans ses doigts.

Gloriette a mis, par jeu, sa voilette sur la figure de Ragotte. Ça lui va comme à une dame et Philippe dit en riant :

« Elle se conserverait bien derrière ce petit grillage ! »

Elle vient s'asseoir dans la cuisine de Gloriette pour causer et faire la dame.

Si Gloriette lui offre un reste, Ragotte apporte une assiette et dit :

« Mon assiette est peut-être trop creuse, mais vous n'êtes pas obligée de la remplir. On met bien un veau dans une grange ! »

Gloriette lui passe un vieux plateau de bois où c'est l'habitude de mincer le lard et de hacher le persil.

« Prenez-le, Ragotte, il ne me sert plus, et si vous n'aviez pas été là, je le jetais au feu.

— Ne faites jamais ça, madame, je le jetterai bien moi-même. »

« On souffre, madame, quand on voit les riches jeter quelque chose. »

« Oh ! madame, vous pensez donc toujours à moi ? »

Elle dit à Gloriette qui compte sa monnaie :

« Vous en avez des jolis sous ! Il n'y a que ça qui débêtit le monde ! »

Elle croit que nous sommes très riches, et si quelqu'un lui disait que nous avons au moins mille francs, ça ne l'étonnerait pas.

Gloriette lui donne tant d'affaires que Ragotte finit par dire :

« Vous m'affriandez, madame, et vous m'avez rendue difficile : je ne pourrais plus maintenant redevenir malheureuse. »

Elle regarde si ses hommes, Philippe et le Paul, viennent sur la route.

Son profil semble dessiné par un petit gars de l'école primaire. Le cordon du tablier la divise en deux boules d'égale grosseur.

Lasse d'attendre, elle fait, tout haut, cette réflexion :

« Le goûter est prêt, les goûteux ne viennent pas.

Si le goûter n'était pas prêt, les goûteux seraient déjà là. »

Elle revient de chercher à la ferme un double de noix qu'elle apporte dans un sac et le sac est plein de bruit.

« Oui, dit Ragotte, les noix causent dans le sac et ça distrait le mendiant. »

Elle dit de sa sœur qui est avare :

« Elle ne donnerait pas l'eau où a cuit l'œuf ! »

Elle dit d'un riche orgueilleux, qui vient de se ruiner :

« Il était si fier qu'il ne pouvait pas marcher ! Aujourd'hui, il marche sur ses plumeaux. »

Il faut savoir, pour comprendre, que Ragotte est une habile plumeuse d'oies vivantes, et que les ailes d'une oie ainsi plumée pendent, mal soutenues, et traînent par terre.

JAUNETTE

Les mains jointes sur le ventre, Ragotte va chercher la vache au pré. Elle y va lentement, comme si elle priait, mais prier ce serait déjà trop penser ; elle ne pense à rien.

Elle ouvre la barrière et prend la rouette qu'elle a cachée au pied de la haie, ce matin, en amenant la vache.

Elle appelle : « Jaunette ! Jaunette ! »

Jaunette, qui mangeait, lève sa lourde tête, et c'est étonnant qu'elle ne dise point :

« Tiens ! voilà Ragotte ! »

Jaunette ne bouge pas.

Qu'est-ce qu'il y a ?

Ragotte casse une branche de noisetier garnie de feuilles fraîches et la lui montre de loin.

« Faut-il que j'aille te chercher ? Tu ne voudrais peut-être pas ! »

Mais Jaunette a vu et hésite à peine. Elle s'ébranle et vient toute seule. Elle arrive, le ventre rond, les cuisses écartées sur le pis. Elle apporte le pis pesant à Ragotte, qui le soulage, matin et soir, comme par amitié.

D'un coup de langue, Jaunette attrape les feuilles du noisetier, et Ragotte lui dit :

« Vieille gourmande ! »

C'est le seul défaut qu'elle lui connaisse, la gourmandise.

Elle le lui reproche, sans malice, comme une parente pauvre peut se permettre de le faire à une parente plus pauvre.

Jaunette s'arrête à chaque pas pour donner des coups de langue rapides à l'herbe de la route. Elle suit le fossé et passe si près du bord que Ragotte tremble. Parfois, un sabot de Jaunette glisse, mais, grâce au ballonnement de son ventre énorme, elle s'équilibre.

Il semble à Ragotte que c'est elle-même qui porte le pis fragile et plein de lait, et elle se raidit de peur d'en perdre une goutte.

Elle dit d'une vache maigre : « Le feu prendrait après ! »

Jaunette conviendrait à un malheureux qui n'aurait pas d'herbe pour la nourrir et qui la mènerait sur les chemins.

Quand elle sort du pré, elle est déjà soûle, et elle mange, le long du mur, comme si elle crevait de faim. Sa mâchoire laborieuse ne refuse rien ; elle mange même où les moutons, qui salissent l'herbe, viennent de passer.

Ragotte, campée derrière elle, est une laide et bonne petite sorcière, qui aura tout à l'heure la puissance de faire jaillir, du bout de sa baguette, une source blanche.

Comme elles ne rentrent pas, Philippe, étonné, ouvre la porte, sort sur la route, et les voit arrêtées. Jaunette, de ses gros yeux troubles, regarde devant elle, et Ragotte regarde à terre.

« Qu'est-ce que tu rumines donc là ? dit Philippe.

— J'attends Jaunette, dit Ragotte ; je ne sais pas à quoi elle pense. »

Elle tire la vache (Philippe, qui sait tout faire, n'a jamais su tirer les vaches), une tétine en chaque main, et d'un mouvement alternatif et doux : une, deux ! une, deux ! Tandis que, matin et soir, Ragotte sonne ainsi l'angélus, Jaunette mange encore au râtelier, et, pour payer sa nourriture, elle accorde son lait et ne donne pas de coup de pied dans le seau à traire.

« Si c'était un âne, Ragotte, vous monteriez dessus !

— Oh ! non, dit-elle, il aurait vite fait de faire poulain ! »

Ce qui veut dire qu'elle serait bientôt par terre, entre les quatre pattes de l'âne.

Parfois, quelle importance! Toutes ces idées qu'elle a en tête ! Le mal qu'elle se donne derrière la volaille ! Ce poulet qui ne grossit pas plus qu'une pierre dans un trou ! Et cette poule qu'elle traite de créature comme si elle voulait la perdre à jamais dans l'estime du monde !

LAVEUSE

Mais la grosse affaire, dans la vie de Ragotte, a toujours été le lavement du linge des autres.

Ce qui lui va le mieux, c'est d'aller à la rivière et d'en revenir. Pour qu'elle ait son air le plus naturel, il faut qu'elle soit en laveuse. Sa brouette devant ou sa hotte sur le dos, sa boîte sous un bras, le tapoir et la planche à laver sous l'autre, la mettent à l'aise et lui servent de contenance.

Elle s'adapte si bien à sa brouette qu'elles iraient toutes deux à la promenade, s'il arrivait à Ragotte de se promener. Et Ragotte est tellement lasse, des fois, quand elle revient de la rivière, qu'elle a l'air d'être ramenée par la brouette.

Une laveuse qui n'est pas nourrie a droit à une chopine de vin par jour. Gloriette ne le savait pas et Ragotte ne disait rien. Comme Ragotte lave le linge depuis neuf ans, Gloriette apprend, par hasard, qu'elle lui doit presque une barrique.

« Pourquoi ne réclamiez-vous pas ?

— Oh ! moi, madame, je n'aime pas le vin. »

« Vous savez bien, madame Gloriette, ce que c'est qu'un homme qui a bu !... Ou plutôt, non, vous ne le savez pas ! Et quand il boit, que la femme se soûle de travail, si elle veut ! »

Elle n'a pas le temps, le jour de la lessive, de faire à goûter pour ses hommes. Philippe ne mange que de l'ail.

C'est moi, le monsieur, qui en profite, à la chasse, quand j'ai le vent.

SES ENFANTS

Elle reçoit, un matin, par le facteur, la photographie de sa fille, placée à Paris.

Lucienne est en toilette : elle a des boucles d'oreilles, une chaîne de montre, et sa tête bouffe, toute frisée exprès.

Ragotte regarde longuement le portrait et finit par dire :

« Pauvre petite malheureuse ! »

Lucienne arrive ce soir, et, comme elle restera quelques jours, Ragotte lui achète du fil blanc, du fil noir et du coton à repriser les bas. Elle choisit le coton le moins gros qu'elle trouve.

« Lucienne, dit-elle, doit être habituée à de la délicatesse, là-bas. Regardez donc, madame, si ce coton est assez fin ?

— Oui, dit Gloriette ; vous avez une bonne idée, et Lucienne sera contente.

— Elle ne va peut-être pas s'en apercevoir », dit Ragotte.

Philippe revient seul de la gare. Ragotte pâlit. Elle n'ose point le questionner, et Philippe ne prend pas la peine de dire que sa fille s'est arrêtée, en haut du village, chez une cousine.

« Quand j'ai vu, dit Ragotte à Lucienne, que ton père ne te ramenait pas, ça m'a farfouillé partout. »

Lucienne se moque d'elle, avale sa soupe, trop fatiguée pour s'attendrir, se couche et s'endort.

« Venez donc voir, madame, dit Ragotte à Gloriette, comme ma gamine repose bien ! »

RAGOTTE : Puisque tu ne fais rien, tu devrais me repriser ma manche.

LUCIENNE : Je reprise trop mal.

RAGOTTE : Tu repriserais toujours mieux que moi.

LUCIENNE : Non, je ne sais pas. Il fallait me faire apprendre le métier de couturière.

RAGOTTE : Tu me le dis souvent !

LUCIENNE : Si j'avais un métier, n'importe lequel, je ne serais pas en place chez les autres.

RAGOTTE : Nous ne pouvions pas te payer un apprentissage !

LUCIENNE : Alors, fais ta reprise toi-même !

Comme elle est toute à ses tristes pensées, sa fille se met sur son trente et un pour aller à la ville. Lucienne s'habille à la façon d'une demoiselle de

Paris et elle a des gants. Elle passe devant Ragotte, lui fait, comme elle a vu faire dans les gares, un petit signe de la main, et dit :

« Point de commissions ? »

Ragotte ne répond pas. Appuyée au tas de fagots, douloureuse et mâchonnante, elle regarde s'éloigner l'étrangère sortie d'elle.

« Ma fille n'est pas mauvaise, au fond, dit-elle, mais elle a le parlement dur. »

« Et puis, que voulez-vous, c'est ma viande ! »

LA GLACE

Elle n'avait qu'une glace comme la main pour se regarder, une de ces glaces ovales, à couvercle de bois blanc, que les garçons mettent dans leur poche, dès qu'ils se croient jolis.

Ragotte laissait la sienne pendue au mur.

Gloriette lui dit :

« Vous avez beau être petite, cette glace est encore trop petite.

— Oh ! madame, dit Ragotte, elle me suffit. Je l'ai depuis notre mariage. Pourvu que je voie que mon bonnet n'est pas de travers, je me passe de mirer le reste. Je ne suis pas si belle !

— Il faudra tout de même que je vous en paie une neuve », dit Gloriette.

Or, ce soir, comme Ragotte vient de laver, elle trouve à la place de l'autre une grande glace carrée, à bords vernis comme ceux d'un tableau, où elle peut se voir, presque tout entière.

Elle se rappelle aussitôt la promesse de Gloriette,

mais, par timidité et respect, elle fait l'étonnée.

« Je me demande, dit-elle, qui diable a mis cette glace à cet endroit-là ? Est-ce que, par hasard, ce serait toi, Philippe ?

— Oh ! non, dit Philippe qui ne sait rien et qui ne se dérange pas de son travail pour une glace.

— Je savais bien, dit Ragotte, que c'était encore la dame !

— Non, ce n'est pas la dame, dit Lucienne avec brusquerie ; c'est moi !

— C'est toi ! dit Ragotte stupéfaite.

— Oui, moi. Je l'ai achetée ce matin à un bazar ambulant.

— Toi », répète Ragotte.

LUCIENNE : Et voilà comme tu me remercies !

RAGOTTE : Pourquoi donc que tu m'as acheté une glace ?

LUCIENNE : Parce que j'avais de l'argent de trop.

RAGOTTE : Ma pauvre fille ! tu ne m'as pas habituée. J'aurais parié gros que c'était la dame ou mon vieux.

LUCIENNE : Tu penses à papa, tu penses à la dame, tu ne penses pas à ta fille ; c'est comme ça qu'on se trompe !

RAGOTTE : Oh ! je me trompais pour mon vieux, mais, pour la dame, je ne me trompais pas de beaucoup.

Ragotte n'a pu s'acheter une lampe qu'à l'âge de cinquante-cinq ans.

Elle se sert de la lampe sans l'abat-jour qui est au grenier.

« Il me gênait », dit-elle.

Jusqu'à soixante ans, elle n'a connu que le lit de plumes, la couette. Pour la première fois de sa vie, elle va coucher sur un matelas.

D'un lit où le paresseux s'attarde, elle dit :
« Voilà un lit bien emblavé ! »

Elle s'étonne que, depuis quelques jours (pour quelques jours, seulement), je me lève le matin à six heures, et elle dit que je ne profite plus de ce que je suis monsieur.

« Quand on est chez les autres, dit-elle, on est toujours à terme. »

Elle regarde le collier de cuir rouge que la petite chienne de luxe porte au cou.
« Ah ! fine garce, lui dit-elle, que tu es heureuse ! on ne m'en a jamais mis un pareil, à moi ! »

On ne peut pas lui faire dire qu'elle est de la même pâte que nous. Il faut qu'il y ait des dames habillées comme Mme Gloriette et des paysannes mises comme Ragotte.

GLORIETTE : Mais si vous deveniez riche ?

RAGOTTE : Ça ne se peut pas.

GLORIETTE : Si quelqu'un vous offrait une belle robe ?

RAGOTTE : Est-ce que je saurais la porter ?

GLORIETTE : Si on vous avait appris ?

RAGOTTE : J'ai la tête trop dure.

GLORIETTE : Si, par un hasard de naissance, vous étiez ce que je suis, et si j'étais ce que vous êtes ?

RAGOTTE : Moi à votre place, madame, et vous à la mienne ! oh ! oh !

GLORIETTE : Enfin, je suppose.

RAGOTTE : Ce ne serait pas juste.

Le Paul lui reproche de n'avoir pas recousu un bouton de chemise.

« Je ne suis pas ma maîtresse, dit Ragotte. J'ai mon ouvrage ; il faut que je fasse d'abord ce qu'on me commande. »

Elle dit « ce qu'on me commande » avec du respect pour qui commande, une joie grave d'être commandée, la certitude de bien obéir.

« J'écris un mot à Lucienne, Ragotte ! Qu'est-ce qu'il faut lui dire de votre part ?

— Dites-lui, madame, qu'on ne fait pas toujours comme on veut. »

MALADE

À peine au lit, elle crie. Le mal commence par les dents, usées jusqu'aux racines, et gagne les oreilles.

Elle ne peut pas rester couchée. Elle se lève et va mettre sa tête brûlante sur le feu qui s'éteint dans la cheminée.

Comme elle souffre, Philippe est presque tendre. Il supporte qu'elle l'empêche de dormir. Il regarde les poutres du plafond et dit parfois à Ragotte :

« Et ta gueule ? »

Ragotte répond par un grognement de douleur.

Philippe, pour la calmer, raconte l'histoire d'une de ses dents.

Un jour qu'il se plaignait d'avoir mal, le forgeron lui dit :

« Mets-toi là, près de mon enclume ! »

Philippe se place. Le forgeron noue à la dent malade le bout d'une ficelle et à l'enclume l'autre bout, puis il passe un fer rouge devant la figure de Philippe.

« Mon recul a fait sauter ma dent, dit Philippe, et je serais tombé à coups de poing sur le maréchal, s'il ne m'avait tenu en respect avec son fer rouge. Je n'avais plus mal, mais, d'abord, je me suis cru aveugle et longtemps j'ai cligné de l'œil. »

Cette histoire ne faisant pas d'effet, Ragotte, enragée, dit à Philippe :

« Jaguille-moi avec ton couteau ! »

Philippe, affectueux, glisse la pointe du couteau entre deux dents, pousse et tourne. Ça craque. Ragotte hurle comme si on lui ouvrait la cervelle, mais la dent ne cède pas.

Ragotte se décide à la faire arracher en ville par le médecin, pour quarante sous.

Au retour, sa bouche pisse le sang sur la route. Elle dit gaiement à Philippe qu'elle fait rire : « Je l'ai vue ; c'était une fameuse dent ! Ça ne m'étonne pas qu'elle tenait si bien ; il y en avait plus long d'emmanché dans ma gueule que dehors. »

Elle dit à Gloriette, qui est de retour :

« J'étais contente de savoir que vous reveniez de Paris ; je pensais : nous allons nous raconter, avec la dame, nos maladies de l'hiver. »

Elle commence :

« Moi, j'avais mal à la tête et une forte fièvre. J'ai d'abord pris de l'herbe, une espèce d'herbe amère, de la centaurée. Elle m'a bien fait. Ensuite, j'ai avalé tous les cachets du médecin. Je n'avais encore jamais pris de médecine. Ça me mettait le feu au ventre. Il fallait à chaque instant courir au puits, boire une casse d'eau fraîche.

— D'eau glacée, Ragotte, de neige fondue ? Vous étiez folle !

— Ça me calmait.

— Pour mieux vous brûler ensuite ! Et aujourd'hui, comment êtes-vous ?

— La fièvre tombe, mais j'ai toujours mal à la tête. C'est le sang.

— Il faut revoir le médecin.

— Oh ! pour quoi faire ?

— Madame a raison, dit Philippe, bourru et prévenant. Demain je retournerai le chercher et il t'ordonnera de la nouvelle denrée. »

Elle souffre des reins, et, pour ne pas briser son lit dans la journée, elle se couche sur l'arche au pain. L'arche est trop courte, bien que Ragotte ne soit pas longue. Il faut qu'elle se replie en chien. Tout ce qu'on peut obtenir, c'est qu'elle mette un oreiller sous sa tête et un mouchoir dessus, parce que les mouches la dévorent.

Autrefois, elle avait des verrues, mais elle les a guéries avec une pommade qu'elle écartait avant le lever et après le coucher du soleil.

Elle se rappelle exactement de la date de son retour d'âge.

« J'ai eu pour la dernière fois, dit-elle, le jour de la première communion de mon petit Joseph. »

Les deux souvenirs sont casés l'un vers l'autre dans sa tête et ne se font pas tort.

Dans la solitude, elle a de quoi occuper sa pensée. Elle sait des histoires que nous ne savons pas et qu'elle ne raconte à personne. Elle sait que tel jour, derrière les fagots, le gendarme a tapiné la femme du corroyeur.

Souvent, elle m'agace, assise sur une marche de l'escalier. Elle cause ! elle cause, à voix basse pour ne pas me déranger, et de son bavardage un murmure monte jusqu'à ma fenêtre et trouble l'air, comme la balle d'avoine s'échappe du tarare.

RELIGION

GLORIETTE : Pourquoi n'allez-vous presque plus à la messe ?

RAGOTTE : Oh ! la messe...

GLORIETTE : C'est pour nous faire plaisir ? Ma pauvre Ragotte, vous nous jugez mal ; vous êtes libre.

RAGOTTE : Je le sais bien, madame.

GLORIETTE : Vous auriez tort de vous gêner, allez vite à la messe.

RAGOTTE : Je vous remercie, madame, je n'irai pas aujourd'hui. Il faudrait m'habiller.

GLORIETTE : Vous avez le temps.

RAGOTTE : L'église est trop loin.

GLORIETTE : Peu importe que la messe soit commencée.

« Laisse-la, dis-je à Gloriette, tu ne peux pourtant pas, une païenne comme toi, forcer Ragotte...

— Je t'assure, dit Gloriette, qu'elle se prive de la messe parce qu'elle s'imagine que ça nous est agréable. »

RAGOTTE : Non, madame, je reste de ma volonté.

GLORIETTE : Vous n'avez donc plus de religion ?

RAGOTTE : Si, madame, et vendredi, soyez tranquille, j'observerai le jeûne.

GLORIETTE : Ah ! vous jeûnez tous les vendredis ?

RAGOTTE : Le Vendredi saint seulement, celui de la semaine qui vient.

GLORIETTE : Qu'est-ce que vous mangerez, ce jour-là ?

RAGOTTE : De la tourte à l'huile.

GLORIETTE : La tourte est permise ?

RAGOTTE : Oui, mais je n'y mettrai pas d'œuf.

GLORIETTE : L'œuf est défendu ?

RAGOTTE : Un jaune d'œuf, et on serait en état de péché.

GLORIETTE : Et Philippe, jeûnera-t-il ?

RAGOTTE : Comme moi ; nous ne ferons pas deux cuisines.

GLORIETTE : Il aime la tourte ?

RAGOTTE : Oh ! la tourte à l'huile ! il va se bourrer.

GLORIETTE : Et s'il demande un œuf ?

RAGOTTE : Il n'en aura pas.

« Aimez-vous les juifs, Ragotte ?

— Je ne sais pas ce que c'est, je n'en ai jamais vu.

— Tenez ! En voilà un.

— Ce monsieur-là ?

— Oui, c'est un juif, un ami venu passer huit jours à la campagne. Que faut-il en faire ?

— Si c'est un bon homme, il faut le garder, si c'est un mauvais homme, il faut le renvoyer. »

Le juif part ce soir, mais c'est une coïncidence ; il avait fini sa semaine.

« Croyez-vous au paradis, Ragotte ?

— Ma foi, oui, monsieur.

— Espérez-vous y aller ?

— Je n'ai point fait de mal.

— Pensez-vous que Philippe ira ?

— Pourquoi non ?

— Écoutez, Ragotte, aimeriez-vous mieux être toute seule au paradis qu'avec Philippe en enfer ?

— Oh ! l'enfer, dit Ragotte, je n'y crois guère.

— Au purgatoire, si vous préférez ?

— J'aimerais mieux être avec lui n'importe où. »

Puis elle reprend, par pudeur :

« Ce n'est pas qu'il tienne à moi et que je tienne à lui, mais il y a trop longtemps que nous sommes l'un près de l'autre, ça ne serait plus la peine de se quitter.

— Et Mme Gloriette, est-ce qu'il vous paraît possible qu'elle aille au paradis ?

— Oh ! si elle n'y allait pas, personne n'irait.

— Et moi, Ragotte ?

— Oui, monsieur, dit-elle, se dépêchant de le dire.

— Moi aussi ! Mais vous oubliez, Ragotte, que ni madame, ni monsieur, ni les enfants, ne mettent les pieds à l'église, que... »

Soudain, je m'aperçois que les yeux de Ragotte s'emplissent de larmes. C'est sa manière, à elle, de me faire comprendre que je devrais bien la laisser tranquille.

GLORIETTE : C'est l'Ascension, Ragotte, il ne faut pas manquer la messe, ce jour-là ; voyons, allez-y.

RAGOTTE : Ma foi non, madame.

GLORIETTE : Alors, vous n'irez plus ?

RAGOTTE : Guère.

GLORIETTE : Mais, ma pauvre Ragotte, vous vous fermez les portes du paradis !

RAGOTTE : Oh ! madame, vous m'avez dit un jour que j'irais. Je suis bien sûre d'y aller.

D'ailleurs, ce n'est pas à Dieu qu'elle croit le plus .

« Si une poule demande à couver à la Saint-Jean, laissez-la une nuit dehors avant qu'elle couve.

— Pourquoi, Ragotte ?

— Parce que le maître de la maison mourrait dans l'année.

— Il faut mettre treize œufs sous une poule.

— A cause du chiffre treize ?

— Oh ! non, madame ! Non, non... mais la poule serait trop grosse pour douze œufs et trop petite pour quatorze. »

« Quand une oie couve et qu'il tonne, il faut appeler les petits dans la coquille.

— Parce que ?

— Je ne sais pas, on dit qu'il faut les appeler. »

En mars, on prépare des petits paquets d'avoine et on les fait bénir, puis on les distribue aux vaches pour qu'elles vêlent bien. Philippe arrange les paquets. Que Ragotte les porte à bénir, si elle veut !

Avant de se coucher, on va voir avec une lanterne les bêtes à l'écurie. On y va tous les soirs, sauf la veille de Noël, parce que, la veille de Noël, les bêtes causent.

Un veau qui tète mal, Ragotte le traite de feignant, mais elle l'excuse si c'est en pleine lune, parce qu'en pleine lune, un veau a de la paresse à téter.

« Ça n'y fait peut-être rien », dit-elle.

Mais peut-être que Ragotte a raison, que nous subissons tous, à notre manière, l'influence de la lune, et que la page écrite en lune dure ne vaut pas la page écrite en lune tendre.

La corneille prisonnière fait trop la vie dans sa cage, il va encore arriver quelque chose !

Justement, le petit Joseph vient de mourir, à Paris.

II

LA MORT DU PETIT JOSEPH

L'infirmière dit à Gloriette :

« Votre petit jeune homme ne va pas.

— Perdu ?

— Bien malade ! »

Et le médecin :

« C'est une méningite ! Il peut vivre encore huit jours ou trois semaines. Trois semaines, ça m'étonnerait. Prévenez la famille. »

J'écris à Philippe et lui conseille de venir à Paris.

« Triste voyage ! » dit-il en arrivant.

Il va tout de suite à l'hôpital avec sa fille Lucienne et ne trouve pas Joseph si mal.

« Il vous a reconnu, Philippe ?

— Oh ! et même de loin ! Il faisait : bou ! bou ! avec ses lèvres. Je lui ai dit : " Tu veux donc m'embrasser ? " Il a répondu : " Oui. " Je me suis penché, et, comme mon pied glissait, il m'a dit : " Tu vas tomber ! " Il a voulu boire, Lucienne soutenait le verre par le fond. Je disais à Joseph : " Tu en as assez ! " C'était pour rire, non pour lui refuser son lait. Il répondait : " Ma foi, je bois tout ! " Et il a tout bu ; preuve qu'il va mieux.

— Ne vous faites pas d'illusion !

— Oh ! je ne m'en fais pas beaucoup ; son mieux, c'est peut-être son pire.

— Dès qu'un grand médecin comme le sien a parlé !...

— Quelquefois, les médecins se trompent, dit Philippe.

— Pas quand ils affirment qu'il n'y a rien à faire.

— Ah !

— J'admire les grands médecins », dit Gloriette émue.

La barbe de Philippe et ses rides se brouillent et sa figure a bientôt l'air d'une souche trempée.

« Vous avez pu, Philippe, vous assurer par vous-même que Joseph est bien soigné à cet hôpital ?

— Oui, mais il y a de l'eau qui lui coule du front et le mouille jusqu'à l'estomac.

— C'est l'eau de la glace qu'on lui met sur la tête pour endormir le mal. Vous ne trouveriez pas de glace à la campagne.

— Non ; il serait mieux tout de même si quelqu'un restait près de lui.

— L'infirmière ne bouge pas, Philippe ! Elle va d'un malade à l'autre. Elle ne quitte la salle que pour déjeuner, et elle n'a que ce moment de repos. C'est dur, le métier des infirmières ; elles travaillent de sept heures du matin à sept heures du soir.

— Joseph n'aurait pas d'infirmière chez nous, répond Philippe, mais moi, la Ragotte ou le Paul, on ne le laisserait pas seul, on serait toujours là pour le recouvrir s'il se découvrait et pour lui donner quelque chose, quand il demanderait à boire, ou n'importe.

— Ce n'est pas de soif que Joseph mourra, Philippe. Que dites-vous de l'hôpital ? Vous n'en aviez pas encore vu ?

— Non.

— Il vous a semblé bien tenu, hein ? propre, tout luisant !

— C'est assez convenable. »

« Depuis combien d'années Joseph est-il à notre service ?

— Ce serait la septième.

— Sept ans, déjà ! Espérons qu'il n'aura pas été bien malheureux chez nous.

— Il ne se plaignait pas trop », dit Philippe.

L'infirmière est jolie, blonde, douce et grave ; elle ne s'attarde pas aux malades qui plaisantent. Elle donne avec le même sérieux le verre de lait et la bouteille à pipi. Malgré son métier, elle reste si bien femme que Gloriette, à sa vue, ne manque pas de dire :

« Comme je la comprends ! Moi aussi, j'aimerais être garde-malade. »

Le petit Joseph n'a presque pas de fièvre et il divague. Il divague poliment, d'un air raisonnable. Il a reconnu son père et ne se rappelle plus sa visite. Il semble qu'on lui ait assené un coup de marteau sur le crâne, non pour le tuer, mais pour l'étourdir. Il grimace et ne souffre pas. Ses mains sont glacées, l'une blanche, l'autre violette. Elles se cherchent, mais si la blanche fait, à elle seule, plus de la moitié du chemin, la violette bouge à peine.

« Vous m'emmenez ? me dit-il.

— Oui, bientôt.

— Oh ! je peux marcher, allons ! dépêchons-nous ! »

Il s'efforce de remuer ses jambes inertes.

« On m'a monté ici sur un brancard, dit-il, mais, pour redescendre, je les aiderai et je tiendrai le bout du brancard. »

Il voit au mur des ronds de soleil et s'écrie :

« Oh ! des brioches ! »

« Hier, dit-il, un vieux était très malade. Il a demandé le bon Dieu. Il est là, dans l'armoire, le bon Dieu. »

L'interne l'a questionné.

« Buvez-vous quelquefois ?

— Non.

— Jamais ?

— Non, non.

— Qu'est-ce que vous faites ?

— Moi ?

— Oui, vous, dans la vie ?
— Je suis domestique.
— Servez-vous aux repas ?
— Oui.
— En débarrassant la table, vous prenez la goutte ?
— Il n'y a pas de goutte chez nous ! » répond le petit Joseph avec force.

Les autres malades nous observent et se disent sans doute :

« C'est lui, ce n'est pas moi, qui va mourir. »

« Bonsoir, petit !
— Vous partez ?
— Oui, nous reviendrons.
— Et moi, je reste ? »

Va-t-il pleurer ? Quand je me retourne, ses yeux s'amusent déjà aux brioches qui s'arrondissent sur le plâtre blanc.

« Là-bas, on les habille, me dit Philippe ; est-ce qu'on va l'habiller ?
— Je ne crois pas. Nous lui donnerons un drap, avec un oreiller, et il sera mieux dans un drap propre que dans ses effets qui ne l'étaient plus.
— Là-bas, on les habille, répète Philippe.
— Ici, non. Chaque pays a ses habitudes. Paris a les siennes. Il faut les respecter.
— Oui, mais je ne veux pas qu'on jaguille Joseph.
— Comment ?
— Je ne veux pas qu'on le jaguille ! Vous, qui connaissez les médecins, défendez-leur de le jaguiller. Je sais qu'à l'hôpital ils jaguillent les morts, si on ne dit rien. Ils ont jaguillé la fille de Rolin. Moi, je ne veux pas : Défendez ! »

Il parle ainsi, têtu et sombre, parce qu'il se souvient d'en avoir presque jaguillé un lui-même à la ferme des Corneille. Un domestique était mort subitement. La Compagnie d'Assurances exigea l'autopsie, et le médecin fit l'opération avec l'aide de Philippe, renommé pour son adresse à égorger les porcs. Philippe, quoique habitué au sang, ne trouva pas que c'était de l'ouvrage bien agréable.

« Défendez, monsieur, défendez !

— Je ferai votre commission. »

« Je n'ai plus rien à faire ici, je m'en vas », dit-il à Lucienne.

Il s'assure qu'il a dans sa poche le livret de caisse d'épargne et le porte-monnaie du petit.

« Vous savez que vos autres enfants ont droit à la moitié de cette somme ? »

Philippe ne répond pas. Il boutonne étroitement sa veste et son pardessus, se coiffe d'aplomb, et dit à sa fille, d'un ton autoritaire :

« Je pars, je l'ai vu, ça suffit ; mais toi, tu restes. Tu iras à l'hôpital tous les jours, et tous les jours tu écriras pour donner de ses nouvelles. N'y manque pas ; tu m'écoutes ? »

J'avais dit à Philippe :

« Vous êtes un homme, vous ! un homme s'en tire, mais Ragotte n'est qu'une pauvre vieille maman ; soutenez-la ! »

Philippe nous télégraphie de là-bas :

« Ragotte pas malade, mais ennuyée. »

Après Philippe, c'est le Paul qui vient voir son frère Joseph une dernière fois. Il a voulu partir à toute force. Il arrive à la gare de Lyon, au milieu de la nuit, et il attend que l'heure soit convenable pour sonner à la porte du concierge.

Il se présente avec une petite cravate-plastron de couleur printanière, où brille une épingle dorée, et dès les premières paroles, il pleure, comme une grosse pomme cuite fendue.

Le Paul ne veut pas s'y connaître moins qu'un autre.

« Oh ! pour moi, il est perdu ! » dit-il.

Joseph aura été deux fois à l'hôpital. La première fois, Ragotte criait :

« Il n'en sortira plus ! »

Nous l'avons réprimandée ferme. Joseph est sorti.

« Je regrette mes paroles de défiance, a dit Ragotte. Oh ! je n'aurai plus peur de l'hôpital, et si mon petit y retourne, je me tiendrai tranquille. »

Le petit Joseph y est retourné, et, cette fois, il y reste.

Lucienne et le Paul ont du chagrin, mais surtout de la mauvaise humeur. « Ça m'agace ! » dit Lucienne. Ils gémissent en bougonnant.

« Ce n'était pourtant guère difficile à voir, que la fin approchait !

— À quoi ça sert d'envoyer une dépêche ? Il est mort, il est mort ! »

Le Paul dit à Lucienne :

« Naturellement, je reste à Paris jusqu'à demain. Il faut bien que j'achète une couronne ! »

Et Lucienne dit :

« Inutile de faire tant de frais ! C'est déjà gentil de l'emmener. Et tu sais qu'on ne les habille pas, ici ; tâche de garder ça pour toi et de ne pas raconter chez nous qu'on l'a mis dans le cercueil sans l'habiller.

— Je ne suis pas si bête que tu crois, répond le Paul.

— Non, dit Lucienne, mais tu n'as guère souvent la main à la poche, quand il s'agit de payer ! Si tu me remboursais ! tu t'imagines que ça ne coûte rien, le Métro ? »

Ils disent : « Je l'ai vu ; il est tel qu'hier ; la mort ne l'a pas changé ! »

C'était bien la peine !

« Pour l'emmener, disent-ils, on paiera avec ses économies. C'est son argent. Il faut que l'argent qu'il a gagné lui profite.

— Cet argent, dis-je, profitera surtout au patron de ce monsieur noir qui vient de nous faire ses offres.

— Vous avez raison, mais si Joseph pouvait parler, il dirait comme nous. »

C'est Philippe qui reçoit la dépêche au village. Il la lit et pleure d'abord, seul, tout son soûl. Il garde la dépêche dans sa poche plus d'une heure.

Ragotte est au coin du feu avec une voisine, la Chalude. Philippe, sans donner la dépêche à Ragotte, puisqu'elle ne sait pas lire, sans même la lui montrer, l'embrasse, ce qu'il ne faisait plus depuis des années.

Ragotte comprend et pleure dans son tablier. La Chalude, ayant deviné, pleure aussi.

Il y avait beaucoup de monde à l'enterrement. Ragotte a dit :

« Nous avons beau être pauvres, nous ne sommes pas mal regardés ! »

Elle aura bien du plaisir à se rappeler toutes les personnes qui se sont dérangées.

Mais Philippe n'y était pas. Au dernier moment, il a refusé de mettre une chemise. Il a dit, d'une voix sourde :

« Non, je n'irai pas ! » Et il est allé se coucher sur la paille, près de Jaunette.

Le monde marchait, silencieux, sauf la Chalude, courbé contre le vent qui balayait la route. La Chalude, qui ne parle pas vite, mais qui finit tout de même par dire ce qu'elle veut, déclarait à Lucienne :

« Il y a juste treize ans que, à la même époque, au mois de mars, votre frère aîné est mort. J'ai bonne mémoire, je ne me trompe pas. Et quand votre frère aîné est mort, il y avait juste treize ans que votre grand-père était déjà mort. Vous verrez que, dans treize ans, il y aura encore quelque chose pour vous. »

À l'église, M. le curé en donna pour ses vingt-cinq francs, mais il n'était pas rasé, ce que tous remarquèrent.

On a vraiment bien pleuré le petit Joseph. Je ne l'ai jamais vu pleurer lui-même, et c'est la première fois qu'il faisait pleurer les autres.

Quelques jours encore, il continue de vivre pour ceux qui ne savent pas.

« Et votre petit jeune homme, on ne le voit plus ; qu'est-ce qu'il devient ?

— Mort.

— Oh ! pardon ! si j'avais su, je ne vous aurais pas demandé de ses nouvelles. »

Il venait de faire une folie.

Souvent invité aux noces de son village, où il ne pouvait que regarder les danseurs, il prenait, cet hiver, sans le dire à personne, des leçons de danse. Il avait acheté d'un coup pour cinquante francs de cachets.

Il en laisse trois ou quatre.

LE CHAGRIN DE RAGOTTE

Quand le petit Joseph venait la voir, il était câlin avec elle. Il ne lui flanquait jamais rien dans les jambes. Il ne partait pas sans lui glisser, au moment de l'adieu, sur ses gages à lui, une pièce d'argent pour sa cachette, et comme Ragotte voulait la rendre, il lui tenait la main fermée jusqu'à l'arrivée du train.

Le petit Joseph lui revient trop fort à la pensée ; elle dit à Gloriette :

« Oh ! si vous saviez, madame, comme on se sent puni !

— Puni de quoi, Ragotte ?

— Oh ! madame ! Oh ! madame ! »

Elle ne saurait pas le dire au juste... peut-être d'avoir oublié que le malheur nous guette à chaque instant, et qu'il faut toujours vivre en inquiétude.

Elle dit à propos des leçons que la vie nous donne :

« Il faut être pris pour être appris. »

Et à propos du petit Joseph :

« Tant qu'on ne passe pas par là, on ne passe pas serré. »

Tous les matins, elle pleure en tapotant le lit avec la petite fourche usée et jaunie.

« Il aurait été si content de me voir un matelas ! »

Elle a gardé son réveille-matin, dont elle aime entendre le tic tac, mais il s'arrête, elle n'ose pas le remonter et elle appelle Philippe pour qu'il le remette en vie.

Son ouvrage fini, elle pense à Joseph et ça lui fait mal. Elle y pense trop et ça l'endort. Elle baisse la tête plus bas, un peu plus bas, jusqu'à ce qu'elle la relève avec brusquerie, comme si elle venait de heurter du front la pierre du petit.

L'après-midi, elle s'assied au pied de la croix qui est à l'ombre, devant la porte.

Elle y raccommode, elle y rêve et elle y dort.

Comme le bas de la croix était vermoulu, on l'a scié, et la croix, replantée, se trouve à la taille de Ragotte. Debout, elle pourrait coller son oreille à la niche vide entre les deux bras et dire :

« J'ai cru qu'on me parlait ! »

Mais, assise, elle semble porter la croix sur son dos et se reposer là, n'en pouvant plus de fatigue et de misère.

Depuis longtemps, elle ne croyait plus à l'enfer, et, depuis la mort du petit Joseph, elle cesse même de croire au paradis.

À quoi bon ?

Elle sait que Joseph est là-bas, au cimetière. Elle profite du dimanche pour aller le voir. Elle ne prie pas. Elle aime mieux pleurer. Elle lui parle à voix haute et elle lui dit, pour qu'il entende :

« Oh ! pauvre petit Joseph, tu étais si bon pour moi ! »

Elle viendra prochainement à côté de lui, mais elle n'espère pas le retrouver plus tard au ciel.

Y a-t-il seulement un ciel ?

Est-ce que Mme Gloriette, si savante, croit au ciel ?

Puisque madame n'y croit pas, comment Ragotte y croirait-elle ?

Il n'y a point de ciel ; il y a, dans le cimetière, le corps du petit Joseph, et il y a, dans l'armoire de Ragotte, le linge qu'il a laissé, et qu'elle déplie et replie (oh ! que c'est dur !), en criant de chagrin.

Elle résume ainsi sa vie, hochant la tête :

« J'ai enduré bien du mal ! »

Elle dit encore qu'elle a versé des larmes pour faire marcher un moulin.

Elle n'oserait point aller voir sa fille à Paris.

« Votre voyage, dit Gloriette, lui ferait plaisir.

— Je ne pourrais pas rester où la chose s'est passée.

— Mais votre fille n'habite pas ce quartier-là, et vous ne sauriez à quel endroit votre petit Joseph a pu mourir. Paris est grand !

— C'est égal, dit Ragotte, ce serait toujours le même pays. »

Elle n'a plus de goût à la cuisine.

Elle fait un œuf au vin, donne l'œuf à Philippe et ne garde que le reste du vin. Elle y sauce son pain et tâche que ça dure longtemps, pour que Philippe voie bien qu'elle mange et qu'il ne la gronde pas.

« La mort de Joseph l'a bien changée, dit Philippe à Gloriette, mais où elle a été le plus abattue, c'est quand vos petits poulets n'ont pas réussi. »

Elle n'irait plus à la ville pour son plaisir, elle n'irait que pour un enterrement.

Elle a de moins en moins d'agrément à aller à la rivière et à porter sur son bras les lourds draps mouillés.

« Est-ce qu'on fera la lessive demain, madame Gloriette ?

— Comme tous les lundis, Ragotte, depuis neuf ans.

— Faut-il acheter du savon ?

— Naturellement.

— Et des cristaux ?

— S'il n'y en a plus.

— J'apporterai les cristaux avec le savon ?

— Mais oui, Ragotte, par la même occasion ! Qu'est-ce que vous avez ? »

Elle se lève, ce matin, pour aller faire le lit du Paul qui n'est pas marié et qui couche dans une petite maison bâtie par lui.

Comme elle ne revient pas, Philippe va voir.

Elle était chez la Chalude, assise et causant.

Philippe la laisse bavarder et dit, le visage dur : « Sacrées femmes ! »

Un autre jour, à midi, à une heure, elle n'est pas là.

Philippe mange ce qu'il trouve, et va de porte en porte demander si quelqu'un a vu Ragotte ? Personne ! Philippe n'ose pas interroger trop de monde ; l'inquiétude le gagne. Il retourne à la maison, et s'assied près de l'arche, la tête dans les mains.

Le soir, Ragotte rentre comme si elle venait de sortir.

Philippe la regarde et d'abord il ne peut pas parler.

« Qu'est-ce que tu as ? » dit Ragotte.

PHILIPPE : Où étais-tu ?

RAGOTTE : Je faisais la vaisselle chez Mme Lerrin, c'est aujourd'hui la Pentecôte. Elle régale du monde, comme tous les ans, tu le sais bien.

PHILIPPE : Une autre fois, tu ne feras pas mal de prévenir.

RAGOTTE : Pourquoi ?

PHILIPPE : Parce que.

RAGOTTE : Tu me cherchais donc ?

PHILIPPE : Moi ! je n'ai pas bougé.

RAGOTTE : On dirait que tes yeux sont rouges.

PHILIPPE : Je dormais sur l'arche.

RAGOTTE : Tiens, tiens, voyez-vous ce que c'est ! Ça me fait plaisir de t'avoir désolé un petit peu.

Et, pour la première fois, depuis la mort du petit Joseph, Ragotte sourit.

« Tu ne pourrais plus vivre, mon pauvre vieux, sans ta vieille demoiselle ! »

Philippe hausse les épaules.

Ragotte retombe dans l'ennui.

Elle passe toute une soirée à chercher son dé et ses lunettes.

Elle va dehors ; au milieu de la cour, elle oublie ce qu'elle veut, s'arrête, rentre chez elle et s'assied jusqu'à ce que ça lui revienne.

Elle n'y est plus. Il fait nuit, quand nous revenons de promenade, et elle nous dit, les mains sur le ventre :

« Faut-il une lampe ? »

Et si on lui dit : « Ragotte, allumez le feu ! » elle répond d'une voix funèbre : « Il est donc mort ? »

Elle a remué toute la nuit comme quatre pois dans un pot.

Elle voudrait si sincèrement être morte qu'elle n'a presque plus peur de l'orage.

Elle perd la mémoire. Les mots ne sortent que syllabe par syllabe, déformés, comme d'une bouche d'enfant.

Elle ne dit pas rapetisser, mais rapetitzir un corsage.

Elle n'est plus bonne qu'à s'endormir près du feu et à le laisser s'éteindre.

La cendre l'attire.

Va-t-elle bientôt mourir ? Nous attendons.

« On meurt, dit-elle depuis que le Paul est soldat, quand on reçoit la feuille de route. Dès qu'elle arrive, il n'y a plus moyen de reculer : il faut qu'on parte ! »

La feuille de route n'est pas encore venue.

Ragotte se remet à vivre pour le mariage de Lucienne.

III

LUCIENNE

Il faut que Ragotte s'achète un bonnet de dame qu'elle ne mettra que le jour de la noce. Son Paul se mariera-t-il à temps pour que le bonnet puisse servir encore ?

Le gendre, Marius, vient demain pour la première fois. Va-t-il coucher ?

« Conseillez-moi, madame, dit-elle à Gloriette. Je ferai tout ce que vous voudrez. Quand je ne saurai plus, je vous demanderai. Vous me servirez de mère. »

Ragotte trouve enfin ce qu'elle fera à Marius pour son dîner.

Après la soupe, elle cassera des œufs.

Elle lui prépare aussi un bonnet de coton.

« On n'est pas à la ville, dit-elle, avec son petit orgueil modeste ; moi non plus, je ne serais pas embarrassée de bien faire, si j'avais tout ce qu'il faut. »

RAGOTTE : Oh ! les parents de ton futur ne vont pas venir, c'est trop loin.

LUCIENNE : Tu crois ça, toi ! parce que tu n'oses pas monter en chemin de fer, tu t'imagines que les autres ont peur de se déranger. Tâche plutôt de retourner ton bas de laine. Dans le pays de Marius, ils font la noce trois jours !

Et Lucienne ne cesse de jeter des choses dans les jambes de Ragotte.

« Tu n'es pas capable de cirer mes souliers, jamais tu ne me réveilleras à l'heure !

— Lucienne a tort, dit Gloriette à Philippe, de parler durement à sa mère.

— Ma foi ! madame, répond Philippe, je ne dis rien parce qu'elle ne me dit rien ! Si elle me parlait comme ça, à moi, j'aurais vite fait de la rembarrer ! »

« Je lui passe tout, dit Ragotte, parce qu'elle va s'en aller, comme l'autre.

— Quel autre ?... Ah !

— Jamais mon petit Joseph ne me faisait d'affront ; il était trop bien montré par ses maîtres. Un jour qu'il avait faim d'un œuf cuit dans la cendre, je lui sers l'œuf sur notre petite table. Il le mange et met les coquilles comme il faut, à côté de lui, et il veut ramasser les mies de pain par terre. Je lui dis : " Laisse donc ! ne te salis pas les mains. Ton frère et ta sœur ne prennent point les mêmes précautions, et ce n'est pas près que tu sois aussi malpropre qu'eux ! " »

Mais Ragotte se précipite : Voilà une corbeille d'œufs et la farine pour les brioches !

« Ce qu'ils nous font trotter, dit-elle, ces deux saloperies ! »

C'est ainsi qu'elle appelle les fiancés.

La famille de Marius Carol arrive du Midi, le père, la mère et un frère soldat, lequel rapporte des manœuvres une colique qui n'est pas dans une musette.

Ils ont voyagé toute la nuit et personne ne les attendait à la gare.

Philippe comptait sur Lucienne qui comptait sur le Paul qui n'y pensait plus.

Les Carol sont chargés de paquets. On ne s'élance pas pour les débarrasser. Ragotte est assise dans un coin de la cour et plume des poulets. Philippe cloue des draps et du feuillage aux murs de la grange où se fera la noce.

« Philippe, dis-je, c'est peut-être le moment de saluer votre nouvelle famille !

— Oui, monsieur.

— Dérangez-vous ! Allez donc ! »

Il faut que je le pousse et que je lui prenne son marteau des mains. Ragotte se décide à se lever.

Le Centre et le Midi s'abordent et mêlent leurs accents.

M. Carol corrige un peu le sien, mais Philippe garde son patois de tous les jours.

M. Carol est habillé à la mode de son pays. Le gilet laisse voir une ceinture de flanelle bleue. Sous un large feutre, il a le port sans modestie de là-bas. Il appartient aux ponts et chaussées. Mme Carol peut passer pour une Arlésienne, à cause de son bonnet. Par comparaison, les Philippe semblent ternes. La vieille culotte de Philippe reste ouverte. Ragotte se tient comme une pauvre servante effarée.

« Ah ! moi, dit Philippe, je retourne à mon travail. »

Les Carol demeurent plantés au milieu de la cour.

Venant du Midi, ils ont apporté un panier de raisin. Ragotte l'expose tout de suite au soleil, sur un banc. Les guêpes ne tardent pas à bourdonner. Ragotte, les mains croisées, médite et se demande si elle ne devrait pas écarter un journal dessus.

« Vous avez toute la peine, monsieur Philippe, vous plaît-il qu'on vous aide ? »

La surprise empêche Philippe de répondre. Ce monsieur saurait-il planter un clou ?

Le soldat a une idée : deux guirlandes, parties des quatre coins, se croiseraient sous les voûtes de la grange ! Mais c'est une idée que nous avons eue déjà, Philippe et moi. Aucun succès. Silence.

M. Carol insiste et offre encore un coup de main.

« Pas besoin, dit Philippe.

— Allez plutôt faire un tour, dis-je, voir le jardin. »

Ils répondent : « Ce sera très joli, cette grange ! » et ils s'éloignent.

« Nous sommes un peu dépaysés, avoue M. Carol. Quand on ne connaît pas l'endroit ! »

Mme Carol ne sait où se tenir. Elle répète, parmi les casseroles et les volailles de Ragotte :

« Je vous gêne, je vous gêne !

— Oh ! je ne fais pas attention à vous, dit Ragotte.

— Ma bru a l'air doux », dit M. Carol à Gloriette.

Ce n'est pas le moment de soutenir le contraire.

« Elle fera de Marius ce qu'elle voudra, ajoute M. Carol. Ce n'est pas un homme qu'elle épouse, mais un " moutonne ". »

Ragotte ne leur a rien préparé. Elle pensait qu'ils ne devaient manger que le jour de la noce.

« Ils ne se connaissent seulement pas, dans leur famille, dit Philippe. Les enfants disent *vous* au père et à la mère ! »

Marius pouvait choisir là-bas entre dix demoiselles qui avaient toutes une position, et l'une d'elles possédait plus de vingt mille francs ! Mais Marius a préféré Lucienne pauvre.

M. et Mme Carol n'ont pas fait d'objection.

« Épouse-la, petit !

— Lucienne est une fille raisonnable et ordonnée, dit Gloriette.

— Et honnête, dis-je.

— N'est-ce pas ? dit Mme Carol, inquiète.

— Oui, madame.

— Écoute, dit Mme Carol à M. Carol, monsieur affirme que Lucienne est honnête.

— Ah !

— Très honnête, à fond, dans tous les sens.

— Combien a-t-elle fait de places ?

— Cinq ou six.

— Et vous croyez que... ?

— J'en suis sûr », dis-je, comme si je le savais.

« Où est leur maison ? me demandent M. et Mme Carol.

— La maison des Philippe ? c'est la nôtre. Vous voyez qu'ils vivent chez nous, ils y sont installés.

— Ils ont une maison à eux ?

— Non.

— Une maison natale, de famille ; on a une maison.

— Ils en avaient une, elle est vendue.

— Tiens !

— Elle était toute petite et vieille ; elle tombait. Ils l'ont vendue plus cher qu'elle ne valait, à un voisin riche. Une belle occasion !

— Où habiteront-ils plus tard, une fois vieux ?

— Encore chez nous.

— Et si vous leur manquiez ?

— Ce n'est pas probable.

— C'est possible.

— À notre mort ?

— Pardon !... s'ils vous quittaient de force. d'eux-mêmes ?

— Dame ! ils chercheraient ailleurs. On trouve toujours de quoi se loger.

— Pas de maison à eux ! répète M. Carol.

— C'est drôle ! » dit Mme Carol.

Ils se regardent, un peu humiliés et dédaigneux ; car ils possèdent, là-bas, maison à eux, cheval et voiture, avec une vigne, et ils vendent même du vin aux amis.

Leur grand air ne trouble point Philippe.

« Supposons, m'explique-t-il, que je sois allé chez eux ! Moi aussi, je me serais nippé pour l'occasion, et j'aurais dit, comme ces gens-là, que nous sommes propriétaires. Mais je ne crois pas ce qu'ils racontent, et je suis à peu près sûr qu'ils n'ont rien. »

Et il refuse de savoir le nom de leur pays.

PHILIPPE : Nous viendrons vous voir samedi.

LE CURÉ : Quelle cérémonie désirez-vous ?

PHILIPPE : Ce n'est pas la peine de dépenser tant d'argent !

LE CURÉ : Je ne dis jamais de messe le samedi. Je ne peux que vous donner une bénédiction.

PHILIPPE : Oh ! ça suffit bien ?

LE CURÉ : Ça suffit. Il y a une bénédiction de trente francs et une autre de neuf francs et quelques centimes.

PHILIPPE : J'aime mieux celle de neuf francs.

MONSIEUR LE CURÉ : Et quelques centimes. Elle sera aussi bonne.

« Ce qui m'embête le plus, dit Philippe, c'est de prendre Lucienne par l'aile pour la mener à la mairie. Mais je la lâcherai sur la route jusqu'à l'église. Deux kilomètres, ah ! non ! Elle marchera bien toute seule. »

Le jour du mariage, dès cinq heures du matin, il passe sa chemise propre et travaille aux préparatifs.

C'est dans l'écurie de Jaunette que Ragotte se débarbouille et met son bonnet noir neuf.

Le parrain de la mariée porte au côté gauche un énorme bouquet blanc, avec de larges rubans qui volent.

Le Midi n'en revient pas. Il n'a jamais rien vu de plus ridicule.

« On me paierait cinquante francs, me dit M. Carol, que je ne voudrais pas être à la place de cet homme !

— Il serait bien fier ! » me dit Philippe.

Alexandrine, l'aînée des sœurs de Ragotte, n'est pas venue ; on espérait encore la trouver au banc familial de l'église. Point. Il paraît qu'il fallait, selon la mode, lui faire deux visites, la première pour annoncer le mariage, la deuxième pour fixer la date.

« C'est vrai que je lui ai manqué, dit Ragotte, soumise. Mais elle croit que je suis libre de mon corps. Elle cherche toujours des manières et on ne peut pas la décrotter. »

Le violoneux les attend à la sortie de la messe et, tout de suite, il se met à jouer le même air sur ces paroles différentes :

« Le marié dit :

« " Je la tiens ! je la tiens ! je la tiens ! "

« La mariée dit :

« " Il est pris, il est pris, l'hébété ! " »

Sans compter les douzaines de brioches, il y a deux sortes de galettes : la galette aux bretelles, qui se compose de semoule et de bandes de croûte croisées par-dessus, comme des bretelles, et la galette aux herbes, dite au mal de jambe.

Par dépit, les Carol s'amusent entre eux, et un mot de là-bas, qu'ils prononcent avec l'accent, les fait éclater de rire.

Le musicien n'a qu'un œil et qu'une dent ; ce n'est pas compliqué.

Il passe pour avoir gagné plus de cent mille francs avec son violon.

Il ne change d'air que s'il change de place.

Quand il ne joue pas, il mange. Il parle peu et méprise les danseurs, sauf moi qui ai dû danser beaucoup dans ma jeunesse.

« Vous devez être musicien, dit-il.

— Non.

— Oh ! ça se voit.

— Vous trouvez ? Peut-être. »

Mais non ! Mais non ! Toujours mentir !

LE BRANLE

Deux jeunes hommes, fariniers au moulin, qui ne sont pas de la noce, dansent une espèce de bourrée, moins tapageuse que la vraie et qu'on appelle le *branle.*

C'est grave et lent. Ce doit être ancien comme la plus vieille maison du village. Ils dansent avec des sabots. On écoute le son fin du bois sur le carrelage et les sabots caressent du nez la brique rouge. Les deux hommes dansent presque sur place et ne sourient pas. C'est plutôt une occupation qu'un plaisir ; par moments, on dirait des prêtres. Gloriette s'approche du plus jeune et lui dit de ne pas fumer à cause des robes des jeunes filles. Il jette sa cigarette et continue, les mains derrière le dos. Son vis-à-vis, plus lourd, plisse le front, comme si vraiment il travaillait de la tête. Ils se sentent, sous les regards, une fierté pudique. Bientôt, ils disparaissent et ne tardent pas à revenir. Ils ont cru convenable de s'acheter chacun une paire d'espadrilles.

Ce n'est plus ça du tout.

Le lendemain de la noce, on attend les mariés pour s'asseoir à table.

« C'est Lucienne qui nous a mis en retard, dit Marius.

— Naturellement, dit-elle, toujours de ma faute ! »

En signe de victoire, Marius porte le chapeau sur l'oreille.

« Préférez-vous, Lucienne, hier à aujourd'hui, ou aujourd'hui à hier ?

— Ça m'est égal, je me trouvais bien hier, je me trouve bien aujourd'hui. »

Marius dévore, le nez dans son assiette, et ne dit mot.

Qu'est-ce qu'il se demande ?

Mélanie, une des sœurs de Ragotte, étant de noce le premier jour, sa petite fille garde la vache et n'en est que le lendemain.

Elle arrive toute joyeuse, dans sa toilette fraîche.

« À mon tour ! s'écrie-t-elle, à mon tour ! »

Mais la noce est finie, et si la petite, dont les yeux brillent, se bourre de bons restes, il faut qu'elle s'amuse toute seule à une table de grandes personnes déjà éteintes.

Le garçon d'honneur fait, pour la cuisinière, une quête dans une assiette, puis il laisse tomber l'assiette et la casse. Le nombre de morceaux indique le nombre d'années que la demoiselle d'honneur doit attendre pour se marier.

Comme Lucienne a vingt-quatre ans et qu'on lui demande tout bas l'âge de cette demoiselle d'honneur, elle répond, le plus haut qu'elle peut :

« Trente ans ! »

Ragotte aussi danse, oh ! pas le jour, non, le lendemain de la noce.

Elle a été, autrefois, une bonne danseuse. Elle dansait toute seule, sur la route, jusqu'à en perdre ses chaussons, et, de retour à la maison, elle était battue ! messieurs, qu'elle était battue !

C'est Michel qui la tire par le bras et la décide.

Aussitôt, on fait cercle pour voir Ragotte danser une bourrée au mariage de sa fille ; on regarde, silencieux comme à l'instant le plus grave d'une cérémonie. Ragotte relève un peu sa jupe du bout des doigts. Les jambes ne fléchissent guère, les pieds quittent à peine le sol ; le corps ne se balance pas ; seule, la tête s'incline à droite et à gauche.

Ragotte, très pâle, sourit d'abord. Tout à coup, elle s'arrête, laisse Michel en plan et s'éloigne, courbée, comme si sa tête se cachait. Nous devinons ce qu'elle a. Elle vient de se rappeler subitement la mort du petit Joseph. Elle pleure de chagrin et de repentir et nous tourne longtemps le dos.

Les Carol finissent par se trouver mal à l'aise. Ils partent ce soir, avant la dislocation de la noce.

La Chalude leur dit :

« Quoi ! vous partez si tôt ?

— Eh oui ! on ne nous regarde pas ! »

Le Midi s'en va un peu vite, ce qui ne l'empêche pas d'être ému.

M. Carol s'avance vers Gloriette, la main tendue.

« Mais nous vous accompagnons jusqu'à la gare !

— Ça ne fait rien, madame, je veux vous dire quelques mots à cette place ! Je tiens à vous remercier de votre accueil, de vos... »

Il ne trouve plus, il pleure, il ne se reprend que pour nous faire promettre d'aller les voir.

« Une dépêche, dit-il, et nous serons à la gare ! avec le cheval. Et soyez tranquille, il connaît le chemin ! »

Nous avons beau promettre, il nous invite encore.

J'affirme que nous irons, et, tout de suite inquiet, il rectifie :

« Oh ! ce n'est pas aussi bien là-bas qu'ici, mais nous vous recevrons de notre mieux. Et vous, monsieur Philippe, je vous invite également ; il faudra venir.

— Je ne dis pas non. »

Le train va partir. On voit, collée à la vitre, la joue de Mme Carol qui pleure comme si la pluie tombait dans le wagon. Ils agitent des mouchoirs : Adieu ! adieu !

« Ma foi, ce n'est pas trop tôt », répond Philippe.

Il est mécontent.

Il juge que le beau-père n'a pas été convenable. M. Carol avait promis, par lettre, de payer la moitié des frais. Le jour du mariage, il fait dire par Lucienne qu'il paiera sa part, celle de sa femme et celle du soldat. L'heure venue de régler, il demande une note. Comme elle n'est pas prête, il offre cinquante francs.

« Ça ne faisait pas mon compte, me dit Philippe.

— Mais vous les avez pris.

— Oui.

— En disant : " C'est trop ! "

— Je voulais même lui rendre sur son billet de cinquante francs.

— Pourquoi ? puisque vous dites qu'il vous devait davantage.

— Précisément ! Je lui disais : " C'est trop ! " parce que je voulais lui montrer que ce n'était pas assez.

— Ça me paraît bien délicat, Philippe.

— Enfin, voilà ce que je voulais. »

RAGOTTE : Je suis bien contente, ma Lucienne, que tu sois établie. Quand l'ennui me prendra, j'irai vers toi, à Paris.

LUCIENNE : Ne te mets pas cette idée-là dans la tête ! Reste où tu es. À Paris, tu ne serais pas capable de gagner ta vie !... C'est tout ce que tu me donnes ?

RAGOTTE : Je t'ai donné six cuillers, six fourchettes et six assiettes.

LUCIENNE : Donne-moi encore des assiettes.

RAGOTTE : Je ne peux pas.

LUCIENNE : Oh ! ce que tu es intéressée !

RAGOTTE : Et le Paul !

PAUL : Oui, et moi ! Qu'est-ce qu'il me restera pour ma part ? Si tu veux tout prendre, je vas bien t'arrêter !

Le Paul surveille en effet les caisses et Philippe, qui les cloue, s'écrie :

« Qu'on ne m'apporte plus rien ! je ne les décloue-rai pas ! »

Lucienne boude.

« Soignez votre caractère, lui dit Gloriette.

— Mon caractère est bon, dit Lucienne, pincée.

— C'est votre avis, monsieur Marius ?

— Oh ! répond Marius, je n'ai pas encore regardé.

— Ah ! que le temps me dure, dit Philippe. Depuis ce matin, clouer leurs caisses, et les haricots de votre jardin qui attendent ! »

« D'un côté, dit-il, ça me fait de la peine de voir Lucienne partir, mais, de l'autre, je n'en suis pas fâché ! »

Ragotte dit doucement à Lucienne :

« Tu as beau être mariée, ce n'est pas une raison pour te mettre en colère. »

« Personne ne se connaît, lui dit-elle, tant que les caractères ne sont pas l'un devant l'autre, et il faut toujours en rabattre. »

« Tu vas sentir, Lucienne, le pou te piquer derrière l'oreille ! Il n'y a rien de mieux qu'un homme pour tenir une femme droite ! J'en ai vu que le mariage a bien réduites. »

« Un mariage, ce n'est pas comme un marché de bœufs ! »

Au moment de l'adieu, Philippe dit tout de même à Marius et à Lucienne :

« Comme vous n'êtes pas riches, on pourra vous envoyer, à l'automne, un sac de pommes de terre.

— Tu feras bien ! » dit Lucienne.

Les Philippe ont reçu, au premier jour de l'an, une carte des jeunes mariés, ce qu'on appelle une carte de visite, avec les noms imprimés au milieu :

Monsieur et Madame Marius Carol.

Pas un mot de plus, mais c'était assez, et Ragotte a dit :

« Il ne leur manque rien ! »

IV

LE PAUL

Le Paul entre furieux chez Ragotte.

À l'autre maintenant !

PAUL : Pourquoi ne m'as-tu pas apporté ma soupe ce matin ?

RAGOTTE : Je ne savais pas si tu travaillais aujourd'hui.

PAUL : Tu sais bien quand on boit, tu ne sais pas quand on travaille !

RAGOTTE : Tu ne m'avais pas dit où tu travaillerais.

PAUL : Au canal, sur le port ; c'est malin à deviner !

RAGOTTE : À quelle pile ? Il faut toujours chercher. Les empileurs se moquent de moi. Ils rechignent à ma question : « Avez-vous vu le Paul ? » Et je drogue de pile en pile. Mais ta soupe est prête, tu peux l'avaler.

PAUL : Je n'en veux plus, de ta soupe.

RAGOTTE : Laisse-la, mon garçon.

PAUL : Et je te défends de me la faire, demain et les autres jours. Je te défends, je te défends !

RAGOTTE : Ce n'est pas la peine de tant le répéter, j'ai compris.

PAUL : J'en trouverai à l'auberge.

RAGOTTE : Tu es libre ; tu verras ce que ça coûte.

PAUL : J'ai de quoi payer et ce sera meilleur.

RAGOTTE : Puisque tu ne mangeras plus chez moi,

je ne balaierai plus ta maison où tu couches ; ferme ta porte.

PAUL : Elle est fermée.

RAGOTTE : Ôte la clef.

PAUL : Je l'ai dans ma poche.

RAGOTTE : C'est fini entre nous, mais quand tu auras besoin d'un morceau de pain...

« J'ai plus les moyens que toi », dit Paul, déjà dehors.

« Il m'a jeté ça dans les jambes, dit Ragotte, parce que je l'avais piqué net. »

Elle tourne autour de la maison de Paul, et regarde par la fenêtre. Elle a vu aujourd'hui, sur sa table, un pain entamé, un reste de fromage et un litre vide ; ce qui prouve qu'il ne prend point tous ses repas à l'auberge, comme il l'avait dit, et qu'il est embarrassé.

Le Paul, qu'elle agace, ferme les volets quand il va à son travail.

Elle se réjouit d'abord de ne plus avoir à faire de cuisine, même pour Philippe qui mangera souvent ce qu'il aime le mieux, du pain avec un cornichon à la croque-au-sel.

« Ragotte et le Paul, dit Philippe, se sont tiré les oreilles, mais ils ne peuvent pas se passer l'un de l'autre. Ils se cherchent déjà.

— Pense qu'il fait sa soupe lui-même ! dit Ragotte.

— Ne faut-il pas qu'il apprenne ? répond Philippe.

— Oh ! toi, tu es dur, mais une mère ! Je me rappelle, madame, que, la veille de faire le Paul, j'allais encore laver à la rivière ! Quel ingrat ! On voit des enfants si bien élevés.

— Il fallait, dit Philippe, élever ton Paul comme ceux de madame !

— On n'est pas tout seul pour donner des conseils », réplique Ragotte.

Philippe se tait.

« Il vous reviendra, dit Gloriette, après la leçon.

— Il sent qu'il a mal fait, madame, et il n'ose plus reparaître, ici, devant vous. Oh ! moi, à sa place, j'aurais honte, je ne reviendrais pas.

— Puisqu'on ne se connaît plus, dit Philippe, il ne faut rien prendre au jardin de Paul. »

C'est leur voisine, la Chalude, qui en profite ; elle ne laisse pas perdre les choux et les carottes.

« Vous a-t-il dit quelque chose ? lui demande Ragotte.

— Non.

— Il ne vous parle point de moi ?

— Oh ! non.

— En mal, comme de juste ?

— En rien du tout, ma pauvre Ragotte. Il se débarrasse bien de vous ! Il est comme les autres enfants. »

Ainsi, ce n'était pas assez de la mort du petit Joseph, il faut que Ragotte souffre par les vivants.

Le petit Joseph au cimetière, sa fille Lucienne mariée, le Paul fâché, elle n'a plus que son principal. Elle va s'asseoir près de lui et le regarde désherber les oignons. Toute l'année de la naissance du Paul lui revient. Il y a trente ans, jour pour jour, qu'elle le poussait au monde. La moisson était bien en avance, comparée à celle d'aujourd'hui.

« Quand ils sont petits, dit-elle, avec un coup de pied d'un côté, une tape de l'autre, on les remet droits ; quand ils sont grands, il n'y a plus de prise. »

Cependant, elle lui prépare, comme d'habitude, sa chemise de la semaine ; il ne vient pas la chercher.

« Ne t'en occupe donc plus, dit Philippe. Tu ne l'as pas vu, tout à l'heure, sortir de sa maison avec une belle culotte blanche ?

— Il se croit propre dans sa pouillerie, cet individu-là ! » dit Ragotte mortifiée.

Elle sait, par la Chalude, qu'il ne prend jamais la peine de faire son lit et qu'un fromage blanc lui dure une semaine !

Le Paul va partir pour ses vingt-huit jours. Viendra-t-il leur dire au revoir ? Jusqu'à présent, il évite le père comme la mère, et chaque fois qu'il rencontre Philippe, il se gare. Enfin, la veille du départ, Philippe le rattrape sur la route :

« Tu n'as besoin de rien ? »

PAUL : Pourquoi t'inquiètes-tu de ça ?

PHILIPPE : Si tu n'avais pas d'argent, je t'en donnerais.

PAUL : J'ai de l'argent.

PHILIPPE : Tu feras peut-être les manœuvres !

PAUL : Je ferai ce qu'on me fera faire.

Un peu après, Ragotte n'y tenant plus, va dans sa maison qui est ouverte.

« Comme tu pars, dit-elle, je viens voir si tes affaires sont prêtes.

— Je ne les ai pas regardées.

— Si tu veux que je te les prépare ?

— Ce n'est pas le moment. »

« Il n'imagine pas, ajoute Ragotte, le plaisir qu'il pouvait me faire en me commandant quelque chose. Il m'aurait dit seulement : " Fais mon lit ! " Mais rien ! Comme je ne voulais pas lui montrer ma peine, j'ai tourné mon cul et je suis sortie. »

Le soir, ils font une dernière tentative.

« Montes-tu là-haut ? dit Ragotte.

— Monte, si tu veux, toi, répond Philippe.

— Comment faut-il que je lui tourne ça ?

— Offre-lui les cent sous, mais ne le force pas. S'il les refuse, rapporte-les. »

Ragotte n'a pas la peine d'aller jusqu'au bout ; elle aperçoit une voiture à âne qui emmène le Paul. C'était donc ce soir qu'il devait partir, et non demain matin ? Dès que Paul a disparu sans un regard en arrière, Ragotte n'est pas longue à remettre à Philippe la pièce de cent sous.

Il ne s'agissait peut-être que d'une course ! La nuit elle se dresse et entend un bruit de souliers qui approchent.

« C'est le Paul ! c'est le Paul ! »

Non, il est bien parti, comme un orphelin.

Philippe la console doucement.

« Es-tu sûre, à présent, dit-il, que ton Paul se f... de toi ? »

Elle pleure ; ses yeux ne débouffissent pas.

« Il faut pleurer les morts et les vivants », dit-elle.

Comme si elle avait peur de ce qu'elle vient de dire, elle rectifie :

« C'est moins dur tout de même de pleurer les vivants. Un jour ou l'autre, on peut les revoir. »

La femme Merlin, dont le fils fait aussi ses vingt-huit jours, dit malignement à Ragotte :

« Avez-vous des nouvelles de Paul ?

— Non, dit Ragotte, je n'en ai point, mais je n'en attendais pas.

— Oh ! moi, dit la femme Merlin, j'en ai d'Émile. Il nous a écrit, et il marque sur sa lettre qu'il nous récrira encore ! »

Ragotte lave le linge qu'elle trouve dans la maison du Paul.

« Tu en as de la complaisance ! dit Philippe.

— Ce n'est pas à cause de Paul, c'est à cause du linge qui s'abîmerait. La culotte était raide de boue et dressait les oreilles comme le diable ! Je ne pouvais pas la laisser dans un pareil état ; oh ! ça sera fini, je ne toucherai plus à rien. »

« Mais Ragotte, lui dit Gloriette, ce paquet de linge était dans la maison.

— Oui, madame !

— Et la clef ?

— Je l'ai.

— Il vous l'a donc rendue ?

— Oh ! non, il a fait comme c'est l'habitude chez nous. Le dernier qui sort ferme la porte à clef, met la clef sur le rebord de la fenêtre, au coin, et pousse simplement les volets. Il ne les accroche pas. On le sait, on n'a qu'à ouvrir les volets et à prendre la clef. »

Pas une carte postale !

Qui la préviendra s'il arrive malheur au Paul ? Va-t-elle, comme on dit, apprendre sa mort avant sa maladie ? Comment finira cette brouille ? Après ses vingt-huit jours, le Paul se remettra-t-il à la petite table de Ragotte, oublieux et affamé comme s'il revenait d'une guerre lointaine ? C'est possible, mais il a une tête !

Les quatre semaines passées, il est de retour et il ne vient pas la voir ; c'était pourtant une bonne occasion !

Ragotte sait que, parti enrhumé, il a fait les manœuvres enrhumé et qu'il rentre avec son rhume.

Elle avait dit : « Oh ! je n'irai pas laver son linge des vingt-huit jours ! S'il me le donne, je le laverai de bon cœur, mais s'il attend que j'aille chercher le linge !... »

Et comme il ne l'apporte pas, elle va le prendre. Elle trouve le Paul au lit, la figure contre le mur.

« Tu es donc malade ?

— Oui.

— As-tu besoin de quelque chose ?

— Non.

— Si je te faisais un verre de vin chaud ?

— Je n'en veux point. »

Il ne se retourne même pas. Ni bonjour ni bonsoir !

« Laissez-le, Ragotte, dit Gloriette, indignée. Vous finiriez par avoir tort, et vous vous faites du mal pour un mauvais gars qui ne le mérite plus.

— Vous dites vrai, madame ! S'il arrive du malheur, je n'aurai rien à me reprocher. »

Elle ne dit pas que, le Paul ne lui montrant que le dos, elle a pris le paquet de linge des vingt-huit jours. Elle le lave et l'écarte sur la haie du jardin du Paul. Il le ramassera, s'il veut.

Le Paul est malade pour de bon et le rhume lui donne la fièvre. Il ne peut même plus bouger, parce qu'un vésicatoire le fait souffrir depuis seize heures. Ragotte, avertie par la Chalude, va le revoir et lui pose les mêmes questions.

« Tu n'as besoin de rien ?

— Non.

— Faut-il que j'allume le feu ?

— Ce n'est pas la peine.

— Mais, ajoute Ragotte, il dit ça bien doucement ! Il ne se fâche pas, et il ne se tourne plus exprès de l'autre côté ! »

Gloriette y monte.

« Un vésicatoire, Paul, se garde huit heures au plus ! Où l'avez-vous pris ?

— Chez le pharmacien.

— Sans ordonnance ?

— Je n'ai pas vu le médecin.

— Qui vous l'a posé ?

— Le pharmacien.

— Sans explication ?

— Il m'a dit de coller à la place, quand je l'ôterais, du papier sur de l'huile.

— Avez-vous du papier ? »

Le Paul montre un vieux papier de soie qui enveloppait des bougies.

« Et de l'huile ?

— Je n'en ai pas.

— Qui vous enlèvera votre vésicatoire ?

— Moi.

— Oui, vous ! comme un pauvre abandonné, au risque d'une blessure. Écoutez, Paul ! on essaiera de l'ôter légèrement, puis on mettra un cataplasme de farine de lin, dont la toile aura bouilli, et on percera la peau ensuite. Nous allons vous soigner, Ragotte et moi ; je vais chercher Ragotte. »

Paul répond par un grognement.

« Paul, laissez-vous soigner par Ragotte ! Il ne faut plus être fâché. Elle a ses travers, comme toutes les vieilles mamans, mais vous êtes le seul garçon qui lui reste, et elle vous aime de tout son cœur. Vous ne devez pas lui faire plus longtemps de la peine. Je la ramènerai avec moi.

— Je veux bien », dit Paul.

Il le souffle, d'un râle, plutôt qu'il ne le dit, à cause de son rhume. Gloriette voit remuer le drap sur la poitrine. Il pleure ; c'est d'émotion ou le vésicatoire tire trop.

Le Paul laisse traîner, au bord de sa cheminée, toute une histoire d'amour en cartes postales.

Sur l'une d'elles, Ragotte lirait, si elle savait lire, et Gloriette, si elle était curieuse :

« Trouve-z-en donc une plus jolie que celle-là ! Et on dit que je lui ressemble ! »

Sur une autre :

« Je t'aime autant de loin que de près. »

Sur celle-ci, une petite femme à sa toilette n'est vêtue que de ses bas et de sa chemise transparente. On voit le bout des seins et on devine le reste. L'expéditrice a crayonné aux pieds de la belle : « Admire et comprends ! »

Sur celle-là s'épanouit une rose jaune, et, sous le nom de cette rose que l'imprimeur appelle *Infidélité,* il est écrit à l'encre noire naturelle :

« On s'en a douté ! »

Gloriette reparaît, suivie de Ragotte, et lève le vésicatoire.

« La Chalude les arrache d'un seul coup, dit Ragotte qui tremble.

— Avec la peau ?

— Ah ! dame ! vient ce qui vient.

— Je ne vous ai pas fait mal ? dit Gloriette.

— Non, madame, je n'ai rien senti.

— Ragotte restera près de vous.

— Oh ! madame ! oh ! madame ! dit tout bas Ragotte, les mains jointes, que vous me rendez donc service ! Il y a un mois que je ne dormais plus ! »

Elle s'installe chez le Paul. Il ne dit rien, et elle parle trop.

« Oh ! que ça doit cuire, un vésicatoire ! Tu en as, du courage ! Moi, je ne pourrais pas le supporter, je crierais. »

Paul va perdre patience, lui dire de se taire, ou sauter à bas du lit et la mettre à la porte. Mais il n'a plus d'humeur.

« Il se rend, dit Ragotte, je savais bien qu'il se rendrait à vous, madame Gloriette. Il s'est rendu. Il cause, il a causé ce matin.

— Qu'est-ce qu'il vous disait ?

— Il m'a demandé si le lait qui était sur le feu ne tournerait pas. Oh ! c'est un bon cœur, mais une vilaine femme le perd.

— Quelle femme ?

— Je ne veux pas vous parler de cette femme ! je vous manquerais de respect ! Enfin, il cause ! Je ne tiens plus à ce qu'il prenne ses repas chez moi. Au contraire, je suis débarrassée. Qu'il mange où ça lui plaît, pourvu qu'il cause. Je tiendrai sa maison propre s'il cause, et je laverai son linge, mais qu'il cause ! »

C'est la fin et tous y trouvent leur compte. Ragotte danserait ; Gloriette se félicite d'ôter un vésicatoire sans blêmir.

Philippe seul resterait longtemps à l'écart, si Ragotte n'avait tout à coup une bonne idée.

Elle porte ce matin la soupe au Paul et lui demande de ses nouvelles.

« Ça va bien, dit Paul ; me prêterais-tu vingt sous ?

— Oh ! oui, mon garçon ; pour quoi faire ?

— Pour aller à la ville par le train. J'ai de l'argent chez le patron, près de cent francs, mais j'aime mieux ne pas les réclamer avant la fin du mois.

— Je n'ai pas, dit Ragotte, les vingt sous dans ma poche, je cours les chercher. »

Elle les avait sur elle, mais c'est à ce moment que lui vint son idée.

Elle trouve Philippe au jardin. Il a bon cœur, lui aussi, comme le Paul, et il est encore plus têtu ; et il ne le reverrait pas sans un prétexte.

« Le Paul a besoin de vingt sous, dit Ragotte ; ça ne se refuse pas, porte-les-lui donc.

— Tu ne peux pas les porter toi-même ?

— Est-ce que j'ai le temps ?

— Prends-le.

— Non. La dame m'appelle, il faut que je monte tout de suite. Porte les vingt sous au garçon. Le train passe à neuf heures et demie ; ça presse, va vite ! »

Philippe, malgracieux et ému, se dépêche d'y aller.

« Je mentais, dit Ragotte à Gloriette, vous ne m'appeliez pas. Ce sera pour une autre fois. N'ayez jamais peur de me déranger. Ça me fait tant plaisir de vous être utile à quelque chose. »

Le Paul reviendra-t-il prendre ses repas chez Ragotte ? Personne n'y compte plus.

Il revient tout seul, un jour que sa chemise est mouillée et que son feu ne marche pas. Il entre chez son père et sa mère, qui ne disent rien, de peur de le faire sauver, et il s'assied en bougonnant, le dos à la cheminée, où pétille un fagot.

Comme c'est l'heure de manger, Ragotte pousse devant lui, sur la petite table, une assiette, un verre, le pain et le plat qui fume.

Le Paul se sert, d'abord de loin, puis il s'approche un peu.

V

RAGOTTE ET LE PAUVRE

« On sonne, Ragotte !

— Oui, madame », dit Ragotte, qui va, sans se presser, ouvrir la porte de la cour.

Elle l'entrouvre et dit :

« Madame, c'est un pauvre.

— Attendez, répond Gloriette, je vous jetterai deux sous par la fenêtre dans un morceau de papier. »

Ragotte dit : « Bien, madame ! » et elle attend avec le pauvre. Il ressemble à tous les pauvres de la route. On peut le croire, à volonté, très misérable, ou se méfier et dire qu'il est au moins millionnaire.

LE PAUVRE : Bonjour, madame Ragotte, vous me reconnaissez ?

RAGOTTE : Oui, je vous reconnaissais par vos pieds sous la porte ; vous êtes déjà venu plusieurs fois.

LE PAUVRE : Je viens tous les ans. Ils ne sont pas partis, vos maîtres ?

RAGOTTE : Non.

LE PAUVRE : Ah ! j'avais peur. L'année dernière, je suis passé trop tard.

RAGOTTE : Je me rappelle.

LE PAUVRE : Ils étaient rentrés à Paris ; j'ai fait une visite pour rien.

RAGOTTE : Les maîtres partis, il n'y a plus que moi et mon vieux !...

LE PAUVRE : Monsieur Philippe ?

RAGOTTE : Oh ! monsieur Philippe !... un joli monsieur !... Et ce n'est pas nous qui pouvons donner.

LE PAUVRE : Naturellement.

RAGOTTE : Nous ne sommes guère plus riches que vous.

LE PAUVRE : Oh ! je comprends ! Je n'avais qu'à me dépêcher l'année dernière comme cette année. J'ai pris le plus court... Ah !... madame votre maîtresse vient de jeter quelque chose.

RAGOTTE : Je n'ai pas entendu ; vous avez l'oreille fine.

LE PAUVRE : L'habitude ! Tenez, là, au milieu de la cour ; c'est blanc.

RAGOTTE : Mme Gloriette donne toujours, et je parie qu'il y a deux sous et non un petit sou dans le papier.

LE PAUVRE : Oui, ça se sent au doigt.

RAGOTTE : Madame ne trompe personne.

LE PAUVRE : Merci, madame Ragotte ! (*À la fenêtre.*) Merci, madame !

RAGOTTE : Vous avez un fameux porte-monnaie.

LE PAUVRE : Il a du fond ; s'il était plein ! Je n'y serre pas mes sous devant tout le monde, c'est mal vu ; mais, avec vous, je ne me gêne pas.

RAGOTTE : Vous préférez les sous au pain ?

LE PAUVRE : Le pain est lourd à porter ; on ne peut pas tout manger à la fois.

RAGOTTE : Vous aimeriez mieux de la brioche ?

LE PAUVRE : De temps en temps, mais je n'ai pas la peine de refuser des friandises.

RAGOTTE : Si vous étiez venu plus tôt, moi, je vous aurais bourré de galette. J'ai marié ma fille Lucienne, cet été.

LE PAUVRE : Je vous fais mes compliments.

RAGOTTE : Et bien mariée, avec un jeune homme de Paris, un chauffeur qui voyage dans le premier wagon du train et qui gagne de bonnes journées. La noce a duré trois jours.

LE PAUVRE : Je ne pouvais pas prévoir. Vous avez plusieurs enfants ?

RAGOTTE : Deux : ma fille et mon aîné, le Paul ; j'ai perdu le plus jeune cet hiver.

LE PAUVRE : Excusez-moi.

RAGOTTE : Oh ! ce n'est pas vous qui me faites pleurer. En mariant ma fille, je riais et je pleurais ; tout ça éreinte, tout ça vieillit. Je ne me porte plus comme autrefois ; le mal me prend, me tient une journée au lit et me lâche ensuite ; mais on s'use, on s'approche de la fin.

LE PAUVRE : Vous ne fatiguez pas beaucoup, ici ?

RAGOTTE : Oh ! non, je soigne les bêtes et je lave le linge. L'hiver, nous restons seuls, tranquilles, trop ; ça paraît long et vide.

LE PAUVRE : C'est gentil, ce coin-là, ce lierre !

RAGOTTE : On va le couper, il attire les rats.

LE PAUVRE : Ils sont convenables avec vous ?

RAGOTTE : Qui ? Les maîtres ?... Il n'y a pas à se plaindre.

LE PAUVRE : Allons, tant mieux ! Au revoir, madame Ragotte. Meilleure santé ! À l'année prochaine !

RAGOTTE : Vers la même époque, fin septembre ?

LE PAUVRE : Au plus tard, pour ne pas les manquer. C'est agréable de connaître, pas trop loin de la grande route, une maison sûre comme la vôtre.

LE VERRE D'EAU

Par une forte chaleur de juillet, assis à l'ombre, je bois un verre d'eau de notre puits. Philippe me regarde avec une bienveillance respectueuse.

« C'est agréable, dit-il, de voir comme vous buvez ça !

— Oui, j'aime cette eau pure ; et vous ?

— Moi, je préfère le vin.

— C'est bon, Philippe, un verre de vin, quand on apporte la bouteille de la cave ; c'est moins frais qu'un verre d'eau qui sort du puits.

— Oui, monsieur, cette eau-là est fraîche.

— Elle coupe !

— Elle serait plutôt trop fraîche.

— Vous n'en buvez jamais.

— Je peux tout de même dire qu'elle est froide.

— Vous l'avez goûtée ?

— Non, mais je l'ai touchée, monsieur.

— Comment ça ?

— Je suis descendu dans le puits.

— Quand, Philippe ?

— Ce matin.

— Ah !... »

« Philippe, dis-je, après une nouvelle gorgée plus petite que les autres, pourquoi êtes-vous descendu ?

— Pour voir s'il restait de l'eau en suffisance, et si le puits n'avait pas besoin d'être nettoyé, si je ne trouverais pas de saletés au fond.

— Au fond du puits ?

— Oui, monsieur. Le puits n'a plus guère d'eau. D'ici trois ou quatre jours, elle manquera, à moins qu'il ne tombe une forte averse. Pour le nettoyage, comme il faudrait vider le puits, on peut attendre.

— Le fond est propre ?

— Assez.

— Dites-moi, Philippe, comment avez-vous fait pour descendre ?

— Il n'y a qu'un moyen : j'ai mis la grande échelle dans le puits.

— Et vous êtes descendu très bas ?

— Le plus bas possible.

— Plus bas que le seau quand la corde est toute développée ?

— La corde et un bout de la chaîne.

— Jusqu'au dernier échelon ?

— Jusqu'à l'eau seulement ; les derniers échelons trempaient sous l'eau.

— Et après ?

— Pour m'assurer qu'il n'y avait pas un dépôt de matières, de feuilles mortes, j'ai tâté, remué l'eau.

— Avec quoi ?

— Avec ma main. C'était glacé ! Je n'aurais pas voulu y entrer après ma soupe.

— Y entrer, Philippe ?

— M'y baigner, quoi ! l'estomac plein de nourriture.

— Vous ne plongiez que la main ?

— La main, le bras, le coude, afin de mieux barboter.

— L'eau vous éclaboussait, vous mouillait !

— J'avais retroussé mes manches ; le reste, la culotte, les sabots, ça ne craint rien, ça sèche vite.

— Les sabots, mais les chaussons ?

— Je n'en mets point.

— Les chaussettes ?

— J'avais les pieds nus. »

« Vous ne trouvez pas, Philippe, qu'il fait lourd ?

— Au contraire, je trouverais, moi, monsieur, que le temps s'est rafraîchi. »

« Philippe ?

— Monsieur !

— Je ne comprends pas bien. Expliquez-moi : Où étaient-ils, vos pieds nus ?

— Dans mes sabots.

— Et vos sabots ?

— Sur l'échelle, monsieur.

— Sur quel échelon de l'échelle ?

— Sur le plus près de l'eau.

— Cet échelon touchait à l'eau, hein, Philippe ? Il nageait dessus ?

— Il ne pouvait pas, monsieur. Un morceau de bois libre nage, un échelon reste pris à l'échelle.

— J'entends, Philippe, et je veux dire que l'eau du puits, de notre puits, n'est-ce pas ?...

— De votre puits.

— Que cette eau, que la surface de cette eau, l'échelon de l'échelle et vos pieds nus dans vos sabots, ne faisaient qu'un.

— Si vous voulez !

— Je vous demande.

— Oui, monsieur ! Moi, je ne m'occupais que de ma main, sans m'occuper de mes pieds. »

« Quelle chaleur, Philippe !

— En effet, vous paraissez avoir chaud ! Vous suez du front.

— Je n'ai jamais eu aussi chaud.

— Vous ne finissez pas votre verre ?

— Si, si.

— Ça vous fait peut-être mal ?

— Non, non, je boirai tout, Philippe, et vous, prenez un verre de vin. Nous trinquerons. »

HONORINE

Une fois par an, elle vient jeter sur la table de la mairie la feuille du percepteur qui l'impose pour soixante-dix-neuf centimes (part de l'État, part du département, et part de la commune réunies).

« Pourquoi m'envoient-ils toujours leur papier ? dit-elle. Ils savent bien que je ne peux pas payer ! »

Quand on lui donne des sous, elle ne les compte plus. Elle va chez l'épicière et dit, la main tendue, avec les sous dedans :

« Donnez-moi pour ça de lard ! »

Elle ramasse de l'écorce entre les piles de bois bien rangées du port, mais elle ne volerait pas une bûche.

« Le garde connaît mon honneur, dit-elle. Il est prêt à déclarer que, sur ma conduite, personne n'aurait rien à dire.

— Ma pauvre vieille Honorine, lui dis-je, vous avez le droit de tout vous permettre ! À votre âge, à quatre-vingt-sept ans, après votre vie de misère, tout vous appartient, ce bois et le reste. Tout est à vous ! prenez tout ! »

Elle me regarde, muette, étonnée ou sourde, et sa tête tombe peu à peu vers ses genoux. On dit alors, inexactement, qu'Honorine sommeille. On ne peut pourtant pas dire déjà qu'elle meurt. Il faudrait un mot qui fût à mourir ce que sommeiller est à dormir.

Parfois, elle dit que tout le monde est du bon monde et que personne ne la repousse. Aujourd'hui, elle ne cherche pas sa vie de porte en porte, elle fait des visites.

« Je viens vous voir, dit-elle à Gloriette, mais je n'ai besoin de rien. Il me reste du lard pour quinze jours et du café pour huit, et même du sucre. Le sucre, c'est ce qui passe le plus vite ; non, non, je ne demande pas de sucre ; je viens vous voir seulement pour vous voir. »

Elle a beau être la plus vieille du village, elle ne s'est jamais mise au courant.

« Un jour, me dit-elle, j'ai vu le château du roi.

— Quel château, Honorine ?

— Celui du roi.

— De quel roi ?

— Notre roi, le roi de France.

— La France a donc un roi ? »

Comme si je me moquais d'elle, Honorine ne se donne pas la peine de répondre. Elle attend d'autres questions.

« Où l'avez-vous vu, Honorine, ce château ?

— Là-bas, au diable ! Oh ! on ne peut pas le voir

d'ici. Il a fallu aller loin, en marchant deux jours et une nuit, mais je l'ai vu.

— Et comment était-il ?

— C'est un château pareil aux autres, plus grand tout de même.

— Vous ne vous rappelez que ça ?

— Il y a si longtemps, dit Honorine.

— Et le roi ?

— Je ne l'ai point vu, dit Honorine modestement.

— Il n'était pas chez lui ?

— Oh ! si ; ce jour-là, il ne s'est pas montré dehors. Je ne peux pas dire que je l'ai vu, je vous le dirais. Je n'ai vu que le château, le château du roi, mais je l'ai vu.

— C'est de la chance, Honorine !

— Vous aussi, me dit-elle, vous avez dû le voir, et souvent ?

— Non.

— Oh !

— Jamais.

— Un monsieur qui va partout et qui ne peut pas tenir en place.

— Je vous jure, Honorine.

— Vous n'êtes pas passé de ce côté-là ?

— Il faut croire.

— Ah ! ah !... Moi, je l'ai vu », répète Honorine, fière de son avantage, mais pas au point de vouloir m'humilier.

Et, en retour, je me fais scrupule de lui apprendre que le roi est mort.

Soudain, elle cède à son humeur maligne.

« Je n'ai rien du tout, dit-elle.

— Vous exagérez, Honorine ; la commune vous donne du pain.

— Quatre livres par semaine, ce n'est guère.

— Et Mme Gloriette cinq autres livres, ça suffit.

— Oui, si j'ai de quoi m'assaisonner.

— Vous avez de l'épicerie !

— Moi !

— Vous venez de le dire.

— Je sais que quelqu'un commande à l'épicière d'en remettre à ma Pauline.

— Pour vous ?

— Peut-être.

— Votre petite-fille Pauline n'est pas une voleuse. Ce qu'on lui remet, elle vous le donne.

— Non.

— Pas de la main à la main, mais elle trempe votre soupe ?

— Oui, elle la trempe.

— Et c'est une bonne soupe !

— De l'eau.

— Vous accusez Pauline d'une vilaine action.

— Je voudrais être dans les Hâtres », dit Honorine.

On appelle les Hâtres le terrain du cimetière.

Tandis qu'Honorine somnole, il faut regarder une fois de plus sa figure, de moins en moins agréable aux yeux. On dirait qu'une bête l'a longtemps grattée pour y faire son gîte ; c'était trop dur : la bête a renoncé.

« Oh ! les beaux poireaux ! » dit Honorine qui se réveille.

Elle désigne des poireaux de l'an passé qui ont

grandi tout l'hiver au jardin. Elle les croit de la saison.

« Ça pousse au galop, dit-elle, et c'est fameux dans une soupe. »

On lui en arrache un et elle s'éloigne avec son poireau qu'elle porte à la main comme une lance de pompier.

Elle ne marche pas vite de peur de perdre ses savates. Elle s'arrête souvent, cherche son équilibre, hausse les épaules et dit des mots.

C'est son bâton qui repart le premier et fait le premier pas. Il doit savoir marcher, depuis le temps ! Si la vieille meurt dehors, loin du village, il est capable de rentrer tout seul à la maison.

Comme elle ne cesse de répéter : « Oh ! mon Dieu ! oh ! mon Dieu ! » je lui dis :

« C'est agaçant, à la fin, Honorine ! Ne parlez donc pas toujours du bon Dieu ! Il n'y en a point.

— Oh ! oh ! fait-elle, scandalisée.

— Non, Honorine. »

Elle grimace ; il faut la connaître pour savoir qu'elle rit.

« Vous me taquinez, dit-elle.

— Je parle sérieusement. Vous êtes la preuve qu'il n'y a pas de bon Dieu. »

Le sérieux la gagne aussi.

« Ma foi, dit-elle, il n'y en a guère.

— Ni peu, ni beaucoup, Honorine ; ni un, ni deux, ni trois ; point, point !

— C'est vrai, dit-elle, que s'il y en avait un, je serais morte. »

Mais, tout de suite, ça la reprend et elle dit :

« Je remercie la petite demoiselle de sa paire de

sabots. C'est la dernière ! J'en ai pour ma campagne. Je prierai le bon Dieu pour la petite demoiselle.

— Je vous dis que ce n'est pas la peine.

— Si, si, ça m'amuse ! »

On lui propose de la faire entrer à l'hospice du canton. Elle refuse et déclare qu'elle est la plus heureuse du village.

« J'ai ce qu'il me faut, dit-elle, une maison et un jardin. Si j'allais à l'hospice, les groseilles de mon jardin seraient perdues !

— Vous vous reposeriez.

— Je me reposerai dans les Hâtres.

— À l'hospice, il vous serait plus facile de vous tenir propre.

— Je ne suis pas sale, dit-elle, fière et levant un front de couleur grise. Je ne dors pas sur du pourri, et j'ai lavé mon devantier ce matin.

— Vous auriez des camarades, là-bas.

— Je les ferais damner.

— Si vous étiez mal, vous sortiriez.

— Non, non ; il ne me manque rien », répète Honorine avec force, inquiète, pressée de partir et oubliant sa bouteille de café.

Ce qui la décide, c'est une raison de vanité. Elle prétend que les sœurs de l'hospice l'aiment et la trouvent rigolote. Elle veut bien aller les voir une petite semaine.

« Donnez-moi un mot d'écrit, dit-elle, et j'irai à l'hospice, dans une voiture à âne. Quand j'arriverai, tout le monde de la ville me criera : " Bonjour, vieille Honorine, vous n'êtes donc pas morte ? " »

À l'hospice, on la regardera, on la fera bavarder,

elle amusera la compagnie, et, au bout d'une semaine, elle reviendra nous demander s'il y a quelque chose de neuf.

Et, ce matin, Philippe la mène à l'hospice.

Elle l'attend, assise sur ses fagots.

Elle s'est débarbouillée et a passé un autre jupon.

« Êtes-vous prête ?

— Oh ! je suis prête, mon cher ami ! »

Elle veut que sa clef soit déposée à la mairie. Les voisines sont là, comme pour un enterrement, et murmurent :

« Ça fait de la peine ! »

Quand Philippe la pousse dans la voiture à âne, elle dit encore : « Holà ! mon Dieu ! » et fait une telle grimace qu'on devine qu'elle pleure. Elle ne pleure pas des larmes, mais comme les bords d'une source à sec, les plis de sa face terreuse s'éboulent les uns sur les autres.

Le départ a lieu devant cette croix du village qui porte à ses bras plutôt une roue de bois dentée qu'une couronne d'épines. Les femmes disent :

« Elle sera mieux là-bas. Elle aurait fini par mettre le feu et par brûler dans sa maison. Nous ferons la lessive, chacune à notre tour, et nous lui porterons du linge blanc. »

Il n'y a pas beaucoup de curieux dans les rues de la ville pour voir arriver Honorine.

La supérieure de l'hospice lui dit :

« Vous êtes donc malade ?

— Oh ! non.

— Alors, pourquoi venez-vous ?

— Parce que je suis trop vieille », répond Honorine.

Elle rit elle-même de sa réponse. La supérieure sourit. Philippe tourne l'âne et les portes se referment.

Selon sa promesse, au bout d'une semaine, elle ne durait plus à l'hospice.

Au dire de M. le Président même du Conseil d'Administration de l'Œuvre Hospitalière, ce n'était pas tenable. Elle menaçait de son bâton le personnel, refusait de se mettre au lit et s'obstinait à coucher dans le toit des poules.

Elle ne souffrait, d'ailleurs, d'aucune maladie. Il devenait impossible de la garder.

Quand Philippe reparut, avec son âne, elle lui dit :

« Tu viens me chercher ? Mon ballot est prêt.

— Non ; la dame m'envoie prendre de vos nouvelles.

— Vieux chameau ! dit Honorine, tu ne me feras pas rester ici une heure de plus ! »

On avait dû lui couper les cheveux, non sans peine ; une sœur lui tenait les bras, une autre, à grands coups de ciseaux, se dépêchait de faire tomber les mèches grises.

La supérieure prévint Philippe par un petit signe d'intelligence. Il écarta une couverture entre la vieille et lui. Honorine était gaie, contente de revenir au pays.

« Je les ai fait toutes damner, tes sœurs », dit-elle à Philippe.

La première femme rencontrée au village s'écria :

« Oh ! le bête, qui la ramène !

— Si nous étions passés sur le canal, dit Philippe,

je l'aurais bien jetée à l'eau. Et votre clef, vieille, l'avez-vous ?

— Non.

— Où donc qu'elle est ?

— Je ne sais pas ; que ceux qui me l'ont prise me la rendent.

— Retournons à l'hospice.

— J'aimerais mieux coucher devant ma porte ! »

Philippe tira la clef de sa poche, et Honorine le traita encore de vieux chameau.

Elle leva tout de suite le couvercle de son arche.

« Ah ! dit-elle, je n'ai plus de pain.

— Il serait frais, depuis que vous êtes partie !

— Les voisines m'en donneront un morceau pour mon souper, et demain j'irai chez la dame.

— Elle ne vous recevra pas.

— Pourquoi ça ?

— Parce que vous vous êtes mal conduite à l'hospice.

— J'irai, et elle me donnera du lard et du café.

— Elle vous mettra à la porte.

— Et du sucre avec des sous, et je chanterai une chanson à la demoiselle.

— Je vous dis de ne pas vous déranger. Ils ne veulent plus de vous.

— Tais-toi, sapajou ! dit Honorine. J'irai demain sans faute, et ils seront bien fiers de me revoir. Ils s'ennuient de la vieille ! »

« Je ne pouvais plus, dit-elle à Gloriette, rester là-bas comme une propre-à-rien. Ma maison était en désordre. Je devais revenir pour mes rangements. Il ne faut pas se laisser aller ! Si on veut que je retourne à l'hospice, je me sauve dans la rivière.

— Vous ne le feriez pas.

— Non ! je ne le ferais pas au bon Dieu, à cause du déshonneur pour les enfants ! Oh ! il y a de braves filles à l'hospice. Elles font bien la soupe. Je leur donnerai un coup de main les jours de lessive, mais on ne traite pas une vieille comme ça ! »

Elle arrache son bonnet avec colère et montre sa tête rasée. Elle a l'air d'un vieux bonhomme ; il ne lui reste plus que deux mèches de vieille femme, une à chaque tempe.

« Voilà ! » dit Honorine, agitée de rancune.

Quand on a bien vu, elle remet de travers le bonnet qui glisse sur les épis, et il faut que Glo-riette, les coudes écartés, le replace et noue les brides.

« Vous êtes fraîche et blanche, rajeunie !

— Je ne leur pardonne point cet ouvrage-là, gronde Honorine ; elles m'ont massacrée. Je ne me laissais pas manger aux bêtes. J'ai dit : " Faites voir la serviette ! " J'aurais vu les bêtes dans la serviette ; mais les filles ont emporté la serviette, preuve qu'il n'y avait pas une bête ! Elles sont malignes ; pour me mortifier, elles me les auraient bien montrées. »

Elle va recommencer une nouvelle vie.

« Il faudra rester le plus possible chez vous, Honorine, et ne pas aller trop souvent sur la grand-route. Vous finiriez par vous faire écorniller.

— Oh ! le bétail me connaît, dit-elle ; je passe d'un côté et lui de l'autre. Il y a de la place pour tout le monde !

— Au moins, ne sortez pas les jours de foire.

— Je vous le promets, dit-elle ; oui, oui : on doit écouter les maîtres. »

Malgré ma défense, elle est retournée à la ville.

Nous l'apercevons qui revient par la traverse des champs, si courbée qu'elle paraît sans tête, et que son bâton, où ses deux mains s'appliquent comme des nœuds, est plus haut qu'elle.

Le vent lui relève son fichu, ses cotillons, et la fait chanceler sur les mottes.

À chaque instant, elle s'arrête et se redresse pour voir si le village approche, et non par peur de se tromper de chemin, car elle est apprivoisée.

Je lui dis durement :

« Je vous l'avais défendu, d'aller à la ville.

— Je ne me rappelle pas.

— Vous le faites exprès.

— Je n'entends pas toujours ce qu'on me dit.

— Je vous l'ai crié.

— C'est possible ; seulement, il fallait que j'y aille.

— Pour quoi faire ?

— J'avais à causer.

— Avec qui ?

— Avec des dames que je connais. Oh ! les dames de la ville ne me haïssent pas !

— Elles se moquent de vous. Elles ne vous ont même rien donné. Votre cabas est vide.

— Elles voulaient me parler de quelque chose.

— Vous n'êtes pas sage, Honorine, dit Gloriette.

— Oh ! si, madame, je suis sage.

— Non, dis-je ; c'est une honte à votre âge de courir du matin au soir par les rues.

— Je suis bien fatiguée !

— Tant mieux ! Vous n'avez qu'à demeurer chez vous tranquille. On vous trouvera morte au pied d'une haie, dans la boue.

— Je n'entends plus, dit-elle.

— Vous faites la sourde, mais si vous sortez encore du village, c'est le garde champêtre qui vous ramènera, oui, le champêtre, de force.

— Madame, dit Honorine à Gloriette, une épine accroche votre robe ; attendez que je l'ôte.

— Ne vous occupez pas de ça ! Je vais prévenir le champêtre ; bonsoir !

— La robe traîne toujours l'épine, dit la vieille restée en arrière. »

« Le bon Dieu n'est pas raisonnable, murmure Honorine sur la route, le bon Dieu n'est pas raisonnable de ne point me prendre ! »

Elle entre par la porte du jardin et s'assied sur un banc qui ne sert plus qu'à elle, et qui sera repeint après sa mort.

Parfois, elle arrive trop tôt, à neuf heures, croyant qu'il est midi, mais elle attend qu'on s'aperçoive de sa présence.

« Je me repose, dit-elle, je suis lasse, j'ai fait un grand tour ! Quand je serai défatiguée, je repartirai.

— Prenez-vous d'abord votre café ? demande Gloriette, déjà de bonne humeur.

— Comment ?

— Je vais chercher votre tasse.

— Oh ! non, madame. Ouiche ! une tasse ! Je passais ; non, non, je vous dis.

— Mais si, ma vieille !

— Il ne faut pas que ça vous gêne. »

Gloriette apporte la tasse profonde comme une tinotte, réservée à Honorine (après sa mort, on cassera la tasse), et deux larges tranches de pain.

« Sans vous, je mourrais », dit Honorine.

Elle voit derrière un arbre une ombre qui l'inquiète.

« Qui donc marche là ?

— C'est monsieur.

— Il ne va rien dire ?

— N'ayez pas peur.

— Je suis déjà venue hier.

— Buvez, Honorine. »

Il est préférable de la laisser seule avec sa tasse. Gloriette elle-même se détourne. Quant au monsieur, il reste derrière son arbre, et la vieille guette de ses petits yeux ravivés ce qui remue dans les feuilles.

Allons, le monsieur, un peu de courage ! Approche-toi, regarde sans dégoût la vieille, dis-lui de douces paroles, tandis qu'elle avale, gloutonne et maladroite, que le café coule au coin de ses lèvres, que le pain trempé s'émiette, qu'elle s'essuie avec la corne sombre du tablier, et que, d'un doigt tordu par les lessives, elle racle le fond de sa tasse.

Je ne peux pas ! Je ne peux pas !

« Moi non plus », dit Gloriette souriante.

La vieille a fini, pose la tasse sur le banc, se dresse et marche à notre arbre.

« Merci, madame. Êtes-vous pour longtemps au pays ?

— Jusqu'à l'hiver.

— Je reviendrai vous voir.

— À votre aise, Honorine.

— Oh ! pas toutes les semaines !

— Tous les jours.

— Peut-être demain. Je me reposerai sur le banc ; j'y ferai un somme. Je dors mieux là que dans mon lit.

— Et vous aurez votre café.

— Oh ! non, pas du café à chaque voyage, toutes les fois ! Si seulement vous me donniez un pied de cette salade. Elle va monter ! elle monte vite de ce temps-là.

— Vous avez laissé perdre celle d'hier. »

Honorine n'entend pas.

« Prenez-en un autre pied. »

Honorine entend.

« Hier, je manquais d'huile, dit-elle ; j'achèterai de l'huile.

— Vous avez de l'argent ?

— Pas un liard.

— Voici des sous et de l'huile pour votre salade. »

Honorine lève des yeux troubles sur Gloriette et ne peut que murmurer :

« Oh ! chère dame ! oh ! chère dame ! »

Puis elle me regarde fixement, et, d'une voix raffermie :

« Ah ! dit-elle, que défunt votre papa était un bon homme ! »

C'est tout ! il n'y a rien pour moi aujourd'hui.

Elle ne s'embarque plus qu'avec un bâton et un parapluie. Du train dont elle va, chacune de ses sorties est un si long voyage que le temps peut bien changer en route.

Philippe lui a dit de ne pas revenir à la maison. Il lui portera son café chez elle, afin qu'elle n'ait plus besoin de se déplacer.

« Oh ! merci, dit-elle ; Seigneur ! que je fais donc de la misère au monde ! »

Et elle revient.

Elle va s'asseoir au bord du vivier, geignante, et sa tête ne fait que retomber dans ses épaules. On la surprend toujours comme si on la réveillait.

« Hé ! la vieille !

— Ah ! dit-elle, que vous m'avez fait peur !

— Vous n'avez pas compris Philippe ?

— Quoi ?

— Philippe vous a dit...

— Je n'entends pas.

— Vous entendez quand vous voulez ! »

La vieille se rapproche.

« Que me dites-vous ? À mon âge, on est hébétée.

— Pas loin...

— Pas loin ! pas loin ! Vous avez dit : " Pas loin ! " répond la vieille, vexée, mauvaise, comme si elle allait me jeter ses dernières dents à la figure.

— Vous voyez bien, Honorine, que vous entendez les mots désagréables. Pourquoi revenir, puisque Philippe devait vous porter votre café chez vous ?

— Je ne viens pas pour le café !

— C'est le chat !

— Je suis revenue pour vous voir.

— Oui, ma vieille !

— J'en ai, du café, plus que n'importe qui. Le château ne le ménage pas !

— Ça, Honorine, c'est une malice à notre adresse.

— Maintenant que je vous ai vus, je m'en retourne. »

Mais Gloriette lui présente déjà la tinotte.

« C'est trop ! c'est trop ! » dit la vieille.

Elle vide le café dans son trou et dit :
« Autrefois, je ne pouvais pas le sentir ! »
À peine nous a-t-elle quittés qu'elle revient.
« Où allez-vous, Honorine ? La porte du jardin n'est pas de ce côté !
— Vous avez des beaux choux qui se perdent.
— Emportez un chou, deux, Honorine, et pardonnez-moi.
— Vous me demandez pardon, dit-elle, pardon de quoi ? Vous ne m'avez pas fait de mal. »

« Ce qu'il vous faudrait, dit Ragotte, c'est un bouillon d'onze heures. Oui, à onze heures, on l'avale, à midi, on est mort ! »
La vieille n'a pas la complaisance de rire.

Elle partie, on se gratte machinalement toute la soirée.

On ne peut plus lui offrir de tablier ; elle y met de la braise.

Ne lui donnez pas de café pour qu'elle puisse le faire elle-même, elle le passe dans son mouchoir.

Elle avale une livre de sucre après l'avoir trempé bout par bout dans son seau d'eau.

Et elle revient !
Elle arrive, partie de chez elle depuis ce matin, crasseuse et noire comme un tronc d'arbre mort.
« Qu'est-ce qu'il y a pour votre service, la vieille ?
— Je suis lasse.
— Restez chez vous.

— Je me promène.

— Puisque ça vous éreinte !

— Oh ! non, j'ai fait un grand tour, ce matin, par les prés. Je cherchais des champignons.

— Montrez !

— Je n'en trouve plus ; je vais me reposer sur votre banc ; puis je rentrerai chez moi.

— C'est ça ! et restez-y ; Philippe vous portera le café.

— Qui ?

— Philippe, comme il vous l'a porté hier.

— Quand ?

— Hier.

— Je ne m'en souviens plus, dit Honorine, peut-être que oui.

— Et il vous le portera tout à l'heure. Comptez dessus, mais ne revenez pas.

— Je ne vous demande rien ! Le château...

— Allez-y, Honorine !

— Le château ne me rebute pas. M. le régisseur me dit : " Écoutez donc, ma belle !... "

— Courez au château. C'est sur votre chemin. Chez nous, c'est trop loin. Hé ! hé ! la vieille !

— Je suis sourde.

— C'est entendu ; tout de même, acceptez une tasse de café !

— Oh ! oui, j'aime bien ça, dit Honorine, ranimée par la gourmandise ; je ne galope pas après le vin, mais le café...

— Non, non ! je vous attrapais ! vous n'aurez pas de café ici ! Il n'en reste plus une goutte à la maison. Rentrez chez vous : votre tasse vous y attend.

— Quelle tasse ? Je n'ai point de tasse chez moi.

— Si, si, Philippe vous la porte. Elle y sera.

— Je vois Philippe, là-bas, dans les pommes de terre.

— Il va partir avec la tasse. Il marche vite. Il arrivera avant vous. »

Honorine hésite. Il faut qu'on l'aide à se dresser et à se mettre en marche, et je ferme derrière elle la porte du jardin un peu fort. Oui, c'est moi qui l'ai fermée un peu fort, ce n'est pas le vent. Au choc, la vieille doit sursauter et, malgré le mur, j'entends ce qu'elle dit ; elle dit :

« Holà ! mon Dieu, sacré chameau !

— Elle vous traite de chameau, dit Philippe, furieux, après ce qu'elle a reçu de Mme Gloriette, des tombereaux de provisions ! »

Il est chez Honorine avant elle et la reçoit comme il faut.

« Voilà le café, s'écrie-t-il, le café que le monsieur et la dame vous envoient pour vous remercier des sottises que vous leur dites.

— Moi ? répond Honorine, la tasse à la bouche ;... un monsieur et une dame que j'aime tant !...

— Ce qui ne vous empêche pas de les traiter de chameaux.

— Moi ! moi !... Oh ! oh ! si j'avais pu dire des choses pareilles, je me battrais.

— Vous en dites à tout le monde !

— À personne ! À toi, mais tu n'es pas du monde ! D'ailleurs, que j'aie dit ça ou que je ne l'aie pas dit, dépêchons-nous, Philippe, d'aller chez le monsieur et la dame pour que je leur demande pardon. »

Philippe se sauve, mais la vieille le suit de loin, et elle a beau avancer à peine, comme si elle se déracinait à chaque pas, bientôt la revoilà encore !

MÉLANIE

On croirait que Mélanie, sœur de Ragotte, est veuve, avec une petite fille. Elle ne l'est pas. Elle a un mari, mais, tandis qu'elle reste au village, il habite Lyon, où il travaille dans les moulins. Elle ne le rejoindra jamais, parce qu'il faudrait un loyer trop cher. Et d'ailleurs, comment se passerait-elle de sa maison, de ses poules, du puits, et du monde qu'elle voit sur la route ?

Son mari ne vient que tous les trois ou quatre ans. Il écrit pour lui adresser de l'argent, et il est exact.

Le premier jour de cette année, il lui a envoyé, comme étrennes, une vache, qu'elle garde au champ et qui lui tient compagnie, car la petite fille va à l'école.

Cette séparation ne coûte ni à l'homme, ni à la femme. C'est un bon ménage ; ils s'aiment bien.

« Ils n'ont jamais un mot », dit Ragotte.

LA CHALUDE

Cordiale et de bon service, la Chalude a belle mine et elle est heureuse que je lui fasse des compliments.

« Oh ! dit-elle, je suis rouge à cause du soleil qui m'a brûlée. »

Elle rit aussi facilement qu'elle pleure, et quelquefois pour le même motif.

Toujours tricotant, elle sait tricoter à l'étiquet.

On appelle étiquet un noyau d'abricot vide et percé où passe la coulisse du tablier. Il se place sur le ventre, un peu à gauche, et au creux de l'étiquet s'appuie, par un bout, l'une des aiguilles du tricot.

Ainsi les tricoteuses fatiguent moins. Elles peuvent tricoter en marchant, aller de la maison à une terre éloignée et revenir sans avoir perdu leur temps sur les chemins.

Ce n'est guère avantageux de tricoter des chaussettes de laine. Il faut compter, pour une paire, trois pelotes à dix sous, et la même paire, achetée, ne coûterait que trente-neuf sous, mais comme le temps de la Chalude n'a aucune valeur, c'est encore une économie de neuf sous.

Faites à la main, ces chaussettes sont dures, tant que le pied ne les a pas frayées. C'est aussi long de les ôter que de les mettre et Chalude en change le moins qu'il peut.

Il ne met pas que des chaussettes, il use trois chemises par an. Sa femme élève ce qu'il faut de volaille pour les payer. Elle rapporte ces trois chemises, le jour qu'elle a vendu les poulets au marché de la ville. Ainsi, pas un sou ne sort de la maison. La Chalude n'est pas avare, on la trouve dès qu'on a besoin d'elle, mais ce petit calcul l'amuse : c'est sa part de gain dans le ménage.

Elle a l'esprit de famille ; elle vendrait son laitage moins cher à un cousin qu'à un étranger, et elle affectionne sa bru comme une fille.

« S'il fallait choisir, dit-elle, j'aimerais mieux perdre mon fils que ma bru. Personne ne me demande de faire un pareil choix ; c'est pour dire.

— Oh ! je comprends bien, madame, et vous ne le diriez plus, si votre fils tombait malade ou si la guerre éclatait. »

Le mot de guerre ne la trouble point comme j'espérais. Elle est de celles qui n'ont pas vu les Prussiens en 70. Ils s'arrêtèrent à Autun, mais elle se souvient de la peur folle qu'ils faisaient.

« On regardait, dit-elle, le soleil couchant tout rouge, et on pensait : " Le sang prussien et le sang français se battent l'un contre l'autre ! " Des femmes répétaient : " Nous avons vu des voitures à quatre chevaux traverser les champs au galop ! " et elles n'avaient rien vu. Elles criaient : " Voilà les Prussiens ! voilà les Prussiens ! " Ce n'était personne. Les maîtres du château où je faisais la cuisine, occupaient des ouvriers à la journée, pour creuser des trous, et ils cachaient l'argenterie, les draps et les richesses. Ils se couchaient par terre, et, l'oreille collée au sol, ils se figuraient entendre le bruit du canon. Ils perdaient la tête ! »

La Chalude se met à rire comme si la guerre de 70 n'avait pas eu lieu.

« Et Chalude, votre homme, où se cachait-il ?

— Nous n'étions pas mariés, et un sénateur l'avait fait d'abord exempter, mais plus tard, il était parti avec les vieux garçons, du côté de Briare. Son capitaine, Meunot, vous savez...

— Non.

— Le premier mari de la Buvotte, vous vous rappelez bien ?

— Mais non.

— Oh !... Il était de votre commune.

— J'avais six ans en 70.

— Ah ! je crois que tout le monde a mon âge.

— Êtes-vous si vieille ?

— Le capitaine Meunot disait au vieux...

— Quel vieux ?

— Chalude, mon futur, qui me faisait déjà la cour..., il lui disait : " Suis-moi, Chalude, ne me quitte pas, ne me perds pas de vue ! " Il faut croire qu'il sentait quelque chose, cet homme ! Il avait bon nez. À je ne sais plus quel pays, une balle lui perce le ventre et il tombe. Chalude qui marchait derrière, jette son fusil, prend le capitaine sur son dos et le porte au village voisin, dans une grange. Il le couche et lui retire ses bottes. Il ne pouvait rien de mieux. Le capitaine n'en avait pas pour longtemps.

« De gros messieurs, des chefs viennent à passer. Ils interrogent Chalude et lui demandent ce qu'il a fait de son fusil.

« “ Mon fusil est là-bas, où j'ai ramassé le capitaine !

« — Vous serez à l'ordre du jour ”, disent ces messieurs.

« Chalude ne savait pas si on allait le mettre en prison ou ailleurs. La guerre finie, on lui a donné cent francs. Nous nous sommes mariés, et depuis, chaque année, il touche cent francs.

— Pour avoir perdu son fusil ?

— Oui, et porté le capitaine sur son dos. Il a cent francs et la médaille militaire.

— C'est beau, la médaille !

— Oui, c'est joli, avec cent francs. Mais la femme du capitaine Meunot..., vous n'êtes pas sans l'avoir connue, elle ?

— Je vous dis que non.

— Ni son deuxième mari, Buvot ?

— Non plus.

— La Meunotte...

— La Buvotte ?

— La Meunotte d'abord, la Buvotte après... est encore mieux partagée que nous. Elle touche mille francs ; elle les touchera jusqu'à sa mort. Et rien n'obligeait le capitaine à aller se faire tuer. Il est parti à la guerre parce qu'il s'accordait mal avec sa femme. Oui, mille francs par an ! Et grâce à ces mille francs, elle a pu tout de suite se remarier. »

PROPRIÉTAIRES

Ils ont hérité, acheté, vendu, fait des échanges. Ils ont donné au notaire toutes les signatures qu'il fallait, mais le bordereau du percepteur les trouble.

Ce nom n'est pas le nom de cette parcelle de terre !

Quoi ! Ils paient encore l'impôt pour un champ qui n'est plus à eux, et le voisin paie pour le pré qui leur appartient ! Il finira par dire qu'il a des droits dessus !

Les propriétaires inquiets viennent en groupe à la mairie, et le plus hardi demande à voir le plan cadastral.

Le garde apporte sur la table l'énorme et lourd atlas.

Les propriétaires se penchent avec respect, et l'homme audacieux cherche, du doigt, à travers la feuille jaune, parmi les numéros presque effacés, le numéro 169. Sa main est enflée par la piqûre d'une mauvaise épine, et le mal saigne encore.

Enfin, le gros doigt s'arrête. L'homme a trouvé le numéro.

Il le regarde longtemps, étonné qu'il n'y ait pas là,

sous ses yeux, une image claire qui le rassure, quelque chose de net comme le champ, ses haies et sa barrière qu'il possède au soleil. Il voit à peine des petits bouts de lignes insignifiants. Sa figure, déjà contractée d'ordinaire, devient douloureuse. Les autres, collés à lui, soufflent fort et ne l'aident pas.

Il a beau attendre, il faut bien qu'il finisse par se redresser et dire :

« Ma foi ! je n'y connais rien. »

PETIT GARS DE L'ÉCOLE

Je viens de causer, sur la route, avec le petit Colas, qui ressemble, joufflu sous sa toque de laine, à une capsule de pavot, et je lui ai demandé :

« Qu'est-ce que tu fais là ?

— Rien.

— Comment, rien ? Si, tu fais quelque chose, tu t'amuses. Mais il est trois heures, tu devrais être en classe. Il y a classe aujourd'hui. Pourquoi n'es-tu pas allé à l'école ? Réponds, n'aie pas peur.

— Coupé le bié, dit enfin Colas.

— Tu t'es coupé le pied, mon pauvre petit gars ! Tu as dû te faire mal... Mais tu ne boites pas ! »

Colas me regarde de ses yeux les plus inintelligents.

« Quel pied ? lui dis-je. Est-ce que ça se voit encore ? Montre un peu.

— Coupé le bié avec papa.

— Avec papa ?

— Oui, et maman.

— Tu t'es coupé le pied avec ton papa et ta maman. C'est bizarre ! En faisant quoi ? Tâche de t'expliquer. D'abord, on ne dit pas le bied, on dit le pied : ça prend un P et non un B. Prononce bien : pied.

— Bié.

— Non, pied ! pied !

— Bié ! bié ! répète Colas, le bié de notre champ, ce matin.

— Le bied de votre champ !... Ah ! j'y suis : le blé de votre champ. Tu as aidé ton papa et ta maman à couper le blé de leur champ, et ce soir tu te reposes, comme de juste.

— Oui, le bié.

— Le blé, le blé, mon camarade ! Il faut dire le blé et non le bié, je t'assure ; on comprend mieux. »

L'ENFANT MALADE

Le petit Jacques a la fièvre. Le docteur craint une méningite et dit aux femmes de la maison :

« C'est grave ! faites bien ce que je veux. »

Mais une étrangère, nouvelle venue au village, qu'on ne connaît pas, et qui s'en va de la poitrine, donne un conseil pour guérir le malade :

Attraper des pigeons, leur ouvrir le ventre en prenant garde de les tuer, et faire couler le sang chaud sur la tête du petit, jusqu'à ce que l'effet se produise.

Les femmes ont ouvert cinq pigeons aujourd'hui. Quand le pigeon crevait tout de suite, elles disaient :

« Il n'a pas agi, c'est un pigeon de perdu ; à un autre ! »

Si le pigeon se débattait, à coups de griffes et de bec, et rejetait le col en arrière, les femmes s'écriaient :

« Il tire le mal ! il ôte le mal ! »

Le sang collait les cheveux de Jacques, dégoulinait dans ses draps. Ce fut bientôt une infection. Ce soir, les cinq pigeons sèchent sur le fumier. Leurs âmes voltigent peut-être autour du toit, et attendent celle du petit Jacques, mais il va mieux.

BONNARD

Il est atteint comme la Dame aux camélias et ne se croit pas malade. Il sort tête nue, poitrine découverte et pousse devant lui, avec effort, un tonneau sur une brouette.

« Vous êtes imprudent, Bonnard !

— Le médecin m'a dit que j'allais mieux.

— Il ne vous permet pas de travailler.

— Il me le défend ; mais ce n'est pas du travail, ça ! Je bricole. Le médecin dit que je peux bricoler quand je m'ennuie.

— Bricolez à la maison.

— Je m'ennuie dedans.

— Alors, mettez un chapeau.

— Je ne vais que jusque-là, déposer ce tonneau contre le mur, à l'ombre.

— Boutonnez votre chemise.

— L'iode me démange, et j'ai trop chaud ! »

En effet, il sue comme les feuilles un matin de rosée. Il sue ses dernières forces.

« Oh ! je guéris, je le sens, dit-il ; je me remettrai au travail la semaine qui vient.

— Reposez-vous plutôt !

— Oh ! non, non, s'écrie Bonnard. En voilà assez ! On me traiterait de feignant. »

Son cri le fait tousser ; il s'assied sur le brancard de sa brouette.

« Il faut rentrer à la maison, Bonnard ! »

Sa maison, c'est une grande pièce, avec une fenêtre et deux portes, une sur la rue et l'autre sur le jardin. Ces deux portes s'ouvrent et se ferment comme elles veulent, et juste en face l'une de l'autre, pour que pas un courant d'air ne soit perdu.

La femme de Bonnard lave le linge à la rivière. Un feu gai et printanier comme le soleil dehors flambe sous une marmite.

L'enfant des Bonnard et le nourrisson, que personne ne gardait, dorment sur le lit.

« Quel lit ?

— Le lit de Bonnard ! Le jour, les petits y sont mieux que dans un berceau. Ils s'y roulent, ils s'ébattent, ils profitent.

— Sur le lit de Bonnard qui se meurt de la poitrine ?

— Oui, sur le lit des Bonnard. Ils n'ont que celui-là. Où voulez-vous qu'ils en prennent un autre ?

— Pour l'enfant des Bonnard, passe ! Mais le nourrisson, le médecin le laisse ?

— L'enlever aux Bonnard serait cruel. Sans ce petit étranger ils mourraient de faim. D'ailleurs, le médecin a dû prévenir la mère du nourrisson.

— Et elle ne s'effraie point ?

— Vous voyez. »

LA VEUVE LAURE

Elle a bien aimé les hommes et les cerises.

Elle les aime encore, les cerises et les hommes, malgré son âge, et elle devrait avoir plus près de soixante-dix ans que de soixante.

Ce matin, Philippe la trouve perchée dans notre cerisier. Il la fait d'abord descendre, puis il s'étonne que, si grosse et si lourde quand elle marche, elle ait pu grimper à l'arbre.

« Chétif gars ! dit la veuve Laure sans se fâcher, qu'est-ce que ça peut te faire que je mange des cerises véreuses que vous laissez perdre ?

— Ce n'est pas tant à cause des cerises, dit Philippe ; c'est surtout parce que tu tomberais du cerisier.

— J'ai l'habitude, répond la veuve Laure ; autrefois je ne descendais pas avant d'avoir avalé mes sept ou huit livres de cerises. »

Il semble qu'elle doive sa mine au jus de toutes ces cerises. Son teint rouge a été d'un joli rose. Il n'est pas encore désagréable à regarder et bien qu'elle soit énorme, lasse et molle, ses restes de couleur attirent les hommes qui vont sur les chemins.

Les doigts pleins de cerises trop mûres, écrabouillées, les lèvres violettes, elle raconte à Philippe, pour le calmer, sa dernière histoire d'amour.

« Depuis la mort de mon vieux, dit-elle, je couche la porte ouverte, parce que j'ai peur.

— Fermez-la plutôt.

— Non, non, j'aime mieux l'ouvrir. Les passants de la route peuvent me voir et ça me tient compagnie. L'autre nuit, je pleurais de chagrin. Tiercelet, le borgne, qui passait, est entré. Il m'a dit : " Il ne faut pas pleurer comme ça ! " et il m'a embrassée. Il a une barbe douce, bien plus douce que celle de défunt mon vieux... Ne ris donc pas, Philippe, tu te trompes ! Tiercelet m'a embrassée honnêtement sur la joue, pour me consoler, et c'est tout.

— Ça ne mérite pas ! dit Philippe.

— Tu n'y connais rien », répond Laure.

FRÈRE OU FIANCÉ

Nous sommes déjà installés, Gloriette et moi, dans le petit train départemental. La locomotive manœuvre. Sur le chemin de terre sablée qui sert de quai, un ouvrier paysan, d'une vingtaine d'années, attend le départ. Une jeune fille et une femme âgée se tiennent près de lui. L'ouvrier les regarde sans dire un mot.

Une première fois, il les embrasse toutes deux, puis il les regarde encore.

Il les embrasse une deuxième, une troisième et une quatrième fois de la même manière; chaque fois, c'est un nouvel adieu muet, et, d'une fois à l'autre, il ne les quitte pas des yeux.

La jeune fille s'approche avec complaisance, la femme avec gravité. Les visages se touchent au coin de la bouche.

Nous ne pouvons pas savoir si les baisers du jeune homme, pareils pour les deux femmes, lui sont rendus. On n'entend aucun bruit, on ne voit point remuer les lèvres.

À reculons, comme la locomotive est accrochée, le jeune homme se décide à monter et il regarde toujours les deux femmes. La jeune fille sourit. Ils s'étaient embrassés sans gêne apparente, mais ils ne se font pas de signes, du mouchoir ou de la main.

Le train s'ébranle. Le jeune homme, debout, la figure collée à une vitre, prend dans sa poche des petites poires rouges appétissantes, et l'une d'elles tombe sur le parquet.

Il regarde au loin, se bourre de petites poires, et ne s'occupe pas de ses voisins.

« Était-ce sa sœur ? me demande Gloriette à voix basse.

— Je ne crois pas ; c'est plutôt sa fiancée : on n'embrasse pas une sœur quatre fois.

— Mais, dit Gloriette, il a embrassé quatre fois aussi la femme plus âgée, sa mère sans doute.

— Ou sa future belle-mère.

— Quatre fois !

— Il l'a embrassée autant que la jeune fille, par politesse respectueuse.

— La jeune fille, dit Gloriette, a l'air bien jeune pour une fiancée.

— Il suffit d'avoir quinze ans.

— Elle porte encore des jupes courtes de gamine.

— Tu exagères, elle use ses robes ; ce ne sont pas des riches. Et ce silence ! Un frère, une sœur, une maman ne se taisent pas à ce point-là. C'était bien une séparation d'amoureux.

— Mon instinct de femme...

— Mon instinct d'homme...

— Ne nous disputons pas ! Il sait à quoi s'en tenir ce garçon ! Questionne-le.

— Je ne le connais pas.

— Faites connaissance, dit Gloriette.

— Il faudrait un prétexte.

— N'importe lequel. Il ne ramasse pas sa petite poire rouge. Il va marcher dessus, préviens-le.

— Comment ?

— Dis-lui : " Monsieur, ou mon ami, vous avez perdu une poire. "

— Et après ?

— Le reste ira tout seul.

— Tu crois ?

— Oui, dit Gloriette, ça m'intrigue. Veux-tu que je lui parle, moi ?

— Non ; il ne ramasserait pas la poire. Il ne mange plus. Laissons-le. Regarde ce qui coule de ses yeux sur la vitre. »

MARTINE QUI FAIT LA CHOUETTE

Comme je passe sur le chaume où Martine garde ses moutons, elle s'approche à petits pas lents et me demande, avec bien de la politesse, si on ne pourrait pas lui faire obtenir quelque chose ?

Son mari, mort il y a quinze mois, était, lui aussi, un ancien soldat de Crimée. Il possédait la médaille, et, en la lui remettant, les chefs lui avaient dit : « Elle ne peut pas vous être utile maintenant ; elle vous servira plus tard.

— A-t-il été blessé ?

— Non, je ne peux pas dire qu'il ait été blessé à la guerre, répond Martine, mais aujourd'hui il est mort. D'un côté, j'aurais voulu partir avant lui ; d'un autre côté, comme il devenait incapable de travailler, la misère pouvait le prendre plus vite que moi.

— Vous n'êtes que la veuve, ma pauvre vieille !

— On ne donnait rien de son temps ; il paraît qu'on donne aujourd'hui, j'en profiterais. J'ai toujours sa médaille ; je dis la vérité.

— Oh ! je sais, j'ai connu votre mari.

— Et lui ! il vous connaissait encore mieux ! Quand il parlait de vous...

— Qu'est-ce qu'il disait ?

— Oh !... fait Martine levant les bras.

— Eh bien ?

— Il ne s'arrêtait plus.

— Nous essaierons ; c'est difficile ; vous avez raison de me prévenir.

— Je n'osais pas, j'étais honteuse.

— Pourquoi, Martine ? Nous sommes tous frères.

— Oui, monsieur. »

Elle parle bas, doucement, les yeux cachés derrière ses lunettes, les mains jointes, comme il faut, sur le ventre. Elle a jeté au milieu de ses moutons sa baguette qui n'était pas convenable, et chaque fois qu'elle finit de parler, elle prête sa meilleure oreille, et elle attend, bien droite, bien propre, bien sage, mes réponses et mes questions.

« Vos enfants vous aident ? lui dis-je.

— Ils font ce qu'ils peuvent, ils sont presque aussi pauvres que moi.

— Vous n'êtes pas tout à fait malheureuse ?

— Non. Si j'ai besoin de payer ce que je dois, je vends un de mes moutons.

— Combien ?

— Vingt francs cette année, moins, si l'herbe vient à manquer. L'année dernière, je les vendais jusqu'à vingt-cinq francs ; il y avait de l'herbe même sur les routes.

— Ça ne vous fatigue pas trop de les garder ?

— C'est plus dur l'hiver que l'été parce que je vieillis. Mais tant que je pourrai aller, j'irai.

— Sans un sou de dettes ?

— Je fais ma vie... Oh ! s'il n'y avait pas les contributions !...

— Vous en payez beaucoup ?

— Trente francs.

— Vous êtes donc propriétaire ?

— J'ai trois boisselées, il faut un peu de blé, et ma maison, il faut se loger. On n'a pas encore distribué les feuilles du percepteur, mais dès que j'aurai reçu la mienne, je vendrai deux moutons, je vous le promets !

— Oh ! ne vous gênez pas pour moi, Martine.

— Comment ?

— Je ne vous presse pas, moi, de payer vos contributions.

— Vous, non, mais le percepteur !

— Vous le craignez à ce point ?

— Il n'attend pas, lui.

— Il a l'air plutôt bon garçon.

— Oh ! je n'en dis pas de mal, au contraire. C'est un monsieur qui reçoit les pauvres comme les riches. Il ne fait pas la différence. Mais il faut bien payer ses impôts. Ah ! si personne ne voulait plus payer ses impôts !...

— Qu'est-ce que ça ferait ? »

Martine, prudente, se retient de répondre que ça ferait du joli.

Elle a le respect de l'impôt, et c'est à cause de lui qu'elle supporte le plus de privations.

Après avoir répété à Martine, par habitude, que nous sommes tous frères, je regarde s'éloigner sa jupe de deuil, le caraco, le bonnet noir.

« Celle-là n'est pas méchante ! » dis-je à Philippe qui s'occupe un peu plus loin dans les betteraves.

Il allait donner un coup de pioche, il le suspend.

« Cette petite vieille qui s'en va ? dit-il.

— Oui. »

Philippe donne son coup de pioche.

« Vous avez encore quelque chose à dire, Philippe ? Dites-le.

— Ne vous y fiez point, à votre Martine !

— Quoi ? elle n'est pas bonne ?

— Elle n'a que son compte tout juste.

— Elle ! si résignée, si humble !

— C'est une des plus malignes du village. Elle passe le reste de sa vie à exciter son garçon qui bat sa bru, quand il est soûl.

— Vous le dites parce qu'on le dit.

— Et elle n'a pas sa pareille pour faire la chouette. »

Philippe, appuyé sur le manche de sa pioche, attend que je l'invite à s'expliquer, et comme je ne m'impatiente pas, il se décide :

« Le soir, quand une de ses voisines est couchée, malade, la vieille se colle dans l'ombre près de la fenêtre et elle imite le cri de la chouette.

— Pourquoi ?

— Pour effrayer la malade ; les chouettes annoncent la mort.

— Vous êtes sûr, Philippe, que la petite vieille qui tricote là-bas, derrière ses moutons, s'amuse à ces plaisanteries ?

— Oui, monsieur ! Mais elle a beau baisser son nez, le jour, on la reconnaît la nuit ; ça ne prend pas avec toutes les malades, et la dernière fois Caroline lui a crié de son lit :

« " Oh ! je n'ai pas peur, va ! je sais bien que ce n'est pas une chouette, je sais bien que c'est toi, vieille carne ! " »

LE BON RICHE

Autrefois, quand Mougne, qui me raconte l'histoire, n'était encore qu'un gamin, le château appartenait à un bon riche.

Un jour, du haut de sa terrasse, ce riche aperçut, dans le grand pré où passe l'Yonne, le vieux Frédéric qui cueillait de l'herbe et la portait à sa bouche.

Il l'appela et lui dit :

« Qu'est-ce que tu fais donc là ?

— Monsieur le Comte, dit Frédéric qui s'approcha, tête nue, je mange de la barbe-de-bouc. »

Le riche savait que la barbe-de-bouc est une espèce de salsifis des prés.

Les fleurs jaunes s'ouvrent le matin et se ferment dès que le soleil chauffe trop.

La barbe-de-bouc se mange sur place, sans huile et sans vinaigre, et elle a un peu le goût de l'oseille.

Le riche fit venir l'intendant de ses domaines.

C'était à une époque de disette, et les châtelains avaient des greniers d'abondance. Le riche dit à l'intendant :

« Donne vite un boisseau de blé à Frédéric pour qu'il se fasse du pain ; ce bougre-là mange toute mon herbe. »

LA TRIBU DES GRILLOT

Ils ne sont pas du pays. Le père est chemineau ; la mère parle peu, mais les voisines commencent à la connaître parce qu'elle vient de tomber malade.

Comme elle n'a qu'une paire de draps qui sèchent, lavés hier, elle couche sur la paillasse, sous une couverture. Sa petite dort près d'elle. Une autre paillasse sert aux trois gamins. Ça sent le liniment avec lequel il faut qu'on lui frotte les jambes, car les douleurs la dévorent comme des chiens.

Ces Grillot ont l'air de ne pas savoir s'arranger.

« Votre mari gagne pourtant de bonnes journées.

— Oh ! c'est un fort travailleur.

— Il ne boit pas ?

— Il ne se soûle jamais, et il ne mange pas plus qu'un autre, seulement il a besoin de ses trois litres par jour et de six œufs au repas de midi, sans ça il ne serait propre à rien. »

L'aîné des garçons, qui a dix ans, et qu'on appelle Bic-à-l'œil parce qu'il louche, paraît insupportable. Quand il va chercher du lait chez une voisine, il mange toutes les groseilles en fleur du jardin.

Il va aussi chercher le pain et, comme le pain est rond, il le fait rouler sur la route.

S'il veut apporter deux pains à la fois, il ne s'avise qu'en route de faire deux voyages. Il laisse un pain au bord du fossé et le retrouve plus tard dans les moutons.

Le père, de haute taille et d'aspect terrible, ne possède qu'un petit souffle de voix. Il a attrapé ça en dormant sous un noyer. C'est malin, le noyer ! À cause de ce filet de voix, l'homme est timide pour parler au monde, mais il doit être bon papa : dès qu'il rentre, les petits lui sautent au cou.

Bic-à-l'œil profite de la maladie de sa mère. Elle lui demande à boire, il rit. Ce matin, comme elle souffre trop et qu'elle est seule, il lui frotte les jambes avec du liniment, et elle ne peut plus l'arrêter. Il voudrait enlever la peau.

Il n'est pas toujours mauvais gars. Il sait s'asseoir sur une chaise et mettre ses pieds sur une autre chaise afin que sa petite sœur Adèle reste d'aplomb entre ses genoux. Tandis qu'elle joue sur la chaise où sont les pieds, il joue lui-même au creux d'un tablier.

Sa mère lui dit :

« Voilà vingt sous ; achète un quart de clous, pour ferrer tes sabots et ceux de tes frères ; mais ne perds pas la pièce, je n'ai que celle-là ! »

Bic-à-l'œil croise sur son chemin une voiture de boucher ambulant, et bientôt, de la pièce de vingt sous, il rapporte un sou, plus dix-neuf sous de gras, de peau et d'os — de viande, dit-il, de pourriture, dit sa mère — qu'il a eu le bon cœur d'acheter exprès pour elle.

Le voilà encore dans les prunes de la Chalude ! Elle l'attrape et lui tire les oreilles. Il ne crie pas, mais à peine a-t-elle le dos tourné que, sauf votre respect, il se pose, culotte bas, sur la margelle du puits.

La femme Grillot, debout grâce à quelque bonne nourriture, porte un matin la soupe à son homme et confie à Bic-à-l'œil le frère cadet et la petite sœur Adèle. La mère partie, Bic-à-l'œil se sauve. Adèle réussit à tomber de sa paillasse, marche à quatre pattes jusqu'au fond du jardin, et sa mère la retrouve endormie, presque nue, dans la haie. Quant au cadet, il bourrait le poêle de paille et s'exerçait à y mettre le feu en faisant craquer des allumettes.

Si elle veut que ses garçons aillent à l'école, il faut qu'elle les y mène par la main et ne les lâche pas à la grille. Elle n'y tient guère parce qu'ils n'ont que la chemise qui est sur leur dos.

L'instituteur ne les réclame plus ; ils mettent l'école en révolution. Le délégué cantonal ne se risque pas à faire du zèle. Voyez-vous la commission scolaire se réunissant pour adresser des reproches au chef de famille Grillot ?

Fier déjà comme un homme depuis longtemps privé de ses droits civiques, si on affichait, par mesure vexatoire, ses nom, prénoms et qualités à la porte de la mairie, il irait les lire avec orgueil.

« Ils apprenaient si bien à Lormes ! » dit la mère.

Elle dit le lendemain :

« C'est comme à Lormes, on n'en pouvait rien faire. Il faudrait les attacher ! »

Qui les attachera ?

Elle ne s'en occupe plus et donne tous ses soins maternels à quatre pinsons et à une dizaine de perdreaux qu'elle élève avec des œufs de fourmis. Elle se croit si bonne mère qu'elle demande, furieuse de ne pas l'obtenir, un petit de l'Assistance.

Les gamines qui dansent des rondes sur la route ont peur d'effleurer, avec leurs jupes, Bic-à-l'œil, le cadet et Adèle vêtus de loques. Elles jettent en arrière un coup d'œil, font la moue et cambrent la taille.

Le cadet, nu-tête, pousse des moutons devant lui. Le berger distrait et le chien le laissent faire. Il butte et tombe comme un gamin qui ne peut pas se tenir sur ses jambes. Il se relève avec une grimace et regarde le berger qui ne s'est aperçu de rien. Faut-il hurler ou dévorer sa honte ? Le cadet hésite. Heureusement, il y a là-bas un petit mouton qui s'attarde à une touffe d'herbe. Le cadet se précipite vers lui, et tape dessus, à coups de poing, à coups de pied, jusqu'à ce que le petit mouton bêle de douleur à la place du cadet.

Notre beau coq a disparu le jour de Noël. Les recherches sont inutiles. On soupçonne des mariniers, les forains d'une roulotte, diverses bêtes de proie. On ne retrouve pas une plume. Les Grillot ne disent rien.

Les deux frères cassent des cailloux au bord du chemin, l'aîné avec une vraie masse et le cadet avec un marteau ordinaire. Adèle, assise, reçoit partout sans broncher, les éclats de pierre.

Le plus sérieux n'est pas Bic-à-l'œil, qui possède la lourde masse, c'est le cadet qui n'a que le marteau pour enfoncer des pointes.

À chaque instant, il s'arrête, ramasse une bouteille vide déposée au frais dans les orties, et il boit, à longs traits, comme un rude travailleur.

« Combien gagnes-tu ? »

Il rougit, le cadet ! Il est trapu, déjà solide ; ses cheveux noirs sont serrés comme une calotte ; ses chaussettes molles retombent à la mousquetaire ; ses yeux francs regardent droit et n'ont jamais vu les lumières du nez.

« Tu ne te fais pas payer ?

— Non.

— Est-ce qu'on travaille pour rien ? »

Il paraît ébranlé, prêt à jeter son marteau, mais l'amour-propre le soutient.

« Oh ! j'en casse, dit-il, parce que j'ai le temps, pour m'amuser. »

La femme Grillot pense au coq. Elle dit :

« Le jour de Noël, j'ai vu rôder un gros chien noir. »

Bic-à-l'œil aime beaucoup lancer des pierres dans les portes et quand on lui crie : « Sale gars possédé du diable ! » il répond simplement :

« Marde ! »

C'est du français, avec une seule lettre de patois.

Le cadet aime mieux se glisser, entre les piles de bois, jusqu'aux mariniers qui font du feu, et saler leur soupe avec des poignées de sable.

La femme Grillot pense toujours au coq.

« Nous avons bien fait réveillon, dit-elle : nous nous sommes régalés de pommes de terre au lard. »

Pour montrer comme sa serpe coupe bien, Bic-à-l'œil frappe à droite et à gauche, et vous fait voler des orties piquantes par la figure.

Il faut craindre aussi la serpe.

Ils chipent des noisettes pas mûres dans le pré de l'âne, et Gloriette leur dit sans colère :

« Vous n'avez pas de raison ! Est-ce qu'on entre dans un pré où il y a un âne ? »

Bic-à-l'œil fuit par un trou de la haie.

« Emmène au moins ton frère ! »

Mais Bic-à-l'œil ne se retourne pas, et le cadet, qui tient un chapeau plein de noisettes, pousse des cris.

« Ne crie pas comme ça, on va croire que je t'égorge. »

Le cadet redouble, les yeux secs.

« Je te ramène chez toi, dit Gloriette, je ne te touche pas ! »

Elle le reconduit à la maison des Grillot.

L'homme qui bêchait au coin du jardin la voit venir.

Bic-à-l'œil s'est collé derrière lui.

« Je ne veux pas qu'ils jouent dans ce pré, à cause de l'âne, dit Gloriette. L'âne n'est pas méchant, mais si une mouche le piquait ! »

L'homme la fixe d'un œil noir.

« Garde tes noisettes, mon petit cadet, dit Gloriette, je te les donne ; tu pourras revenir en chercher, mais demande d'abord la permission, n'est-ce pas, monsieur ? »

L'homme appuyé sur sa bêche ne souffle mot.

Gloriette se sent mal à l'aise et il faut qu'elle fasse effort pour ne pas dépasser la mesure en embrassant le cadet.

L'homme a l'air aussi terrible le dimanche que les autres jours. Il se promène le nez au vent, le chapeau en arrière, les mains dans les poches, et il fait sonner pour rien ses bottes ferrées qui ne le quittent jamais. Parfois, il va à la pêche, avec un fil au bout d'une baguette fraîchement écorcée, et ce géant rapporte un petit poisson.

« Est-ce que quelqu'un t'a donné la permission de grimper à cet arbre ?

— Non, personne ne me l'a donnée », dit le cadet avec franchise.

Et il dit à Bic-à-l'œil que je ne voyais pas dans les feuilles :

« Secoue ! Secoue ! »

Bic-à-l'œil secoue en effet une branche et s'efforce de faire tomber les œufs d'un nid qui est au bout.

« Tu ne sais donc pas que c'est défendu de détruire les nids ?

— Non.

— Je vais te l'apprendre, moi ! »

Oui, mais comment ?

Le mieux est de n'avoir rien dit et de s'intéresser à une gymnastique périlleuse.

Qu'est-ce qui va tomber ? Les œufs ou Bic-à-l'œil ?

« Et votre coq, demande la femme Grillot, en avez-vous des nouvelles ?

— Pas encore !

— Oh ! il est bien perdu !

— Je le crains.

— Si j'apprends quelque chose, je vous le dirai. »

Suivi du cadet et d'Adèle, Bic-à-l'œil descend avec deux seaux, un dans chaque main, chercher de l'eau à la fontaine. Tout à coup, il dit : « Je suis malade ! », s'assied sur une borne, et la tête entre ses mains, il vomit du vin rouge. Le cadet et Adèle empoignent les seaux et gambadent autour du frère. Il se dresse bientôt, et pour se remettre d'aplomb, crie tout ce qu'il sait jurer.

C'est déjà une vieille habitude chez lui de boire comme père et mère.

Il monte sur le grenier où est la feuillette et boit à même la cannelle. S'il a pu attraper un morceau de viande crue, il le fait cuire et se régale tout seul, à côté de la feuillette.

Ce soir, ils finissent la journée au bord de la fontaine. La mère, qui était aux champignons, les y retrouve et rentre tard, avec eux. Devant la borne, elle remarque le vin rouge.

Le cadet et Adèle lui disent :

« C'est le frère ! »

Elle ne le gronde pas, mais amusée, elle aussi, elle cherche, au crépuscule, à reconnaître en détail tout ce qui avait rendu Bic-à-l'œil malade.

Bien sûrs d'être seuls à la maison, les deux frères essaient la petite Adèle.

Ils tirent la sonnette pour faire enrager Ragotte. Elle ouvre la porte : ils sont déjà au travail sur leur tas de cailloux.

De nouveau on entend :

« Va ! dépêche-toi !... Pincé ! »

Ragotte en a peur. C'est à peine si elle ose leur dire :

« Vous fâchez le monsieur qui est dans ses écritures. »

Comme la sonnette retentit encore, j'y vais, moi, et je leur demande d'une voix forte s'ils n'ont pas bientôt fini ?

D'abord interloqués, les petits Grillot se regardent, s'encouragent et rient.

« Vous feriez mieux d'aller à l'école ! »

À ces mots, le cadet et Adèle ne peuvent que rire davantage, mais Bic-à-l'œil fourre ses deux doigts dans sa bouche et m'adresse énergiquement le coup de sifflet que je mérite.

C'est Philippe qui en débarrasse le village excédé. Un homme de Crazy, qu'il rencontre, lui dit :

« Les Grillot veulent louer ma maison à Crazy. C'est pour que Grillot se rapproche de son travail. Les connais-tu ?

— Nous sommes voisins, répond Philippe.

— C'est du monde convenable ?

— Il n'y a pas meilleur.

— Ça paie bien ?

— Tu peux être tranquille. Le Grillot gagne des six francs par jour !

— Je me méfiais, dit l'homme de Crazy, je vois que j'avais tort, je cours régler l'affaire tout de suite. Je ne la laisserai pas échapper. »

Le visage de Philippe s'éclaire parce qu'il vient de jouer un bon tour.

Une semaine après, les Grillot quittent le pays avec leur butin.

Ils vont bien me manquer.

MERLIN

I

Il gambille, il gambille, tout en os, avec un long nez qui le raccrocherait sûrement quelque part, s'il faisait une chute.

Il a l'air d'un pauvre homme autrefois écrasé. Pour le consoler de sa misère, je me plains de la mienne.

« Oh ! je ne suis pas en peine de vous, me dit-il, et vous irez bien jusqu'au bout. Vos enfants ne vous renieront jamais. Les miens voudraient déjà me voir mort. »

On appelle sa femme l'Écumée parce qu'une petite vérole lui a criblé de trous la figure. Merlin, qui n'est pas du pays, était venu au village pour se marier avec la sœur de l'Écumée. Tout allait bien, mais cette sœur fantasque lui dit, la veille du jour des noces :

« Moi, je ne me marie plus ; épousez ma sœur, si elle vous plaît. »

Merlin, qui tenait à ne pas s'être dérangé pour rien, prit l'Écumée.

Ils eurent beaucoup d'enfants (je ne me rappelle jamais le nombre exact) et ils furent toujours malheureux.

Cela ne veut pas dire qu'ils font mauvais ménage, cela veut dire qu'ils ne cessent de vivre dans la misère.

Merlin lutte comme il peut.

II

Ce matin, il jette deux collets sur ma table et me dit :

« Je viens encore de faire un bon coup pour les chasseurs. J'ai trouvé ces deux collets-là sur les Croisilles. C'est ce sale gars de Barget qui les pose ; moi, je les lève, quand je passe. L'année dernière, j'en ai arraché plus de quinze !

— Il n'y avait rien dedans ?

— Non, non ! Barget les visite avant moi. Il est plus matinal. À trois heures, il ramasse tout ; il ne me laisse que les collets. Je les brise, et il est obligé d'en remettre d'autres. À force, je finirai par le dégoûter. Mais si le gars me pince, il me cassera un pieu sur les reins. Je vous jure que l'année dernière j'ai détruit plus de vingt cravates. Je ferai encore mieux cette année. Les chasseurs devraient bien me payer une médaille et, de temps en temps, un litre. »

Je n'ai pas de médaille, mais j'offre à boire à Merlin, d'autant plus volontiers que les deux boucles de fil de fer jaune qu'il m'apporte, il les avait posées lui-même ; et il les a reprises parce qu'elles se rouillaient et qu'il était las de ne rien attraper avec.

III

Quant à la sœur toquée, personne ne cherche à savoir ce qu'elle devient. On ne parle d'elle que pour raconter l'histoire de son mariage manqué et l'histoire du puits qui n'a aucun rapport avec la première.

Elle s'est jetée un soir dans le puits du bois des Chênes ! Pourquoi ? On ne sait pas.

Elle y a passé la nuit sans se noyer. Ses jupes formaient ballon autour d'elle, et, le puits étant presque vide, elle pouvait se tenir droite et danser au fond, sur la pointe des pieds, et crier de toutes ses forces.

Le lendemain matin, deux hommes de Crazy, qui allaient faire des fagots, la retirèrent du puits. Elle était furieuse, plus maboule encore, et, loin de les remercier, elle leur dit :

« Vous n'entendez donc pas quand on vous appelle ? »

IV

Merlin rentre chez lui, par les prés, le soir d'une journée de travail aux carrières, de plus en plus las et desséché, tirant sa jambe gauche qui traîne, comme s'il venait de l'arracher d'un piège.

Avec tous ces bruits de guerre, il ne faut pas

espérer qu'on renverra le dernier de ses garçons dans ses foyers, comme soutien de famille.

« Ils ont peur, lui dis-je, à l'armée, de manquer de soldats, et votre fils doit être un bon soldat.

— Oui, dit Merlin, il y a de la belle jeunesse ! C'est le moment de l'écrabouiller, pour que le curé et le noble reprennent le dessus.

— Nous n'en sommes pas là !

— Vous avez, dit-il, un fameux tas de papiers sur vos genoux !

— Il faut bien lire les journaux pour se mettre au courant !

— Quelles nouvelles ? demande Merlin.

— Bonnes.

— On ne parle plus de se calotter au Maroc ?

— Non.

— Tant mieux.

— Vous ne risquez rien, vous, Merlin, avec vos soixante-cinq ans.

— J'ai trois gars, répond Merlin ; ils partiraient tous trois, et moi aussi, et personne ne pourrait m'en empêcher.

— Mon pauvre Merlin ! On marche vite à la guerre.

— Je louerais un âne de trente sous par jour, et je suivrais en voiture.

— Avec un fusil ?

— Oui, avec un vieux fusil de chasse que n'importe qui me prêterait, et chargé à plomb. Pas besoin de balles, rien que du numéro huit ! Et je les salerais ! Oh ! j'en poivrerais quelques-uns avant de faire la culbute. Je ne laisserais pas tuer comme ça mes trois gars ; j'ai eu trop de mal à les élever. Et je ne viserais pas les soldats, moi, je viserais les chefs.

— Oh ! oh ! Merlin ! quels chefs ?

— Tous ceux qui ne m'auraient pas convenu... Enfin, puisqu'on s'arrange !... Mais ce n'est pas trop tôt ; ils finissaient par m'agacer à leur Algésiras. J'avais envie de faire le voyage et d'aller les secouer.

— Secouer qui, Merlin ?

— Les diplomates. Y a-t-il de l'eau, là-bas ?

— Elle ne manque pas ; c'est au bord de la mer.

— Oh ! alors, s'écrie Merlin, ils l'ont échappé belle. Je n'y tenais plus. Demain ou après-demain, je filais comme je vous le dis, j'arrivais sur eux, par-derrière, et je les f... dedans ! »

LES MIGNEBŒUF

I

Sans compter les fausses couches, la femme de Mignebœuf lui a donné six enfants qui vivent tous. À chaque baptême, il offre aux amis un broustillon, c'est-à-dire un repas où il ne ménage rien. Au dernier baptême, comme il s'emplit de bonnes choses, la marraine lui crie :

« Bourrez-vous, Mignebœuf ; j'espère bien que c'est le dernier des derniers ! »

Mais Mignebœuf :

« Je ne dis pas ça, moi ; qu'il en arrive d'autres, qu'ils viennent autant qu'ils voudront !

« Je n'ai pas besoin de me gêner, je suis marié avec une femme, je me sers de ma femme. Et puis, il y a les fausses couches, hein, fifille ! »

Fifille, qui reprend des forces à table, réplique, la bouche pleine :

« Tais-toi, cochon ! »

Est-ce un cri de révolte ou d'amour ?

On ne sait. Les personnes bien renseignées rapportent qu'elle va se décider tout de même à prendre des précautions avec un sabot percé où s'adapte un tube de sureau sans moelle.

II

La femme Grillot semble d'abord avoir le dessous, et elle laisse dire la femme Mignebœuf, mais d'un mot elle se rattrape :

« En tout cas, moi, dit-elle, je n'ai pas fait de bête ! »

Comme touchée au ventre, la Mignebœuf ne sait plus que pleurer.

Pâle comme un mur au clair de lune, elle relève de sa troisième fausse couche. Mignebœuf a creusé un trou dans le jardin pour y mettre le mort-né. Le jeune garde champêtre l'apprend par cette dispute des deux voisines. Il connaît encore mal ses devoirs ; il craint d'être inquiété et va trouver la sage-femme.

« C'était bien un mort ? dit-il.

— Une fausse couche de huit mois, répond la sage-femme.

— Vous savez ce qu'ils en ont fait ?

— Ça ne me regarde pas.

— Si c'était une bête, ils avaient le droit de le jeter dans le jardin. Les cimetières ne sont pas inventés pour les bêtes. Si c'était un enfant, ils devaient d'abord le déclarer à la mairie, et ensuite ne pas le priver de sépulture. Était-ce une bête ou un enfant ?

— Un enfant, dit la sage-femme.

— Vous êtes sûre ?

— Oui, dit-elle.

— Vilain ?

— Un enfant mal fini, dit la sage-femme, avec une tête plate, sans cou, un pied tortu.

— Des pieds ou des pattes ?

— Des petites jambes qui tournaient à droite et à gauche comme des pattes.

— Un singe ? dit le garde. Il y en a qui se sauvent sous le lit.

— Je n'ai jamais vu ça, dit la sage-femme. Je vois quelques monstres comme leur petit.

— Un monstre, dit le garde scrupuleux ; alors, c'était une bête !

— Non, non ; mais un enfant pas beau. J'en tire plus d'un pareil.

— Puisque c'était un enfant, ce n'était donc pas une bête », dit le garde.

Il donna l'ordre aux Migneboeuf de déterrer l'objet. Ils le débarbouillèrent à grande eau, et, après l'avoir placé dans une petite caisse en bois, on le porta au cimetière où va le monde.

III

« Vous avez donc tué un poulet ? demande Gloriette qui regarde, chez Fifille, des taches rouges sur le sol.

— Oh ! non madame, mais aujourd'hui je ne suis pas bien. »

Fifille ignore l'usage des serviettes. C'est pourquoi le sang goutte par terre, et elle dit à André qui a neuf ans :

« Essuie donc ça, petit ! »

IV

Fifille fait peur à voir. Elle tourne au vert transparent. Elle se tient debout parce que le vent ne souffle pas fort.

Après sa fausse couche, elle a réussi à garder son lait, en se faisant téter par Mignebœuf au moyen d'une pipe, et elle voudrait un nourrisson. Munie du certificat que le médecin signe d'ordinaire à la femme d'un électeur la veille d'une élection, elle vient à Paris chercher un enfant.

Mais au bureau central de l'Assistance publique, on l'examine de près et on lui refuse le nourrisson.

Fifille, de retour au village, en est quitte pour dire :

« Ils me l'ont bien donné, mais il ne me plaisait pas et je l'ai rendu. »

Le petit œil gauche de Mignebœuf s'allume et les mains lui frétillent :

« Recommençons ! » dit-il.

L'IVROGNE

Il sort, le lundi soir, de l'auberge où il vient de payer, selon son habitude, en jetant au milieu de la salle tous les sous qu'il avait dans sa poche. L'aubergiste les ramasse et les met de côté. Ils régleront plus tard.

L'ivrogne chante et titube d'un caniveau de la rue à l'autre, quand il aperçoit, sur le pont du village, M. le Maire qui cause avec un étranger.

La figure de l'ivrogne s'épanouit ; sa main droite tendue de loin, il s'approche, sourit à chaque pas, et sans s'occuper de l'inconnu, il dit :

« Bonjour, monsieur le Maire. »

Monsieur le Maire, gêné, répond à peine.

« La main ! monsieur le Maire.

— Laissez-nous, dit M. le Maire, je cause avec monsieur.

— Je ne vous empêche pas de causer, dit l'ivrogne ; donnez-moi une poignée de main.

— Non. »

L'ivrogne, étonné, laisse son bras tomber comme une branche qui casse.

« Vous refusez ma main ?

— Oui, vous n'êtes pas en état.

— Je ne suis pas en état, moi ! »

Ces messieurs profitent de sa surprise pour lui tourner le dos ; mais, par une manœuvre adroite, l'ivrogne va se placer devant eux.

« Pas en état, moi ! Qu'est-ce que vous dites ?

— Je vous dis de ne pas nous embêter.

— Ah ! monsieur le Maire, permettez ! » réplique l'ivrogne, qui se redresse et se tient debout, grâce au parapet.

Puis sa dignité s'effondre, il apporte sa main jusqu'au ventre de M. le Maire, et attend, gracieux.

« Fichez-moi la paix, dit M. le Maire, ou j'appelle le garde champêtre.

— Il fait sa tournée sur les chaumes, dit l'ivrogne de son air le plus malin.

— Je vous flanque moi-même un procès-verbal.

— À moi, un républicain !

— Joli républicain ! dit M. le Maire ; vous savez bien que j'aime mieux un réactionnaire à jeun qu'un républicain soûl.

— Vive la République ! s'écrie l'ivrogne.

— Voulez-vous vous taire ?

— On ne peut plus crier : Vive la République ! Alors, vive monsieur le Maire !

— Qu'il est assommant, cet animal-là ! dit M. le Maire ; allons causer ailleurs. »

Mais quand il revint seul, l'ivrogne était toujours sur le pont. Il regardait couler l'eau, et semblait, par ses hoquets, approuver la rivière.

M. le Maire passa sur la pointe du pied ; dès qu'il posa ses talons à terre, il entendit l'ivrogne crier :

« Monsieur le Maire ! Monsieur le Maire ! Excusez... vous aime, soûlerai plus... si pardonnez pas, me noyer ! »

Et l'ivrogne essayait de courir, poussant ses cris de remords et de tendresse.

M. le Maire marchait de la vitesse d'un homme qui se hâte et ne veut pourtant pas avoir l'air de fuir.

Il lui parut qu'il gagnait du terrain. En effet, l'ivrogne, bientôt las, s'arrêta, stupéfait de n'être pas compris et, après un balancement silencieux où il reprenait des forces, il cria de toute sa voix enrouée :

« Cochon ! »

Les routes étaient désertes. Personne n'entendit, sauf M. le Maire qui, bien sûr d'être seul, put se permettre de faire le sourd.

LE VIEUX COUPLE

Elle a plus de soixante-dix ans et lui plus de quatre-vingts.

Ils viennent de manger la soupe et sont assis sur le banc de leur porte.

Gloriette passe et dit :

« Toujours ensemble ?

— Oui, dit la vieille.

— Vous ne pouvez pas vous quitter ?

— Non, dit le vieux qui fume sa pipe.

— Mais vous êtes trop loin l'un de l'autre ! Il y a encore de la place, entre vous deux. Rapprochez-vous, serrez-vous !

— On s'écornillerait, dit la vieille.

— Vous avez donc des cornes ? »

Le vieux ôte la pipe de sa bouche et répond, sans regarder la vieille :

« Elle n'en a pas.

— Et lui ? » demande Gloriette.

La vieille ne répond pas.

Le vieux répète :

« Moi, je ne sais pas si j'en ai, mais elle, je suis sûr qu'elle n'en a point.

— Eh bien ! dit Gloriette à la vieille, parlez à votre tour. Oui ou non, en a-t-il ? »

Mais, près du vieux inquiet peut-être, devant Gloriette à la fin gênée, la vieille reste impénétrable. Avec un sourire vague, au passé sans doute, elle fixe le chêne qui là-bas s'endort dans le crépuscule, et elle garde, pour elle, l'avantage trouble du silence.

LE CASSEUR DE PIERRES

C'est celui-là dont le dernier fils me disait : « Il a eu neuf enfants, hein ! Il faut montrer son derrière au plafond pour en avoir autant ! »

Ils sont d'ailleurs presque tous morts. Ils meurent avant le père, parce que la mort les prend trop vite, et aussi parce que le père a la vie dure. À son âge, Calot ne peut pas demander de ne voir mourir que des vieux.

Une de ses filles, qui est veuve, habite chez lui, et tient la maison. Ils ne s'entendent pas toujours. Il arrive que Calot boude, refuse de manger à la table et fait sa soupe lui-même, à part. Pour se venger, sa fille soigne le fricot qui sent bon, et le vieux rage, dans un coin, le nez à son écuelle.

Ce soir, agenouillé sur sa veste, le dos au soleil, il casse des pierres pour la commune. Elle les lui paie quarante-cinq sous le mètre, et il n'en casse pas un demi-mètre par jour. Il faut taper ; elles sont dures, et il les casse en conscience, fin comme sucre.

« J'en casserai tout l'hiver au même prix, si la commune veut, dit-il. Je ne demande que du travail.

Je n'ai pas besoin, moi, qu'on me donne du café comme à quelques-uns. Du café !

— Quel café ? De quoi parlez-vous, Calot, et de qui ?

— Je sais bien ce que je veux dire.

— Dites-le ? »

Calot place une pierre d'aplomb et ne répond pas.

« Vous voulez parler, sans doute, du café que la commune distribue avec du sucre, le 14 juillet ?

— Oui.

— Aux pauvres qui sont sur la liste des indigents.

— On se passe de café ; le pain suffit.

— La commune donne du pain aux indigents toute l'année. Le jour de la fête nationale elle varie un peu.

— Le café, le sucre, c'est de la friandise.

— Précisément, ça leur fait plaisir.

— Ça ferait plaisir à tout le monde.

— La commune n'est pas riche. Elle ne peut penser qu'aux pauvres inscrits sur la liste.

— Je ne sais pas, moi.

— Je le sais, moi, Calot !

— Moi, je ne le sais pas.

— Vous pourriez le savoir. Vous êtes électeur. Renseignez-vous.

— Je sais déjà quelque chose.

— Que savez-vous ?

— Il y en a sur la liste du pain qui ne devraient pas y être.

— Qui ?

— Je les connais.

— Lesquels ?

— Ils ont de l'argent placé, et quand on a de l'argent placé...

— Où ça ? Parlez donc, Calot !
— Ce n'est pas à moi de le dire.
— Comment voulez-vous que je le devine ?
— Je ne veux faire de mal à personne.
— Alors ne dites rien ou dites tout.
— Je l'ai dit.
— À qui ?
— À des conseillers.
— Auxquels ?
— Ils le savent bien.
— Quand on dresse la liste, ils ne répètent pas ce que vous leur avez dit.
— Ils ont tort.
— Certainement, et vous aussi, Calot. Pourquoi refusez-vous de me dire ce que vous dites à d'autres ? Allons ! il est toujours temps.
— Non, non.
— Puisque vous réclamez !
— Je ne réclame pas.
— Votre tour peut venir.
— J'ai ce qu'il me faut.
— Maintenant oui, parce que malgré votre âge vous travaillez.
— Si je gagne dix sous par jour, c'est dix sous.
— Et votre fils vous aide ?
— Je ne me plains pas de mon garçon.
— Et de votre fille ?
— Je ne me plains pas de ma fille, je ne me plains de personne, je ne me plaindrai jamais ; quand je n'aurai plus de pain...
— On vous mettra sur la liste à votre tour.
— Je ne dirai pas que je n'ai plus de pain.
— Ça se verra. On vous portera malgré vous.
— Je sais ce que je ferai.

— Vous vous tuerez ?

— J'ai mon idée.

— Gardez-la. Vous n'êtes pas raisonnable, Calot ! C'est difficile d'être juste, vous ne nous aidez pas. Vous votez et vous n'assistez jamais aux séances publiques pour vous assurer que chaque conseiller fait son devoir.

— Nous autres, on n'ose pas, dit Calot.

— Pourquoi ? Vous avez peur d'être mis en prison ? Vous êtes malheureux et défiant, et votre orgueil ne vous empêche pas de vous plaindre, mais c'est en cachette, comme une vieille femme, comme la Caraboune ou comme Clémentine. Vous avez soixante-quatorze ans passés, Calot, quand aurez-vous de la sagesse ? »

Il me répondra une autre fois. Il feint d'être tout à un travail qui presse plus que nos bavardages, et il n'a pas trop de ses forces pour taper, à coups réguliers, la masse serrée dans ses deux mains, sur une pierre qu'il tourne et retourne, et qui est aussi dure que sa tête.

LE COUSIN DE ROSE

« Tu ne sais donc pas la nouvelle ? » dit Bargette entrant chez Rose.

C'est que Rose a l'air de ne rien savoir ! Elle ne paraît ni émue, ni même préoccupée. Elle surveille une marmite à la crémaillère et ne se retourne pas pour demander :

« Quelle nouvelle ?

— Ce qui arrive à Jacques ! »

À ce nom, Rose regarde Bargette et voit que ses petits yeux brillent et que ses lèvres tremblent sous la pression des mots prêts à s'échapper.

« Assieds-toi », lui dit-elle.

Elle le dit d'un ton léger, comme une femme simplement polie, mais elle veut dire :

« Ne reste pas debout, j'entendrais mal ; choisis une place commode où tu seras à l'aise pour bien me raconter tout. »

Bargette feint de n'être pas plus pressée que Rose.

Ce sont les meilleures amies du village. Elles viennent de passer toutes deux la quarantaine.

Elles s'aiment sans trop se le dire, voisinent l'une

chez l'autre et s'estiment autant pour leurs défauts que pour leurs qualités.

Elles ne se ressemblent pas du tout, Bargette petite, maigre, sèche, agitée et taquine, Rose forte et fraîche, appétissante, paisible, moins bavarde que l'autre et plus crédule. Elles se fâchent rarement ; c'est toujours par la faute de Bargette, et les brouilles durent peu, parce que Rose s'ennuie vite et qu'aucun amour-propre ne l'empêche de revenir la première.

Bargette, sûre de son effet, prend le temps de souffler.

« Tu as couru ? dit Rose.

— Oh ! courir ! je n'ai plus de jambes, mais il fait chaud ! »

Rose ne lui offre pas à boire. Elles ont renoncé à ces cérémonies qui finissent par être coûteuses, quand on se fait trop de visites, où personne ne gagne puisqu'il faut toujours rendre. Ces deux amies n'acceptent de se rafraîchir que chez les autres.

Bargette, ayant soufflé, ne parle pas tout de suite, et Rose, qui la connaît, a le courage de ne pas interroger. Elle s'était assise, elle se dresse pour jeter une poignée de sel dans la marmite qu'elle observe avec intérêt. Bargette, piquée, se décide par le plus long :

« Ton homme est là ? dit-elle.

— Non, dit Rose, Polyte arrache des pommes de terre, il ne reviendra qu'à l'heure de la soupe.

— Quelle soupe fais-tu ?

— Une soupe à l'oseille.

— Jacques l'aimait-il, la soupe à l'oseille, quand il prenait pension ici ?

— Oh ! il mangeait de toutes mes soupes ! Il en avalait plutôt deux assiettées qu'une !

— Tu le nourrissais bien ?

— De mon mieux, dit Rose, je variais les menus, je n'épargnais ni le beurre ni la viande ; j'allais à la boucherie chaque semaine.

— Pourquoi n'est-il pas resté ?

— Je te l'ai déjà dit, Bargette, je n'en sais rien.

— Tu lui prenais peut-être trop cher ?

— Quarante francs par mois ! Je n'avais aucun bénéfice. Après la mort de sa mère, il ne savait où aller, il fallait bien le recueillir, un garçon, un cousin ! J'ai mis son assiette une fois, deux fois. Ça l'arrangeait. Il a offert ses quarante francs. Puis, un soir, au bout de six mois, il n'est plus revenu.

— Sans donner d'explications ?

— Sans dire merci.

— Et quand il te voit ?...

— Oh ! ma pauvre Bargette, s'il passe devant la porte, il ne salue pas. Mais veux-tu savoir la vérité, quand tu m'as dit que Jacques prenait pension chez les Morin, j'ai été bien aise pour lui et pour nous. Polyte et moi nous en avions assez, et Jacques est mieux chez les Morin que n'importe où. Qu'il y reste !... Je vas au jardin chercher de l'oseille. »

Mais Bargette se lève pour se mettre à la hauteur de Rose et dit :

« Jacques n'est plus chez les Morin.

— Ah ! fait Rose qui s'assied, molle de surprise, et force Bargette à se rasseoir.

— Tu es seule à l'ignorer ou à faire semblant, dit Bargette. Jacques et Mme Morin s'amusaient. Morin les a surpris à se caresser. Il y avait longtemps qu'il les guettait.

— Oh !

— Il attrape mon Jacques sous les bras, le traîne jusqu'à la porte, et le jette dans la rue avec une volée de coups !...

— Oh !... oh !...

— Ensuite Morin prend les outils de Jacques, sa carnassière de maçon, ses marteaux, ses truelles et les lui flanque à la tête ; ensuite il calotte la femme d'importance.

— Oh !... Oh !... Oh !... fait Rose, les mains jointes.

— Voilà, dit Bargette ; c'est arrivé hier soir, vers six heures.

— Et Jacques ?

— Des gens l'ont ramassé, il ne pouvait pas se tenir debout. Il est allé se mettre au lit. Il n'a pas reparu.

— Le malheureux ! s'écrie Rose.

— Tu fais une drôle de figure, dit Bargette. Vas-tu rire ou pleurer ?

— Je suis remuée ! dit Rose. Nous sommes cousins.

— Tu n'es pas responsable.

— Oh ! c'est bien fait pour lui, dit Rose avec fermeté. Ah ! que je suis contente !

— Où va-t-il aller maintenant ? dit Bargette. Il n'a guère le choix. Il reviendra peut-être ici.

— Chez moi ! par exemple !...

— Dame ! puisque tu es sa seule parente !

— Écoute, Bargette, dit Rose, je ne suis pas méchante, mais je te garantis que je le recevrais mal ! je te le jure sur la tête... »

Comme Rose cherche une tête, les deux amies croient entendre une voix dehors. Elles écoutent et comprennent ces mots : « Bonsoir, cousine ! » Et c'est la voix de Jacques, il ne se montre pas. On le devine là, collé au mur, tout près de la porte entrouverte.

« Ne bouge pas, dit Rose à Bargette.

— Ne réponds pas, dit Bargette.

— Si on fermait la porte ?

— On ne saurait plus ce qu'il va dire.

— Bonsoir, cousine ! » répète Jacques.

Il ne doit entendre, lui, que le balancier de l'horloge et le ronron de la marmite.

« Vous ne voulez pas me dire bonsoir, ma cousine ? Vous êtes bien fière ! Allez-vous au moins me donner une assiettée de soupe ? Je n'ai pas mangé depuis hier !... J'ai faim, cousine Rose. »

Il s'arrête après chaque phrase. Il dit : « Vous êtes bien fière ! » d'un ton câlin, et : « J'ai faim ! » d'une voix traînarde qui mendie.

« Tiens bon ! dit Bargette à Rose.

— Polyte n'est donc pas là ? demande Jacques. Il ne me refuserait pas, lui, une assiettée de soupe ! Vous ne m'aimez plus, alors, cousine ? »

Comme elle ne répond pas, il entre, les mains dans les poches, la casquette en arrière. Il sourit, rasé de frais, débarbouillé, les moustaches pointues. Il s'assied sur l'arche à pain, les jambes pendantes et aperçoit Bargette au coin de la cheminée.

« Ne vous dérangez pas ! dit-il.

— C'est aussi bien ma place que la tienne, répond Bargette.

— Vous pensiez déjà à m'acheter une paire de béquilles.

— C'est une chance que tu te relèves si vite, répond Bargette. Tu as pourtant reçu ta part !

— Les malins font le gros dos, dit Jacques, et les coups passent par-dessus.

— Qu'est-ce que tu veux ? dit Rose pâlie.

— Je vous l'ai dit, ma cousine, une assiettée de soupe. Rien qu'une ! Je m'en irai après. »

Rose, sans pouvoir répondre, sort et va au jardin couper ses feuilles d'oseille.

« Moi aussi je fais de la soupe, dit Bargette restée seule avec Jacques, et de la bonne, à la crème !

— Y en aurait-il pour moi ?

— Tu n'as qu'à me suivre.

— Je n'en veux pas, dit Jacques. Votre soupe sent le brûlé. Vous bavardez trop chez les voisins. C'est vous qui m'avez dénoncé à Morin, par jalousie. Vous perdez votre temps. Vous aurez beau me dénoncer encore ! Ça ne vous rapportera jamais rien, jamais ! Vous êtes trop laide ! »

Bargette n'essaie pas de nier et de se mettre en colère. Elle se précipite dehors comme une poule qui reçoit un bâton dans les pattes.

« Elle s'ennuyait avec moi », dit Jacques à Rose revenue.

Rose jette son oseille dans un seau d'eau, regarde Jacques et hoche la tête, les yeux pleins de larmes.

« Tu n'as pas de cœur ! dit-elle.

— J'en ai trop, dit Jacques ; c'est le cœur qui me perdra !

— Tu ricanes toujours ! Tu n'étais donc pas bien chez nous ?

— Oh ! si.

— Manquais-tu de quelque chose ?

— Oh ! non.

— Je ne les prenais pas tout entiers, tes quarante francs !

— Il ne faut pas parler de ça, dit Jacques.

— Je ne réclame point, mais me quitter sans une parole !

— À quoi bon se dire des sottises ?

— Tu la trouves donc mieux que moi, ta Morin ?

— Vous êtes aussi belles l'une que l'autre.

— Tu n'es pas dégoûté ! Une blanchisseuse qui lave le linge de tout le monde !

— C'est une honnête femme.

— Morin ne dit pas comme toi ! Il t'a battu, hein ?

— Ça ne compte pas, et si j'avais voulu rendre...

— Tais-toi, il t'aurait tué. Maladroit ! Ici, tu n'avais rien à craindre.

— Non, Polyte n'est pas dangereux !

— Je suis curieuse de savoir ce qu'il dira.

— Rien, répond Jacques.

— Voudra-t-il qu'on te garde ?

— Vous ne lui demanderez pas la permission. Me l'offrez-vous, ma soupe ?

— On ne peut pas te laisser mourir de faim, mais rien que la soupe ; fini le reste !

— La soupe seulement, dit Jacques.

— Embrasse-moi d'abord », dit Rose qui a repris sa bonne mine.

Jacques se retient parce que voilà Polyte !

Au souvenir des coups reçus la veille, il éprouve quelque inquiétude, mais l'aspect de Polyte le tranquillise. Ce n'est pas le même homme que Morin.

Il porte, dans un panier pendu au bout de sa pioche, juste ce qu'il faut de pommes de terre, pour qu'il n'ait pas l'air de ne rien apporter. Il marche lentement, sûr d'arriver assez tôt puisqu'il n'est pas parti du champ trop tard.

Il vit comme un homme qui n'a que le souci de vivre cent ans. Il ne boit qu'un verre d'eau-de-vie le matin, et il ne laisse pas une goutte au fond du verre : il croirait perdre une goutte de sa propre vie. Il fume trois pipes par jour et non quatre. Il ne possède qu'un ton de voix pour parler des choses tristes et des choses gaies et il parle le moins possible. Il ne court jamais aux nouvelles et n'en a jamais à raconter. À la vue de Jacques, il dit : « C'est toi, Jacques ! » et il n'en pense pas plus long.

LE BATEAU

Il y a sur ce bateau qu'on voit glisser doucement au bord du canal, un homme, sa femme et leur fils sourd-muet. Le père boit et se conduit mal. Le fils n'est pas bête. On prétend qu'il sait écrire. Mais il déteste son père. Il trépigne, grogne, glousse, hurle et s'étrangle chaque fois que le père fait une fausse manœuvre. Il le jetterait dans le canal, si sa mère qu'il craint ne le contenait. Elle les sépare habilement. Elle met le fils à l'arrière du bateau, au gouvernail, et le père reste à l'autre bout, avec l'âne qui tire. Elle, au milieu, s'occupe du ménage, lave le linge, surveille la soupe. Le père peut, sans regarder le fils, lui crier tout son soûl des injures et le traiter d'enfant de putain !

Elle est seule à l'entendre, et rien ne lui fait, pourvu que les deux hommes ne puissent pas se battre.

BARNAVE

Chacune de mes visites me vaut un de ses souvenirs. Il me les raconte avec gaieté, bien qu'il soit gravement malade, sans jamais trop se plaindre, et, par précaution, il se moque de lui-même. Il a une espèce d'esprit qui lui est personnelle comme une odeur.

« Oui, je le connais, votre Paris, me dit-il, je l'ai habité un mois. La bourgeoise (sa femme) m'avait trouvé une place de valet de chambre chez les maîtres où elle était nourrice.

— Et vous y êtes allé, vous, Barnave, un ouvrier de village, un vrai paysan ?

— Je m'ennuyais de ma femme, dit Barnave, et on gagne si peu au pays ! Ils m'offraient soixante-dix francs par mois. Je payais mon vin. Je devais arriver sans moustaches. Si je tenais à mes moustaches, ce n'était pas la peine de me déranger. Avant de partir, je les ai coupées.

« Cette année-là, on jetait des bombes à Paris. Nos maîtres avaient peur. Le soir, je fermais toutes les portes, de la cave au grenier. Ensuite le vieux passait la revue ; je marchais devant lui avec une bougie.

« Je faisais le service de mon mieux, mais j'étais surtout bon à frotter les parquets : je glissais à quatre pattes, comme un chien basset, et le vieux me surveillait. Assis dans un fauteuil, il me désignait, du bout de sa canne, une lame de parquet moins reluisante que les autres. Je lui expliquais que toutes les lames n'ont pas la même couleur. Je connais le bois, moi, je distingue l'aubier du cœur de chêne. Mais le vieux, sans me répondre, maintenait le bout de sa canne au même endroit du parquet, et je repassais dessus.

« Souvent je plaçais mal les chaises à la table de leur salle à manger, une toute petite table où ils se tenaient droits et serrés. Ils n'avaient même pas la place de mettre les coudes. Le vieux m'appelait :

« " Jean ! "

— Jean ?

— Oui, il ne savait que ce prénom-là, Jean !

« " Pourquoi ma chaise ne se trouve-t-elle pas en face de la chaise de madame ? "

« Il me fallait replacer les chaises et viser juste, comme si le vieux ne pouvait pas le faire lui-même.

« À quatre heures, les petits goûtaient dans la même salle à manger ; ils laissaient tomber des miettes et j'astiquais encore, sous la surveillance du vieux, le bois si bien poli le matin.

« La vieille était plus commode que le vieux ; j'aurais pu m'entendre avec elle, sans sa manie de chercher la poussière.

« " Jean ", disait-elle...

« La vieille, elle, m'appelait Jean comme le vieux, mais pour une autre raison, parce que je m'appelle

Louis et que le nourrisson s'appelait déjà Louis : on se serait embrouillé ! Ils pouvaient m'appeler comme ils voulaient, je n'étais pas embarrassé pour répondre.

« " Jean, disait-elle, qu'est-ce que cette tache ?

« — Un défaut de la lampe, madame, un défaut incrusté.

« — Je le crois plutôt en relief ", disait la vieille.

« De son ongle pointu, elle suivait la rainure et ôtait la poussière.

« Au fond, la vieille n'était pas méchante, mais il y avait trop de lampes ; et rien que des quinquets à l'huile, pas une lampe à pétrole ! Je n'en finissais plus de les préparer.

« Au bout d'un mois, je suis parti. J'avais vu ma femme tout mon soûl et gagné mes soixante-dix francs.

« En rentrant au village, je détournais la tête, honteux parce que j'étais rasé.

« D'abord le menuisier ne me reconnaissait pas.

« Puis il m'a reconnu et nous avons pris un verre ensemble. »

Barnave voudrait lire, afin de se désennuyer, n'importe quoi. Comme il n'a jamais rien lu, on peut choisir pour lui. Mme Lepic, qui tient à être la première en tout, la plus obligeante et la plus rapide, apporte un gros livre et dit :

« Tenez, Barnave, lisez donc ce beau volume ! Moi, quand je l'ai lu, ça m'a bien amusée. »

Le beau volume à reliure rouge et fanée est là au pied du lit, sur une chaise.

« J'ai essayé de le lire, me dit Barnave ; j'avais tout de suite vu une image, une espèce de tête de singe qui me mettait en goût. Je croyais qu'on allait me raconter une histoire d'Amérique. À la vingtième page, je me suis arrêté. Je ne trouve pas ça amusant. Mme Lepic est moins bête que moi. »

Je regarde le livre, un ancien prix de mathématiques décerné à l'élève Félix Lepic et qui dormait depuis des années dans une caisse du grenier. Cela s'appelle *Œuvres scientifiques de Gœthe.*

« Et Mme Lepic vous dit qu'elle l'a lu ?

— Oui.

— Et vous avez eu le courage d'en lire vingt pages ?

— Vingt ou trente !

— Mon pauvre Barnave ! »

Il osait à peine avouer son ennui, mais ma figure l'encourage.

« Je n'y ai pas compris un mot », dit-il, riant de bon cœur, rassuré, parce que je jette le livre sur la chaise et lève les bras au plafond.

Il a vu au château un livre qui occupe déjà plusieurs rayons et qui ne finit jamais ; on devine que c'est *La Revue des Deux Mondes.*

Dans toutes ces photographies pendues au mur, je ne trouve pas le portrait de son beau-frère Eusèbe, mort l'année dernière.

« Si, si, il y est, dit Barnave, je l'ai mis devant le trou du tuyau du poêle.

— Je vois un cadre, dis-je, mais pas de portrait.

— La fumée a noirci le verre.

— Je vous assure que le portrait n'y est plus.

— Le monsieur a raison, papa, dit sa fille Louise, ma grand-mère l'a ôté du cadre.

— La vieille ! pourquoi ?

— Parce que tu t'étais trop disputé avec mon oncle Eusèbe. Ma grand-mère croyait que tu mettais le portrait là exprès, par vengeance, pour le faire enfumer. Elle l'a retiré, et elle le cache.

— Je ne m'en serais jamais aperçu, dit Barnave. Ça m'est égal, la vieille peut me voler le portrait de son Eusèbe, le cadre me suffit, et le trou de mon tuyau de poêle reste quand même bouché. »

Depuis qu'il est malade, il a déjà pris au moins cent cachets.

« Ah ! dit-il, j'ai communié plus souvent qu'à mon tour, et je ne sais même pas ce qu'il y avait dans mes pastilles. »

Il est allé voir un spécialiste à Paris.

« Ça vous coûtera quarante francs, lui disait le pharmacien, mais vous serez fixé. »

Quarante francs, plus le voyage.

Il arrive, la blouse trempée par une averse (le valet de chambre lui faisait un œil !) chez le spécialiste, un vieux à grande barbe, décoré.

« Chevalier de la Légion d'honneur ?

— Oh ! plus... Il me reçoit tout de suite. Dame ! vous pensez, des visites à quarante francs, il n'y avait pas presse. »

Le spécialiste questionne, colle son oreille devant, derrière, le tapine partout, lui dit qu'il n'a rien de grave et ajoute :

« Vous avez trop travaillé, et vous ne vous êtes pas assez soigné ! »

Barnave est si content qu'il achète une montre à sa Louise dans un magasin où on le fait attendre plus d'un quart d'heure.

« Plaie d'argent n'est pas mortelle », dit-il.

Pour une fois, il le dit avec sincérité, et il revient sûr de guérir, mais à peine de retour, il se remet dans ses draps.

Est-ce qu'il ne va pas s'en tirer ?

Il nous reçoit assis sur son lit, maigre comme une chèvre. Coiffé d'un bonnet de coton, il a l'air d'un homme brusquement rapetissé et vieilli.

« Je broute un peu de lait », dit-il.

Gloriette, tout de suite à son aise, interroge, explique et gronde.

« Où est votre ordonnance, celle de Paris ?

— Sur la cheminée. Louise, passe le papier à madame.

— L'avez-vous lue ?

— Oh ! Je la réciterais par cœur.

— Le docteur sait-il que vous êtes allé voir un spécialiste à Paris ?

— Non.

— Vous auriez dû le prévenir.

— Le pharmacien, qui m'a donné l'adresse de Paris, dit que c'est inutile.

— Le docteur l'apprendra par un autre.

— Tant pis, je ne veux pas le contrarier moi-même.

— Qu'est-ce que vous ordonnait le docteur ?

— Des lavages d'estomac.

— Et le médecin de Paris ?

— Il écrit sur le papier : pas de lavage !

— Et il marque des pilules. Avez-vous pris vos pilules ?

— Oui.

— Régulièrement ?

— J'en ai pris une et demie.

— Pourquoi ?

— La première ne faisait pas d'effet.

— Soyez patient, dit Gloriette.

— Je suis pressé de guérir, répond Barnave ; la moitié de la deuxième m'a rendu malade toute la nuit. Je laisse les pilules.

— Et les nouveaux cachets ?

— Ils sont là dans la boîte. Passe, Louise ! Vous pouvez compter, il n'en manque pas un.

— Il faut les prendre.

— Oh ! je les prendrai. Je veux bien avaler n'importe quoi, pourvu que je guérisse.

— Ce n'est pas vrai, dit Louise, il refuse de boire sa soude.

— Moi ! par exemple ! apporte la soude !

— Ce n'est pas le moment, dit Gloriette. Mon pauvre Barnave, vous vous soignez mal.

— Je fais tout ce qu'on me dit.

— Voyons, aujourd'hui qu'avez-vous essayé ?

— Des lavages.

— Mais le spécialiste vous les défend !

— Des fois ça me réussit.

— Et les frictions sur le dos, sur la poitrine, avec un linge humide et un gant de crin ?

— Il n'y a pas de gants chez nous.

— Une serviette suffit ; imbibez-la d'alcool, et frottez légèrement.

— Il faut que ça marque ! a dit le spécialiste.

— Légèrement et longtemps. Ça deviendra rouge. Vos voisins peuvent vous rendre ce service.

— Oh ! les voisins ! je les entendais dire hier, sauf votre respect : cette fois il est f..., notre voisin.

— Votre fille, alors ! Que Louise frotte de cette

façon, tenez, en tournant. Qu'est-ce qu'il y a dans cette bouteille ?

— De la poudre de viande. M. Perrot me dit d'en acheter.

— Monsieur qui ?

— L'architecte ; il a eu la même maladie que moi. Six francs la bouteille de quelques cuillerées ! elle ne m'engraissera guère.

— C'est de l'extrait de viande pour se nourrir, non pour engraisser.

— Je ne trouve pas la poudre mauvaise, mais ça coupe l'appétit.

— À quelle heure la prenez-vous ?

— Avant le déjeuner.

— Il faut la prendre entre les repas, comme un petit repas. Faites-vous griller vos viandes ?

— Oui, madame, dans la poêle.

— Non, sur le gril, et que le beurre soit à peine fondu.

— Oh ! il n'a pas le temps de noircir.

— Qu'il ne cuise même point ! Le beurre cru est sain, le beurre cuit ne vaut rien.

— Ah ! vous avez encore lu ça dans vos livres ; c'est drôle !

— C'est ainsi... Quelle espèce de viande ?

— Ma Louise va à la boucherie ; ce qu'on lui donne, elle le rapporte. »

Tous ses amis le conseillent. L'un d'eux lui dit de faire bouillir un gros quartier de lard et d'en avaler le jus. Rien n'est plus doux à l'estomac.

Cet ami au bon cœur frappe du poing sur la table et crie :

« Je ne sortirai pas d'ici avant que tu m'aies promis de boire mon jus de lard.

— Je te le promets, dit Barnave.

— Jure-le !

— Je le jure », dit Barnave ému et las.

« Ils ne veulent pas que je boive du vin.

— Le vin vous ferait mal, dit Gloriette.

— Du bon vin ?

— Il n'y a plus de bon vin.

— Je ne reprendrai jamais de forces, si je ne bois jamais de vin.

— Aujourd'hui on ne boit que de l'eau, Barnave, même les gens riches ; c'est la mode et la santé.

— Si j'étais riche et si je me portais bien, dit Barnave, je n'aurais pas le cœur de me priver de vin. »

Ce qui lui paraît le plus dur, c'est de ne pas pouvoir manger de salade. Quand Louise mange la sienne tous les jours, comme si elle le faisait exprès, il la regarde avec des yeux de voleur et ça lui saute dans les talons.

« La vie est courte, Barnave !

— Vous trouvez ? Moi je la trouve bien longue. Sur quarante-cinq ans d'âge, j'ai eu quarante ans de misère.

— Avec de bons moments.

— Il faut bien rire quelquefois, même quand on souffre, même quand on est décidé à ne pas souffrir trop longtemps.

— Ne dites pas ça !

— Je le dis. »

Dès qu'il se croit mieux, il parle de se lever de bon matin.

Après un silence, sa voix est changée ; il a le coin

de l'œil humide. Ses larmes ont coulé sur le traversin. Il se voyait déjà mort et il se pleurait.

Il habite une petite maison achetée deux mille francs à mon père. Barnave lui a dit un jour :

« " Vous oubliez quelque chose dans votre maison, un fusil.

« — Ah !

« — Un fusil, vous savez bien, le vieux fusil à piston, à deux coups, démodé, qui ne pourrait plus servir à un chasseur comme vous.

« — Tu crois ?

« — Faut-il que je vous l'apporte ? "

« Votre père voyait bien que j'avais le fusil dans le ventre, que je ne pouvais pas l'acheter, et que je n'osais pas le demander ; il me dit :

« " Est-ce que ce fusil te gêne ?

« — Oh ! non.

« — Quand il te gênera, tu me l'apporteras. En attendant, laisse-le où il est. "

« C'était sa façon, à votre père, de donner. J'ai gardé le fusil.

— Vous ne le nettoyez pas souvent, dis-je à Barnave.

— Je n'y ai touché qu'une fois, dit Barnave, je n'y toucherai plus ! Votre père ne l'avait pas déchargé. Un matin, je le prends, je veux tirer, il ne part pas. Je change la capsule. Il ne part encore pas. Alors je fais rougir une aiguille à la flamme d'une chandelle et j'essaie de déboucher la cheminée. J'étais assis, là, où vous êtes, le fusil sur mes genoux, le canon horizontal.

« L'aiguille rougie met le feu à la poudre et toute la charge va s'aplatir contre le mur, sous le berceau de ma petite Louise qui dormait dedans. Elle criait et j'ai tout de suite vu qu'elle en était quitte pour la peur, mais je suis resté longtemps à votre place, sans pouvoir remuer. »

Il ne peut plus manger que de la bouillie de truffes. Les truffes sont, au pays de Barnave, des pommes de terre. Le matin, s'il a dormi deux heures la nuit, il danserait ; puis, pour un œuf qui ne passe pas, il croit qu'il va crever.

Son voisin Mougne dit :

« Il crèvera avant moi ! c'est bien fait ! Ah ! il croyait que j'allais crever avant lui ! ça lui apprendra qu'il ne faut souhaiter la mort de personne. »

Quelqu'un dit :

« Il est perdu ! ma pauvre Louise, tu ne le vois donc pas ! »

Cet autre :

« On sonne un glas ! cours vite, Louise, ton père doit être mort ! »

Une voisine s'inquiète :

« Il nous doit vingt-sept francs ! Oh ! nous ne les perdrons pas ! Il ne mourra point sans payer. Il a de l'ordre, cet homme ! Je suppose qu'il n'est pas assez bête pour oublier d'écrire ses affaires. »

Elle le répète jusqu'à ce que Louise, qui entend, s'écrie par-dessus le mur de la cour : « N'ayez crainte, moi, je vous les paierai, vos vingt-sept francs ! »

Tous s'accordent à dire qu'il fait peur.

Il ne supporte plus qu'une cuillerée de sirop de groseilles dans un verre d'eau fraîche du puits.

« Barnave ! on vient de voter la loi de séparation !

— Ce n'est pas trop tôt », dit-il.

Il faut vraiment que je ne sache quoi lui dire !

« Barnave ! On s'attaque aux retraites ouvrières.

— Ah ! tant mieux !... je ne les verrai pas, moi.

— Si, si, Barnave. Nous les fêterons à la Saint-Martin !

— À la Saint-Martin, je serai cloué. »

La mort lui remplace déjà ses oreilles transparentes par de fausses oreilles en carton mou.

« Philippe, dit Barnave, à la noce de votre fille vous me réserverez une tranche de gigot ?

— Oui, mon vieux, mais je croyais que vous ne l'aimiez pas !

— Non..., c'est une idée, une idée d'hébété. »

Philippe, qui vient de le voir changer de chemise, dit de son épine dorsale, tant elle ressort :

« C'est comme s'il s'appuyait du dos à un bâton ! »

« Je ne veux pas, dit Barnave, qu'on me mette au cimetière à côté de la Mougne. On ne ferait que se battre. »

La grand-mère lui envoie M. le curé.

« Allez-y donc, ne craignez rien, il est poli ! »

Une première fois, M. le curé ne lui demande que de ses nouvelles. La seconde fois, il ajoute :

« Barnave, vous désirez sans doute me dire quelque chose ? Ça n'a pas l'air d'aller mieux aujourd'hui. »

Barnave, qui n'a que le souffle, fait effort pour se dresser, et répond d'une voix raffermie qu'on ne lui connaissait plus :

« Ça va très bien. »

Il n'ouvre plus les yeux et serre à peine la main.

La grand-mère dit tout haut :

« Il va donc s'en aller comme ça ? Le corps meurt, mais l'âme vit toujours !

— Laissez-le, répond tout bas Gloriette, il entend peut-être. »

« C'est demain qu'on l'enterre ?

— Oui, à trois heures, répond Philippe. On ne peut pas toujours le garder ! »

FEUILLES D'AUTOMNE

Ce soir, quelle surprise ! La lumière naturelle manque. Il n'y a plus de quoi finir la journée comme hier. Il faut une lampe.

La première flamme s'allume au foyer. Les esprits du feu renaissent. Le mélancolique enfer des bûches ouvre sa porte et se reflète au front des vieilles femmes averties.

Tout homme devrait scier le bois dont il se chauffe.

Il a gelé blanc ; les dahlias sont fripés comme après une nuit de bal. Les tomates éclatent et, de leurs gerçures, le jus coule ; les fanes des pommes de terre semblent cuites ; mais l'oseille bien repassée résiste, avec la fine barbe frisée des carottes et les longues oreilles douces de la betterave.

Le vent se calme pour changer de direction : il hésite et cherche sa route.

Çà et là une framboise, quelques groseilles et de noirs cassis que les guêpes engourdies laisseront perdre.

Aux treilles se prépare la course en sac des raisins.

Les arbres cessent de former une masse verte confuse. Chacun prend sa teinte personnelle et se prépare à l'hiver selon ses habitudes. Celui-ci jaunit par la tête et celui-là laisse ses feuilles mourir toutes à la fois.

J'ai souvent la certitude que le soleil descend là-bas, au milieu du bois, chez une pauvre tribu d'Indiens qui l'attendent. Ils sont vieux, isolés, inconnus. Ils savent à quelle clairière le soleil s'arrête chaque soir. Ils se réunissent en cercle autour de lui, et y réchauffent ce qui reste de vie à leur race mourante.

Le crépuscule est prolongé par un crépuscule de feuilles rousses. Les cimes ardentes de ces peupliers ne doivent pas s'éteindre la nuit.

C'est après une gelée blanche que les premières feuilles tombent ; une petite pluie fine accélère leur chute.

On ne sent pas un souffle d'air. Pourquoi les feuilles du marronnier tombent-elles ainsi, une à une, régulièrement ? Est-ce à la volonté de l'arbre muet qu'elles se détachent ? Fait-il le compte des feuilles à rendre ? Regardez-le bien et devinez celle qui va tomber. C'est toujours une autre feuille qui tombe.

Il faut, pour qu'elle tombe, tirer celle-là par l'oreille.

Le peuplier qui est dans le canal, la tête en bas, attire à ses branches les feuilles du peuplier qui est au bord du canal, la tête en haut.

Les feuilles tombent dans la rivière, glissent au fil de l'eau et s'éloignent. Elles aussi, elles émigrent.

Ce bouleau tremble-t-il de froid ? Est-ce qu'il rêve ?

Toutes les branches de celui-là dorment. Seule, au bout, là-haut, une petite branche de l'année s'agite encore et ne veut pas dormir.

Un pommier qui s'endormait tressaille d'une coupure à son écorce.

C'est Philippe qui, sans songer à mal, y suspend sa serpe jusqu'à demain.

Une feuille entrait chez moi par la fenêtre ouverte : je l'ai prise et relâchée.

On entend le bruit d'une feuille par terre : elle essaie un vol de pauvre oiseau qui n'aurait qu'une aile et qu'une patte.

Celle-là se sauve comme un rat qui cherche son trou.

Soudain, c'est une débandade ; des troupes de feuilles fuient, affolées, comme si l'hiver était là, au coin du bois.

Ce frêne est déjà tout nu, comme une fourchette.

Un temps d'arrêt : les dernières feuilles se cramponnent ; ainsi qu'au chevet d'un malade dont l'agonie sera longue, on s'est désespéré trop vite. On reste triste, mais on pense un peu à autre chose et on attend.

Est-ce que tout va s'effacer ?

Pour les mystères de sa métamorphose, la nature s'enveloppe d'une brume épaisse où les corbeaux nagent et crient au secours.

Il fait nuit quand passe au-dessus de ma tête un vol de grues dont je reconnais le cri.

Je ne les distingue pas, mais j'entends battre leurs ailes, et je ne vois que les étoiles. Une étoile filante raye le ciel et il me paraît que sa trajectoire silencieuse perce le vol des grues, que leurs cris de ralliement redoublent et que tout le long de leur voyage on tire sur elles avec des étoiles, sans fumée et sans bruit.

Une violette d'automne est plus qu'une autre modeste ; il faut faire toutes les allées du jardin, se baisser, attraper une courbature avant d'avoir le petit bouquet de violettes d'un sou.

Quel égoïste avalerait lui-même la fraise d'automne ? On n'ose la cueillir que pour la bouche pure d'une petite fille aimée.

Une suprême rose se déshabille et meurt.

Une poire oubliée lâche tout et tombe assise sur le derrière.

Une vieille femme apporte à La Bonne Dame Gloriette un plein panier de petites cervelles fraîches dans des petits crânes de bois qu'on s'amuse en famille à écaler et à ouvrir.

Le buisson clair révèle les passages des bêtes amies. Ici passait le lièvre, et là les perdrix rouges.

Une grive s'envole et pousse un cri du coin du bec.

Chaque haie expose les fines carcasses de ses nids. Il est facile de voir, entre les haies d'un champ, celle que les oiseaux ont préférée. Dans ses feuilles impénétrables, elle les abritait contre les regards et le vent, et elle leur a servi une récolte abondante de graines variées, de fruits pulpeux, de mûres, de cenelles rouges, et de gratte-cul congestionnés.

Nids à louer.

Sur les pauvres qui rentrent pour l'hiver, la maison basse ferme son toit comme deux ailes.

La vraie vie intérieure commence. Le frisson brusque et sans cause connue, que les arbres se transmettent en une courte agitation, passe au cœur de l'homme soudain grave et le laisse longtemps troublé.

La récompense du travail, c'est le regard sur la nature. L'œil du paresseux ne voit rien.

Ma dernière promenade a été un acte de gratitude. Je disais merci aux arbres, aux rues, aux champs, au canal et à la rivière, aux tuiles de la maison.

C'est là que je vis comme j'aimerais toujours vivre.

Et j'y reste plus d'à moitié, quand je quitte nos frères farouches pour aller à Paris, avec Gloriette.

DOSSIER

VIE DE JULES RENARD[1]

1864-1910

1864 *22 février :* naissance de Jules Renard à Châlons-du-Maine, près de Laval. Il est le fils de François Renard, natif de Chitry-les-Mines en Nivernais, entrepreneur de travaux (et franc-maçon) et de Rosa-Anne Colin (« Mme Lepic »), fille d'un quincaillier de Langres. Le couple a déjà deux enfants : Amélie (« sœur Ernestine » dans *Poil de Carotte*), née en 1859 et Maurice (« grand frère Félix »), né en 1862.

1866. La famille s'installe à Chitry, où François Renard achète une maison et dont il sera maire, comme plus tard son fils. C'est à Chitry que se déroule l'enfance de Poil de Carotte.

1875-1883. Poil de Carotte et grand frère Félix sont mis en pension à Nevers dans une institution religieuse, dont les élèves suivent les cours du lycée. Bonnes études. Échec, en 1881, à la première partie du baccalauréat. Jules va à Paris pour réparer ledit échec et préparer le concours de la rue d'Ulm. Peut-être découragé par les leçons de philosophie de Gabriel Séailles, dont il est l'élève au lycée Charlemagne, il se contente du diplôme de bachelier ès lettres qu'il obtient en juillet 1883.

1883-1888. Jules Renard décide de rester à Paris. Vie difficile, maigres subsides paternels, grandes lectures, fréquentation assidue des cafés littéraires et des couloirs des journaux, premiers essais, liaison avec une actrice de la Comédie-

1. Tous les textes cités dans cette chronologie sont, sauf indication contraire, extraits du *Journal*.

Française, Danièle Davyle, qui lit courageusement ses vers dans les salons. Publication à compte d'auteur et avec un succès nul de deux de ses poèmes, *Les Roses, Les Bulles de sang*. Rachilde lui consacre un article dans un éphémère petit journal, le *Zig-Zag* (« C'est aux femmes que je devrai tout », écrit-il à sa sœur) mais son premier recueil de nouvelles, *Crime de village*, ne trouve pas d'éditeur et il ne survit qu'en prenant un emploi de précepteur. Il fréquente assidûment le ménage Galbrun, qui deviendront les Vernet de *L'Écornifleur* et travaille à un roman, *Les Cloportes* (posthume, 1919), où il est déjà beaucoup question de Chitry et des futurs Lepic. En 1887, il a commencé à rédiger le fameux *Journal*.

1888. *28 avril :* la chance de sa vie, son mariage avec Marie Morneau, « Marinette », une jeune fille de dix-sept ans qui a de belles « espérances » et dont la mère possède un immeuble rue du Rocher, près de la gare Saint-Lazare. Installation fort modeste (et définitive) rue du Rocher, où Mme Morneau habite également. Il la hait : « une irresponsable à gifler... la belle-mère du délire ».
Octobre : publication (à soixante-cinq exemplaires, toujours à compte d'auteur) de *Crime de village*. Il envoie le volume à son père qui ne lui en dit « pas un mot ».

1889. *Février :* naissance du premier enfant, Pierre-François, dit Fantec. Marinette a accouché à Chitry, où Mme Renard, autre « belle-mère du délire », se déchaîne contre sa bru : « C'est cette attitude à l'égard de ma femme, écrira-t-il plus tard, qui m'a poussé à écrire *Poil de Carotte*. »
Novembre : fonde avec Ernest Raynaud, Dubus, Aurier, Samain et quelques autres « chevelus » le *Mercure de France* dont Alfred Vallette sera le rédacteur en chef et dont il est le plus gros actionnaire-souscripteur.

1890-1891. Publication, chez Lemerre, de *Sourires pincés* (octobre), et dans le *Mercure* d'articles de critique littéraire et de textes divers, dont les *Petites Bruyères*, qui sont bien accueillies. Pendant l'hiver 90-91, il sort beaucoup (théâtre, dîners littéraires), se lie avec Courteline, Alphonse Allais, Alfred Capus, Barrès (une « poignée de main plongeuse, en cou de cygne »), Gide, Marcel Schwob. Par l'intermédiaire de Daudet, auquel il rend souvent visite, il fait la connaissance de Goncourt (« un militaire en retraite », dont la main « a une douceur d'édredon humide ») et de Rodin (« écrire comme Rodin sculpte »). Il est « lancé », entre au comité de lecture du Théâtre d'Art, rencontre Antoine au Théâtre Libre.

1892. *Février :* publication de *L'Écornifleur,* avec succès. Devient actionnaire de *La Plume;* est sollicité (et accepte) de collaborer aux grands quotidiens : il a déjà commencé avec le *Gil Blas,* il continue avec *Le Figaro, L'Écho de Paris* et *Le Journal* (trois cents francs par mois).
Mars : naissance de Julie-Marie Renard, « Baïe ».

1893. *Février : Coquecigrues.*
Juin : La Lanterne sourde. Nouvelles relations : Forain, Saint-Pol-Roux, Claudel, qu'il aime bien (avec quelques réserves), Léon Daudet qu'il aime bien aussi (et qui lui dit : « Renard est le plus parfait artiste que je connaisse... Vous êtes un La Bruyère moderne. »), Catulle Mendès, Tristan Bernard (« une petite tête d'enfant chauve comme une pomme de terre en robe de chambre ») qu'il retrouve à *La Revue blanche* des frères Natanson (et dont il partage la passion pour la bicyclette).

1894. *Octobre : Le Vigneron dans sa vigne* (Mercure de France), *Poil de Carotte* (Flammarion). Sur *Poil de Carotte,* articles d'Arsène Alexandre, Lucien Descaves, Léon Daudet, Paul Hervieu et de « cent autres », selon Gilbert Sigaux. Élection à la Société des Gens de Lettres où il est reçu par Zola (« Monsieur, nous sommes très heureux d'avoir fait votre acquisition »). « Tourne le dos » au *Gil Blas* et aux grands quotidiens, fréquente le milieu de *La Revue blanche,* rencontre Steinlen, Vallotton, Toulouse-Lautrec qui a demandé à le connaître : « un tout petit forgeron à binocles. Un petit sac à double compartiment où il met ses pauvres jambes... très vivant, très gentil... [Il] nous fait voir... ses œuvres de jeunesse : il a tout de suite fait hardi et vilain... » Crise de découragement (*29 novembre*) : « Je n'ai réussi nulle part... Pas un de mes livres n'arrive à un second tirage... J'ai vite assez de mes amis... Il me suffit de lire une page de Saint-Simon ou de Flaubert pour rougir. Mon imagination, c'est une bouteille, un cul de flacon déjà vide... Je ne travaille même pas comme quelqu'un qui veut mériter l'abrutissement et, malgré cela, il y a, ma parole, des quarts d'heure où je suis content de moi. »

1895. *Février :* loue à Chaumot, près de Chitry, une maison qu'il baptise *La Gloriette,* « ... parce que c'est un diminutif de gloire et que « Gloriette » engage, oblige un homme de lettres ».
Mars : assiste au banquet Goncourt, où il retrouve Barrès « avec sa tête de grand duc déplumé », Zola « qui vous raconte ses petites affaires », où il rencontre Clemenceau (« Zut ! Zut ! Monsieur, vous êtes chez des hommes de lettres et vous nous prenez pour des électeurs »), Poincaré (« figure anguleuse et volontaire... front gouvernemental »). Georges Hugo, « plein de santé, qui se porte comme un alexandrin de son grand-père ».
Avril : article de Maurras sur *Poil de Carotte.*
Mai : amitié avec Edmond Rostand, « un peu jeune, un peu vieux, un peu chauve ».
Juillet : article, toujours sur *Poil de Carotte,* de Léon Blum, « un jeune homme imberbe qui, d'une voix de fillette, peut réciter, durant deux heures d'horloge, du Pascal, du La Bruyère, du Saint-Évremond, etc. ».
Novembre : représentation à l'Odéon de *La Demande,* écrite en collaboration avec Georges Docquois.
26 décembre : introduit par Rostand, Jules Renard a fait sa première visite à Sarah Bernhardt et l'évoque longuement dans le *Journal.*

1896. *Mars : Histoires naturelles* avec deux vignettes de Vallotton.
Mai : La Maîtresse, illustrée par Vallotton. La famille s'installe à Chaumot pour tout l'été ; jusqu'en 1909, elle y vivra régulièrement la moitié de l'année. Lorsqu'il est à Paris, Jules Renard continue à beaucoup sortir ; il voit souvent Rostand, Allais, Capus, Tristan Bernard, Sarah Bernhardt surtout et fait la connaissance de Lucien Guitry. À la fin d'août, il fait ses vingt-huit jours comme « sergent vélocipédiste d'État-Major » et participe à des manœuvres militaires dans la Nièvre : « Ennui, ennui, jusqu'à lire des articles de Clemenceau et de Jean Lorrain. »

1897. *15 mars :* première représentation, avec Jeanne Granier et Henry Mayer, du *Plaisir de rompre.* Grand succès : « tout porte, et mon nom, jeté par Mayer, est si bien reçu que je salue derrière le décor ».
19 juin : suicide de François Renard. Malade, il s'est tiré un coup de fusil dans le cœur. « Parler de sa mort comme de celle de Socrate. Je ne me reproche pas de ne pas l'avoir

assez aimé : je me reproche de ne l'avoir pas compris. » Enterrement le 27, « sans doute le premier enterrement civil de Chitry ». Jules Renard engage le ménage Chalumeau (« Philippe » et « Ragotte ») pour entretenir *La Gloriette* et la maison paternelle, où Mme Lepic demeurera jusqu'à sa mort.
16 décembre : mort d'Alphonse Daudet.
27 décembre : triomphe de *Cyrano de Bergerac.* « Ainsi, il y a un chef-d'œuvre de plus au monde. Réjouissons-nous. Reposons-nous. Flânons... Comme je suis heureux ! Que je me porte bien !... Je vous jure qu'en toute lucidité je me sens bien inférieur à ce beau génie lucide qu'est Edmond Rostand. » Au début de l'année, Renard a fait la connaissance de Valéry, « un prodigieux causeur » qui « montre de surprenantes richesses de cerveau, une fortune ».

1898. *1er janvier :* « Où en suis-je ? Trente-quatre ans bientôt, un petit nom, disons : un nom, que rien n'empêche — les autres le croient, mais, moi, je sais, hélas ! — de devenir un grand nom... J'ai perfectionné mon égoïsme... Des amis et pas d'ami... Je suis aussi vieux d'âme que mon père l'était de corps. Qu'est-ce que j'attends pour me tuer ? »
Bouleversé par l'affaire Dreyfus (« On compromettrait pour elle femme, enfants, fortune »), par « l'attitude écœurante de nos grands chefs d'armée ».
23 février : condamnation de Zola, « ... j'ai honte d'être sujet de Méline... je jure que Zola est innocent... Je déclare que je me sens un goût subit et passionné pour les barricades... que le mot Justice est le plus beau mot de la langue des hommes, et qu'il faut pleurer si les hommes ne le comprennent plus ». Son dreyfusisme amène Renard à prendre ses distances par rapport à certains journaux et à certains de ses amis : Barrès en particulier, « infecté de coquetterie... Grand écrivain mais petit homme..., petit homme qui mendie ». Il l'attaque, ainsi que Jules Lemaître, dans les *Chroniquettes* (non signées) que publie *Le Cri de Paris* des frères Natanson.
14 mars : Le Pain de ménage dans les salons du *Figaro* avec Marthe Brandès et Lucien Guitry. Très bon accueil du public et de la presse.
Mai : Bucoliques.
Pâques et été à Chaumot. Ses amis (Descaves, Hervieu, Rostand) essaient de le faire décorer.

1899. Publication chez Floury de vingt-deux des *Histoires naturelles,* illustrées chacune par une lithographie de Lautrec. Il achève la pièce qu'il pensait depuis longtemps tirer de *Poil de Carotte.* Lecture à Antoine, qui accepte de « jouer Lepic », puis à Lucien Guitry qui « a les larmes aux yeux » et lui conseille de ne pas « dépasser une certaine émotion ». « Il ne faut pas que *Poil de Carotte* ait l'air d'une vengeance de Jules Renard. »

1900. Il retravaille *Poil de Carotte,* supprimant en particulier le personnage de « grand frère Félix », lequel meurt (angine de poitrine) le 22 janvier. Il pleure « un peu. Marinette m'embrasse et je lis dans ses yeux l'effroi que, dans deux ans, ce sera mon tour ». Enterrement (civil) à Chitry. « Maurice, une nouvelle épreuve de mon père, mal réussie, et qui n'a pas duré. » Le 23 janvier, il écrit à Tristan Bernard : « Je pleure parce que nous nous sommes bien mal aimés. »
2 mars : triomphe de *Poil de Carotte* au Théâtre Antoine.
9 mars : pressenti par Mirbeau pour l'Académie Goncourt, il s'efface devant Lucien Descaves.
15 mars : L'Aiglon, « un prodige, un peu long, de virtuosité... Inouï et banal... On est comme devant une belle chute d'eau : bientôt, on veut s'en aller ».
6 mai : conseiller municipal de Chaumot. Les journaux « de Paris... annoncent mon élection, mais à Corbigny, à 4 kilomètres, on ne se doute pas que je suis élu. Il est vrai que j'ai pris la précaution de prévenir moi-même Paris ». Il prend ses fonctions très au sérieux et demande à Léon Blum, qui est au Conseil d'État, de lui procurer « une édition *claire* des codes ».
Nombreuses visites à l'Exposition Universelle, où il fréquente le restaurant allemand, « parce que c'est très bien, et aussi parce que les nationalistes nous assomment ». De toutes les œuvres d'art présentées, ne retient que Reynolds, Rodin, Carrière, un « Besnard, dont on peut dire que " ce n'est pas bête "... un Boldini amusant ».
16 août : il apprend que, sur la recommandation d'Edmond Rostand, il aura la croix. Il recopie dans le *Journal* la dépêche du ministre à Rostand. « La croix, que de félicitations, comme si on venait d'accoucher ! »
Nouvelle édition, augmentée, du *Vigneron dans sa vigne.*

1901. Travaille à *Monsieur Vernet,* pense beaucoup à M. Lepic. Maladie de Baïe. Lit et admire plus que jamais Hugo : « Sa

Dernière Gerbe paraîtra en février 1902 : je ne demande que de vivre jusque-là. » Rencontre Jaurès chez Léon Blum : sympathie assez mitigée au début.

1902. *Le Plaisir de rompre* est représenté à la Comédie-Française, avec Henry Mayer et Cécile Sorel. Achève *Monsieur Vernet* pendant l'été. Voit *Pelléas* à l'Opéra-Comique : « un sombre ennui... de la conversation chantée... le bruit du vent. J'aime mieux le vent ». Même impression à *La Walkyrie,* entendue à l'Opéra, et au Louvre où Alfred Natanson l'emmène voir « des David, des Vélasquez et de petites natures mortes de Chardin... Rien de cela ne me passionne ». « En sortant, je vois un merle noir à bec jaune, au milieu d'une tache d'ombre écartée sur une herbe verte. Voilà de la peinture. »

1903. *Monsieur Vernet,* le 8 mai, au Théâtre Antoine : bon accueil du public, mais la presse est « froide » et « arrête la location ».
Léon Blum l'emmène à la Chambre des Députés. « On nous enlève cannes et chapeaux, par peur de la tentation que nous pourrions avoir de les jeter à la tête du Gouvernement... C'est une belle salle de théâtre. C'est du théâtre. »
À l'Académie française pour la réception d'Edmond-Rostand. « Dès les premiers mots, il a son public. Ce sera Cyrano. Il lit comme Le Bargy, comme Sarah... Tous les couplets portent et il n'y a que des couplets. »
Été et automne à Chaumot : conversations avec les paysans, conseil municipal, distribution des prix, chasse, Mme Lepic, la « comédienne qui en fait trop, qui ne sait plus ce qu'elle fait, ni ce qu'elle dit, et qui n'a plus qu'une idée, qu'une raison de vivre : être toujours en scène ». Elle vient à Paris en décembre chez Jules et Marinette. « Elle tousse tout le temps, non par besoin, mais pour faire savoir qu'elle est là... Je m'étonne de ne l'avoir pas, à douze ans, menée par le bout du nez. »

1904. La mère partie, c'est Philippe qui vient chez les Renard, « comme ça », n'apportant « qu'une chemise ». Malgré une première alerte cardiaque, Jules Renard sort encore beaucoup et se laisse emmener en voiture par Lucien Guitry en Normandie et en Bretagne.
Mais cette année est surtout une année politique et électorale. Le 18 avril, il publie un récit, « La Vieille », dans le premier numéro de *L'Humanité :* « Jaurès, Briand, Herr

m'accablent de compliments. Jamais je n'ai été reçu ainsi dans un bureau de rédaction. Les socialistes veulent être aimables. » Renonçant à se présenter à Chaumot, il est candidat aux élections municipales à Chitry. Il est élu conseiller, puis, le 15 mai, maire. Il donne une conférence à Nevers (sur *Poil de Carotte*) au banquet de l'Amicale des Instituteurs de la Nièvre, assiste à un dîner nivernais, à la fête familiale du Nivernais socialiste, se dépense sans compter. « Marinette ne comprend plus. Elle dit que j'ai l'air illuminé. Elle pleure... — Oui, oui, tu parles comme un apôtre. Tu finiras par être un saint. — Pourquoi pas ? — Un saint laïc. — Si c'est ma destinée... »
Nouvelle édition, augmentée, des *Histoires naturelles*, illustrée par Bonnard.

1905. *9 janvier* : « Quand je pense que je ne serais peut-être pas socialiste si j'avais pu faire trois actes ! » S'intéresse de plus en plus à Jaurès, à Blum, moins à ses amis de naguère. Distance à l'égard de Capus, mort de Marcel Schwob.
1er mars : enterrement de Schwob.
2 mars : « Je vis comme un vieux. Je lis un peu des journaux, des morceaux choisis, j'écris quelques notes, je me chauffe et, souvent, je sommeille. »
6 mars : « Je ne suis plus capable de mourir jeune. » Paris l'énerve, l'ennuie ; il ne reprend vie que dans sa campagne. En juin (il est à Chaumot), il répond à Marinette qui craint qu'il ne « perde le goût de la vie » : « J'ai renoncé à tout ce que recherche un Hervieu : je n'ai pas renoncé au principal... Je défie tout ce qui est beau, vivant et simple, de ne pas m'impressionner. » En novembre, retour rue du Rocher : « Tristesse. Si je n'aimais pas Marinette, je filerais par le train de dix heures... C'est sinistre et c'est idiot : avoir là-bas le confortable, le grand air, la vie heureuse, et venir se loger six mois dans cet hôtel meublé !... Paris, de la boue, et toujours les mêmes choses. Les livres ont à peine changé de titres. » Brouille avec Antoine (jusqu'en 1908). Aucune publication, sinon une réédition, augmentée, des *Bucoliques*.

1906. Passe la plus grande partie de l'année à Chaumot. Constate l'élection de Barrès à l'Académie française : « Si bien closes que soient ses portes, il est plus facile d'entrer à l'Académie que de n'y plus penser. »

22 février : « Quarante-deux ans. Qu'est-ce que j'ai fait ? Pas grand-chose et déjà je ne fais plus rien. » N'en continue pas moins à militer pour le socialisme, assiste à une séance de la Ligue des Droits de l'Homme (il y rencontre Painlevé), fait campagne dans la Nièvre pour les républicains lors des élections législatives, soutient financièrement *L'Humanité,* lit les œuvres de Jaurès.

Une création : *L'Invité,* pièce en un acte au Théâtre de la Renaissance (publiée en librairie sous son titre initial : *Huit jours à la campagne*). En novembre, Thadée Natanson l'avertit qu'un « musicien d'avant-garde sur lequel on compte et pour qui Debussy est déjà une vieille barbe » veut mettre en musique quelques-unes des *Histoires naturelles.* « Quel effet ça vous fait-il ? — Aucun... — Vous ne désirez pas qu'il vous fasse entendre sa musique ? — Ah ! non, non. » Il finira par rencontrer Ravel, « noir, riche et fin », mais n'assistera pas à la première audition des mélodies interprétées par Jane Bathori : il y délègue Marinette et Baïe.

1907. *1er janvier :* « Je veux être bien sage, travailler comme un petit nègre innocent. À vrai dire, je sens que ça passe, que la fin se dessine, là-bas, dans le brouillard... Si tu veux faire quelque chose, il est temps. »

Séjours moins fréquents et moins longs dans la Nièvre. Pressé par des besoins d'argent, il collabore à partir de février à un nouveau quotidien, *Messidor,* sous la forme d'un *Courrier des théâtres* et d'un feuilleton presque hebdomadaire de critique dramatique : « Théâtre. Quand je pense que Dieu, qui voit tout, est obligé de voir ça ! »

Le 1er novembre, grâce à Mirbeau, Descaves et J. H. Rosny, il est élu (non sans mal) à l'Académie Goncourt au siège laissé vacant par la mort de Huysmans. Son traitement d'académicien lui permet de quitter *Messidor* pour *Comoedia,* où il aura « moins d'argent et plus de liberté », et où il ne donnera que deux articles. Mais il sera un académicien modèle.

26 décembre : « Je touche le fond. Je ne peux plus que remonter... Voici l'année 1908. Tout va encore recommencer. »

Nouvelle édition, chez Calmann-Lévy, de *Poil de Carotte,* avec des illustrations de Poulbot qui relancent le livre de façon spectaculaire.

1908. Publication de *Nos frères farouches, Ragotte,* dédiés à Mirbeau et Descaves, ses grands électeurs à l'Académie Goncourt. Celle-ci lui fait retrouver la vie parisienne : déjeuners et dîners Goncourt, banquet Gustave Kahn, séances de la Société des Gens de Lettres (« Tant de gens dont je n'ai pas lu une lettre ! »), fréquentation assidue des théâtres, collaboration à *Paris-Journal* et à *La Grande Revue* de Jacques Rouché (le futur administrateur de l'Opéra). Il trouve même le temps de faire un voyage à Chitry pour les élections municipales (il est réélu), de visiter, avec Descaves, Abbeville, l'abbaye de Valoires, la chartreuse de Neuville (« C'est tout ce que je peux faire pour Huysmans ») et le 6 mars, il s'écrie : « Envie d'aller en Italie, à Naples surtout, voir le Vésuve. J'ai de temps en temps, moi aussi, ma petite éruption. »

Fantec est brillamment reçu à l'externat de médecine. Poil de Carotte, apprenant que *La Gloriette* va être vendue, se prépare à « faire retraite à la maison paternelle ». « Changement de direction. La Gloriette meurt. Espérons que le livre vivra !... Je laisse la Gloriette. Est-ce pour habiter la gloire ? »

30 décembre : « Est-ce que je vais m'endormir tout à fait ? Découragement, torpeur. Puis une lettre avec un compliment me donne un peu de vie passagère. »

1909. Mauvaise santé : troubles cardiaques, tension, albumine, « pour m'user, je n'ai pas eu besoin de commettre d'excès ». Marinette tombe malade (jaunisse), Mme Lepic perd la tête (« les asperges qu'on lui offre, elle les donne à ses lapins ») et, le 5 août, « accident impénétrable » ou suicide, se noie dans le puits de la maison de Chitry. « C'est une façon bien compliquée de me faire orphelin. » Poil de Carotte lit les lettres « tendres » que dans leur jeunesse son père lui adressait. À la suite d'un article malveillant de Rachilde, il quitte le *Mercure* et vend ses actions à Maurice Pottecher, fondateur du Théâtre du Peuple à Bussang (Vosges), qui a déjà fait jouer *Poil de Carotte* et *L'Écrivain aux champs,* pièce tirée des *Bucoliques.*

21 octobre : La Bigote, sa dernière (et peut-être meilleure) pièce (il s'agit toujours de la famille Lepic, moins Poil de Carotte) à l'Odéon. « Succès énorme », selon Antoine, mais mouvements divers, l'anticléricalisme de l'auteur heurtant certains, Gide en particulier.

De plus en plus fatigué, Renard renonce à faire les conférences sur le réalisme qu'Antoine lui avait demandées pour la saison prochaine. Il revoit Rostand, « après neuf ans » : « Myope, s'approche de vous et regarde si vous avez vieilli, quelques cheveux gris, des joues qui ne tiennent pas bien... Il regarde mon petit ruban du bout de sa rosette. »
Au printemps, Poil de Carotte est allé à la galerie Durand-Ruel voir les *Nymphéas* qui le laissent perplexe (« de la peinture pour femmes »); en décembre il vote, seul, au Goncourt, pour les *Provinciales*, premier livre de Giraudoux.
10 décembre : « Le cœur fait l'effet d'une pendule d'ouate qui, parfois, choquerait légèrement les parois de l'horloge.
Le cerveau qui s'en va, impossible de le retenir. C'est comme si un pissenlit voulait rattraper ses poils.
Déjà, je prends appétit à me promener dans les cimetières. »

1910. *25 janvier :* « Inondation » à Paris « toujours moindre que ma petite imagination ne l'imagine ».
Son « côté Venise » disparu, « elle embête ».
1er février : assiste à la générale de *Chantecler*, « dans un petit coin », alors qu'à *Cyrano* et à *L'Aiglon*, « nous avions des places au premier rang ».
13 février : préside, pour la dernière fois, le conseil municipal de Chitry.
23 février : « Marinette pleure pour nous deux, et, moi, je l'y aide un peu.
J'entre dans les mauvaises nuits en attendant la nuit...
Est-ce parce que je suis entré le dernier à l'Académie Goncourt que j'en sortirai le premier ?...
Et puis, j'ai écrit *La Bigote*. Mme Lepic attend. Mais pourquoi m'a-t-*il* laissé écrire *La Bigote ?* »
6 mars : « Je ne comprends rien à la vie, mais je ne dis pas qu'il soit impossible que Dieu y comprenne quelque chose. »
31 mars : « Mort de Moréas. Est-ce mon tour ?
C'était un poète qui trahit sa patrie, fit quelques beaux vers et me traita d'imbécile. »
6 avril : fin du *Journal*.
22 mai : mort de Jules Renard, enterré civilement à Chitry le 24.

NOTICE

I. NOTRE ÉDITION

Nous n'avons pas cru devoir alourdir ces petits textes si clairs dans leur simplicité par l'embarras d'un appareil critique. Léon Guichard, dans son édition des *Œuvres* de Jules Renard pour la Bibliothèque de la Pléiade, permet, par ses indications bibliographiques, de suivre la série souvent compliquée de publications partielles auxquelles Jules Renard avait procédé. Les *Histoires naturelles* paraissent en 1896, riches de 45 textes que, pour la plupart, l'auteur avait déjà offerts aux journaux et revues où il avait ses entrées. En 1904, une seconde édition réunit 70 « portraits », et, en 1909, la dernière édition parue du vivant de Renard contient 83 fragments. Certains animaux apparaissent pour la première fois, d'autres titres ont été développés. C'est sur l'édition de 1909 que Léon Guichard se fonde, et nous après lui. Par rapport à 1904, Renard a rajouté *Le Lézard vert, Le Corbeau, I et III, Canards, II, Le Brochet, Le Serpent, II, Le Ver luisant, II, L'Alouette, II, Le Chat, II, Le Taureau, III, La Jument, Les Hirondelles, III, Le Lièvre, Le Hanneton, Le Hérisson, I, Le Moineau, Les Chiens, Le Pinson, Le Perroquet, La Bécasse, II, La Chèvre, L'Écureuil, I.* Ces fragments ont été comme transfusés, à partir de *Nos frères farouches,* paru l'année précédente. Léon Guichard marque dans son édition la place où ils figuraient originellement. Nous n'avons pas cru utile de conserver dans le texte ces cicatrices de pièces émondées.

Nous suivons encore Léon Guichard, quoique avec plus de réserve, lorsqu'il fait passer *Nouvelle lune* dans les *Histoires naturelles,* plaçant cette page, faute de mieux, en appendice.

Renard, lui, ne l'avait point retirée des *Frères farouches* où elle figurait entre *Le Bon Riche* et *La Tribu des Grillot.* Il est certain que Léon Guichard a suivi une logique qui était celle-là même que l'auteur indiquait, certain également que Renard, illogique si l'on veut, avait « oublié » *Nouvelle lune* là où il l'avait tout d'abord insérée. Le lecteur appréciera.

Les *Histoires naturelles* se prêtent *naturellement* à l'illustration. L'édition originale de 1896 était ornée de deux vignettes de Félix Vallotton. En 1899, une édition limitée de vingt-deux *Histoires naturelles* parut avec vingt-deux lithographies de Toulouse-Lautrec. L'édition de 1904, chez Flammarion, très souvent réimprimée, est illustrée par Bonnard.

Ravel mit en musique cinq des *Histoires naturelles : Le Paon, Le Grillon, Le Cygne, Le Martin-pêcheur, La Pintade.* La première audition eut lieu le 12 janvier 1907, dans l'indifférence réelle ou affectée de Renard, en tout cas en son absence (cf. *Journal,* Pléiade, p. 1100).

Les *Histoires naturelles* reçurent un accueil plus flatteur que *Nos frères farouches* qui, venant après d'autres ouvrages de la même veine (*Le Vigneron dans sa vigne,* 1894, *Bucoliques,* 1898) ne bénéficiait point de l'attrait de la nouveauté. En haine du cliché, nous nous sommes abstenus, dans la *Préface,* à propos des réussites de Renard dans l'art de l'esquisse et de l'instantané, de toute allusion à la peinture japonaise. Les contemporains n'eurent pas la même réticence, et Renard, que cette comparaison obligatoire sans doute agaçait, répondait, quand on lui faisait compliment d'être un artiste *japonais :* « C'est exact, et ça vexera les Chinois. »

Le lecteur n'aura pas grande difficulté à comprendre les quelques termes empruntés à un vocabulaire provincial ou vieilli. Ils sont rares et s'éclairent généralement par le contexte.

Les « paysans mouleurs » du *Chasseur d'images (Histoires naturelles)* renvoient à une ancienne façon de calibrer et de mesurer le bois. Littré considère déjà cette locution comme obsolète (« mouler du bois : le mesurer dans le moule. Locution aujourd'hui vieillie ; on dit : corder du bois »). Il ajoute cependant, ce qui est intéressant, que le bois de moule utilisé à Paris vient de l'Yonne, de la région même de Jules Renard : « Bois de moule ou de moulée : se dit de bois à brûler de moyenne épaisseur et d'une longueur déterminée. Le bois qu'emportent les trains descendants de l'Yonne et de la Seine est du bois de moule. »

Ragotte malade va au puits « boire une *casse* d'eau fraîche ». Léon Guichard explique qu'il a, d'après le manuscrit, rectifié une leçon fautive des premières éditions qui portaient *tasse*. Il a certainement raison puisque une casse est un « récipient... à usage domestique ressemblant à une cuiller et dont on se sert pour puiser l'eau » (Littré).

Quant à la « tinotte » (« une tasse profonde comme une tinotte ») réservée à Honorine, c'est évidemment le même mot que tinette. L'usage ignoble dévolu à cet ustensile, et le sens exclusif pris par ce nom, n'empêchent qu'il s'agissait simplement, à l'origine, « d'un vaisseau de bois fait de douves... qui ser(vait) au transport du beurre fondu » (Littré). On imagine donc une sorte de tonnelet ouvert par le haut, et l'on trouve la comparaison de Renard fort logique, qui donne à entendre que la voracité d'Honorine exige le récipient le plus vaste qu'on puisse trouver.

Reste le « jaguiller » de *La Mort du petit Joseph* (« Oui, mais je ne veux pas qu'on jaguille Joseph »). Le contexte ne permet aucun doute, ce que Philippe refuse, c'est qu'on fasse l'autopsie de son enfant. Cependant, il est improbable que le lexique des paysans du Nivernais ait comporté un terme signifiant *autopsier*. Les étymologistes me pardonneront l'excès d'imagination qui me suggère de rapprocher ce terme du latin « jaculari » (blesser) qui a donné en ancien français le verbe « jaculer ». Je serais fort incapable de défendre scientifiquement cette étymologie, mais je lui trouve une vraisemblance poétique. On appelle « oiseaux jaculateurs » des oiseaux qui attaquent les poissons avec le bec, et je relève dans le *Journal* de Jules Renard (1er novembre 1899, Pléiade, p. 551) : « En enfer, je recevrai des coups de bec de toutes les perdrix que j'ai tuées. » Malgré son respect pour la science, apparemment, Renard non plus ne voulait pas qu'on le jaguille.

Je crois avoir donné dans la préface les quelques indications nécessaires à la compréhension du paysage et des gens. J'avais oublié de signaler toutefois que Philippe s'appelait, « dans la vie », Simon Chalumeau, et que sa femme (Ragotte) avait reçu, à Chaumot, le surnom plus graphique de « la Rondotte ». Quant aux enfants de l'auteur-narrateur, François et Marie, ils sont devenus pour le lecteur, comme pour leur famille, Fantec et Baïe.

II. INDICATIONS BIBLIOGRAPHIQUES

1. Éditions

L'édition des *Œuvres complètes* de Jules Renard, en dix-sept volumes, a été publiée de 1925 à 1927 chez François Bernouard par Henri Bachelin avec la collaboration de Jean-Paul Hippeau et l'accord de Mme Jules Renard. On y trouvera une préface d'Henri Bachelin, une bibliographie, et, après chaque œuvre, des variantes et des extraits de presse.

Léon Guichard a donné dans la Bibliothèque de la Pléiade une édition excellente de l'essentiel de l'œuvre, en deux tomes (1970 et 1971), avec une préface, une chronologie et, pour chaque œuvre, une notice, des notes, un relevé des variantes, la description des manuscrits, une bibliographie abondante, des extraits de presse et la liste des pré- et postpublications.

La Pléiade propose également une édition du *Journal* (1960, 1965 et 1972) dont Léon Guichard a établi le texte, Gilbert Sigaux se chargeant de la préface, de la chronologie et d'un index extrêmement utile puisqu'il porte à la fois sur les œuvres de Jules Renard, sur les personnages et sur l'ensemble des textes (livres, journaux, périodiques, etc.), les lieux, les théâtres, les institutions, les cafés, etc. cités dans le *Journal.*

À Gilbert Sigaux, on doit également l'édition, très soignée, du *Théâtre complet* de Jules Renard (Gallimard, 1959), avec une préface et des notes. Elle réunit toutes les pièces de Jules Renard et tout ce que Jules Renard a écrit à propos du théâtre, dont trois textes qui ne se trouvaient pas dans l'édition Bernouard.

La correspondance a été publiée par Henri Bachelin dans les deux derniers volumes de l'édition Bernouard. Léon Guichard en a donné une nouvelle édition chez Flammarion en 1954 avec de très nombreuses notes. C'est à Léon Guichard encore que revient la publication, annotée, de trois cent quatre-vingt-six *Lettres inédites 1883-1910* chez Gallimard en 1957. Il existe déjà, dans la collection Folio, une édition de *Poil de Carotte* due à André Fermigier. Ce volume Folio n° 1090, paru en 1979) contient également la comédie en un acte tirée par Renard de son livre, ainsi qu'une autre pièce, *La Bigote*. Citons aussi *L'Écornifleur,* dont Jean-Michel Gardair a assuré l'édition dans la même collection (n° 1167, parue en 1979).

2. *Ouvrages généraux*

HENRI BACHELIN, *Jules Renard*, Éditions de la Nouvelle Critique, 1930.

LÉON GUICHARD, *L'Œuvre et l'âme de Jules Renard*, Nizet et Bastard, 1936.

L'Interprétation graphique, cinématographique et musicale des œuvres de Jules Renard, Nizet et Bastard, 1936.

PIERRE NARDIN, *La Langue et le style de Jules Renard*, Droz, 1942.

MARCEL POLITZER, *Jules Renard. Sa vie, son œuvre*, La Colombe, 1956.

PIERRE SCHNEIDER, *Jules Renard par lui-même*, Éditions du Seuil, 1956.

LÉON GUICHARD, *Renard*. La Bibliothèque idéale, Gallimard, 1961.

Dans la vigne de Jules Renard, P.U.F., 1966.

MICHEL AUTRAND, *L'Humour de Jules Renard* (avec une préface de Léon Guichard). Bibliothèque du XXe siècle, Klincksieck, 1978.

III. HISTOIRES NATURELLES

En publiant *La Montagne* en 1868, Michelet se félicite : « *La Montagne* continue la série des livres analogues dont la publication commence en 1856, *L'Oiseau, L'Insecte, La Mer*.

Cette année fut le point de départ d'un mouvement qui continue et ne s'arrêtera pas. Le public depuis cette époque a pris un intérêt tout nouveau à l'Histoire naturelle. »

Michelet a raison sans doute, et en même temps il passe trop vite. Il peut à bon droit se flatter d'avoir su éveiller l'intérêt d'un très large public pour les choses et les êtres de la nature. Il a compris que l'histoire naturelle, devenue scientifique, pouvait allier l'ambition littéraire et la recherche du plus vaste public, un public avide de connaissance, élargi en direction des couches populaires et de la jeunesse. Le talent et l'agrément du discours se marient naturellement chez lui avec la vulgarisation didactique. Mais Michelet passe trop vite quand il s'imagine être *le premier*. La consultation du catalogue de la Bibliothèque nationale à l'article Buffon fait justice de cette prétention. Innombrables sont, dès les premières années du XIXe siècle et jusque vers 1890, les éditions de Buffon vulgarisé : *Morceaux choisis* en 1812 (5 réimpressions), en

1823, en 1840, en 1846 (compilation réalisée par un ecclésiastique, l'abbé Rolland et qui connaîtra 15 réimpressions jusqu'en 1889), en 1848 (12 réimpressions jusqu'en 1891), et encore en 1850, 1877 (9 réimpressions jusqu'en 1903), 1878, 1882, et 1889 (de nouveau par un ecclésiastique). Cela sans préjudice du *Naturaliste populaire ou le Buffon moderne* (1847, Bibliothèque des villes et des campagnes), et des répétitifs « Buffon pour la jeunesse » (« mis à la portée de la jeunesse », « dédié à la jeunesse », « abrégé pour la jeunesse », ou même « récréatif » et « illustré »). Intarissable, le catalogue aligne par dizaines les « Petit Buffon des enfants » ou « des écoles ». Entre 1810 et 1870, j'ai compté, sous ce même titre, 11 compilations différentes qui font presque toutes l'objet de nombreuses réimpressions. Si l'on veut être complet, on n'oubliera pas le *Buffon des demoiselles, ouvrage rédigé d'après l'histoire naturelle de Buffon, où l'on a conservé les morceaux les plus brillants de ce grand écrivain,* ni les traductions, *El Buffon de las familias* et *El Buffon de los niños.*

Il va sans dire que derrière cette volonté d'abréger se cache un désir de censurer. Ce n'est pas pour rien que des ecclésiastiques mettent la main à ces morceaux *choisis.* Et la nature de Michelet n'est plus celle de Buffon. N'empêche, il faut reconnaître, dans cette abondance, l'existence d'un genre littéraire. Renard s'y rattache et s'en démarque, par l'absence d'intention didactique et par la légère singularité de son titre, *Histoires naturelles,* au pluriel. Il faut souligner que, parmi ses contemporains, nombreux sont ceux qui cultivent encore ce genre aujourd'hui oublié : l'histoire naturelle littéraire (alors même que les programmes scolaires de la IIIe République sont en train d'exiler, lentement mais inexorablement, les animaux hors de la littérature et vers la salle de classe). Rappelons le cas, tellement significatif, de Jean-Henri-Casimir Fabre (1823-1915), auteur de toute une bibliothèque de manuels scolaires, mais aussi des très appréciés *Souvenirs d'un entomologiste,* 10 volumes de 1879 à 1907. Citons encore, en 1901, *La Vie des abeilles* de Maurice Maeterlinck (qui sera prix Nobel en 1911) ou, de Louis Pergaud, *De Goupil à Margot, histoires de bêtes* (prix Goncourt 1910), et, bien entendu, le *Chantecler* de Rostand.

IV. NOS FRÈRES FAROUCHES. RAGOTTE

Pas de thème plus vénérable que la vie aux champs dans l'histoire littéraire de l'Occident. Laissons à notre lecteur la volupté de se réciter mentalement les plus augustes références, de Virgile à Émile Zola. Comme élément d'information historique nous avons utilisé, dans notre préface, le livre d'Eugen Weber, *La Fin des Terroirs,* Fayard, 1983. On trouvera une étude plus générale dans la grande *Histoire de la France rurale,* publiée aux éditions du Seuil sous la direction de Georges Duby et Armand Wallon. Le tome 3, *Apogée et crise de la civilisation paysanne,* par Maurice Agulhon, Gabriel Desert et Robert Specklin, est consacré aux années 1789-1914. On y consultera une pertinente bibliographie.

Il faut signaler qu'à la suite du triomphe en 1887 de *La Terre* de Zola (et généralement dans un sentiment de réaction contre ce livre, même si par ailleurs on en respecte et admire l'auteur) paraissent, aux alentours de 1900, plusieurs livres consacrés aux paysans, livres qui se présentent comme issus directement du terroir. C'était le principal reproche à adresser à Zola : il n'avait fait que traverser la Beauce, tout dans son personnage d'écrivain était parisien, il ne savait rien de la campagne, recommençant à Médan les bergeries de Marie-Antoinette, et confondant la nature avec la banlieue. Citons donc Émile Guillaumin (*La Vie d'un simple,* 1904), et Charles-Louis Philippe, dont Bruno Vercier vient d'éditer pour Folio, *La Mère et l'enfant* et *Le Père Perdrix* (publiés en 1900 et 1902). Il existe une thèse de doctorat ès Lettres, *Le Roman rustique de George Sand à Ramuz,* par P. Vernois, Nizet, 1962.

NOS FRÈRES FAROUCHES

RAGOTTE

DOSSIER

DU MÊME AUTEUR

Dans la même collection

POIL DE CAROTTE. LA BIGOTE. *Édition présentée par André Fermigier.*

L'ÉCORNIFLEUR. *Édition présentée et établie par Jean-Michel Gardair.*

COLLECTION FOLIO

Dernières parutions

1385. Louis-Antoine de Bougainville — *Voyage autour du monde.*
1386. Boileau/Narcejac — *Terminus.*
1387. Sidney Sheldon — *Jennifer ou La fureur des anges.*
1388. Damon Runyon — *Le complexe de Broadway.*
1389. Guyette Lyr — *L'herbe des fous.*
1390. Edith Wharton — *Chez les heureux du monde.*
1391. Raymond Radiguet — *Le Diable au corps.*
1392. Ivan Gontcharov — *Oblomov.*
1393. Réjean Ducharme — *L'avalée des avalées.*
1394. Giorgio Bassani — *Les lunettes d'or et autres histoires de Ferrare.*
1395. Anita Loos — *Les hommes préfèrent les blondes.*
1396. Anita Loos — *Mais ils épousent les brunes.*
1397. Claude Brami — *Le garçon sur la colline.*
1398. Horace Mac Coy — *J'aurais dû rester chez nous.*
1399. Nicolas Leskov — *Lady Macbeth au village, L'Ange scellé, Le Vagabond enchanté, Le Chasse-Diable.*
1400. Elio Vittorini — *Le Simplon fait un clin d'œil au Fréjus.*
1401. Michel Henry — *L'amour les yeux fermés.*
1402. François-Régis Bastide — *L'enchanteur et nous.*

1403. Joseph Conrad — *Lord Jim.*
1404. Jean de La Fontaine — *Contes et Nouvelles en vers.*
1405. Claude Roy — *Somme toute.*
1406. René Barjavel — *La charrette bleue.*
1407. Peter Handke — *L'angoisse du gardien de but au moment du penalty.*
1408. Émile Zola — *Pot-Bouille.*
1409. Michel de Saint Pierre — *Monsieur de Charette, chevalier du Roi.*
1410. Luigi Pirandello — *Vêtir ceux qui sont nus*, suivi de *Comme avant, mieux qu'avant.*
1411. Karen Blixen — *Contes d'hiver.*
1412. Jean Racine — *Théâtre complet*, tome I.
1413. Georges Perec — *Quel petit vélo à guidon chromé au fond de la cour ?*
1414. Guy de Maupassant — *Pierre et Jean.*
1415. Michel Tournier — *Gaspard, Melchior & Balthazar.*
1416. Ismaïl Kadaré — *Chronique de la ville de pierre.*
1417. Catherine Paysan — *L'empire du taureau.*
1418. Max Frisch — *Homo faber.*
1419. Alphonse Boudard — *Le banquet des Léopards.*
1420. Charles Nodier — *La Fée aux Miettes*, précédé de *Smarra* et de *Trilby.*
1421. Claire et Roger Quilliot — *L'homme sur le pavois.*
1422. Philip Roth — *Professeur de désir.*
1423. Michel Huriet — *La fiancée du roi.*
1424. Lanza del Vasto — *Vinôbâ ou Le nouveau pèlerinage.*
1425. William Styron — *Les confessions de Nat Turner.*
1426. Jean Anouilh — *Monsieur Barnett*, suivi de *L'orchestre.*
1427. Paul Gadenne — *L'invitation chez les Stirl.*
1428. Georges Simenon — *Les sept minutes.*
1429. D. H. Lawrence — *Les filles du pasteur.*
1430. Stendhal — *Souvenirs d'égotisme.*
1431. Yachar Kemal — *Terre de fer, ciel de cuivre.*

1432.	James M. Cain	*Assurance sur la mort.*
1433.	Anton Tchekhov	*Le Duel* et autres nouvelles.
1434.	Henri Bosco	*Le jardin d'Hyacinthe.*
1435.	Nathalie Sarraute	*L'usage de la parole.*
1436.	Joseph Conrad	*Un paria des îles.*
1437.	Émile Zola	*L'Œuvre.*
1438.	Georges Duhamel	*Le voyage de Patrice Périot.*
1439.	Jean Giraudoux	*Les contes d'un matin.*
1440.	Isaac Babel	*Cavalerie rouge.*
1441.	Honoré de Balzac	*La Maison du Chat-qui-pelote, Le Bal de Sceaux, La Vendetta, La Bourse.*
1442.	Guy de Pourtalès	*La vie de Franz Liszt.*
1443.	***	*Moi, Christiane F., 13 ans, droguée, prostituée...*
1444.	Robert Merle	*Malevil.*
1445.	Marcel Aymé	*Aller retour.*
1446.	Henry de Montherlant	*Celles qu'on prend dans ses bras.*
1447.	Panaït Istrati	*Présentation des haïdoucs.*
1448.	Catherine Hermary-Vieille	*Le grand vizir de la nuit.*
1449.	William Saroyan	*Papa, tu es fou !*
1450.	Guy de Maupassant	*Fort comme la mort.*
1451.	Jean Sulivan	*Devance tout adieu.*
1452.	Mary McCarthy	*Le Groupe.*
1453.	Ernest Renan	*Souvenirs d'enfance et de jeunesse*
1454.	Jacques Perret	*Le vent dans les voiles.*
1455.	Yukio Mishima	*Confession d'un masque.*
1456.	Villiers de l'Isle-Adam	*Contes cruels.*
1457.	Jean Giono	*Angelo.*
1458.	Henry de Montherlant	*Le Songe.*
1459.	Heinrich Böll	*Le train était à l'heure* suivi de quatorze nouvelles.
1460.	Claude Michel Cluny	*Un jeune homme de Venise.*
1461.	Jorge Luis Borges	*Le livre de sable.*
1462.	Stendhal	*Lamiel.*

1463. Fred Uhlman — *L'ami retrouvé.*
1464. Henri Calet — *Le bouquet.*
1465. Anatole France — *La Vie en fleur.*
1466. Claire Etcherelli — *Un arbre voyageur.*
1467. Romain Gary — *Les cerfs-volants.*
1468. Rabindranath Tagore — *Le Vagabond et autres histoires.*
1469. Roger Nimier — *Les enfants tristes.*
1470. Jules Michelet — *La Mer.*
1471. Michel Déon — *La Carotte et le Bâton.*
1472. Pascal Lainé — *Tendres cousines.*
1473. Michel de Montaigne — *Journal de voyage.*
1474. Henri Vincenot — *Le pape des escargots.*
1475. James M. Cain — *Sérénade.*
1476. Raymond Radiguet — *Le Bal du comte d'Orgel.*
1477. Philip Roth — *Laisser courir*, tome I.
1478. Philip Roth — *Laisser courir*, tome II.
1479. Georges Brassens — *La mauvaise réputation.*
1480. William Golding — *Sa Majesté des Mouches.*
1481. Nella Bielski — *Deux oranges pour le fils d'Alexandre Lévy.*
1482. Pierre Gripari — *Pierrot la lune.*
1483. Pierre Mac Orlan — *A bord de L'Etoile Matutine.*
1484. Angus Wilson — *Les quarante ans de Mrs. Eliot.*
1485. Iouri Tynianov — *Le disgracié.*
1486. William Styron — *Un lit de ténèbres.*
1487. Edmond Rostand — *Cyrano de Bergerac.*
1488. Jean Dutourd — *Le demi-solde.*
1489. Joseph Kessel — *La passante du Sans-Souci.*
1490. Paula Jacques — *Lumière de l'œil.*
1491. Zoé Oldenbourg — *Les cités charnelles ou L'histoire de Roger de Montbrun.*
1492. Gustave Flaubert — *La Tentation de saint Antoine.*
1493. Henri Thomas — *La vie ensemble.*
1494. Panaït Istrati — *Domnitza de Snagov.*
1495. Jean Racine — *Théâtre complet*, tome II.
1496. Jean Freustié — *L'héritage du vent.*
1497. Herman Melville — *Mardi.*

1498. Achim von Arnim — *Isabelle d'Egypte* et autres récits.
1499. William Saroyan — *Maman, je t'adore.*
1500. Claude Roy — *La traversée du Pont des Arts.*
1501. *** — *Les Quatre Fils Aymon ou Renaud de Montauban.*
1502. Jean-Patrick Manchette — *Fatale.*
1503. Gabriel Matzneff — *Ivre du vin perdu.*
1504. Colette Audry — *Derrière la baignoire.*
1505. Katherine Mansfield — *Journal.*
1506. Anna Langfus — *Le sel et le soufre.*
1507. Sempé — *Les musiciens.*
1508. James Jones — *Ce plus grand amour.*
1509. Charles-Louis Philippe — *La Mère et l'enfant. Le Père Perdrix.*
1510. Jean Anouilh — *Chers Zoiseaux.*
1511. Stevenson — *Dans les mers du Sud.*
1512. Pa Kin — *Nuit glacée.*
1513. Leonardo Sciascia — *Le Conseil d'Egypte.*
1514. Dominique de Roux — *L'Harmonika-Zug.*
1515. Marcel Aymé — *Le vin de Paris.*
1516. George Orwell — *La ferme des animaux.*
1517. Leonardo Sciascia — *A chacun son dû.*
1518. Guillaume de Lorris et Jean de Meun — *Le Roman de la Rose.*
1519. Jacques Chardonne — *Eva ou Le journal interrompu.*
1520. Roald Dahl — *La grande entourloupe.*
1521. Joseph Conrad — *Inquiétude.*
1522. Arthur Gold et Robert Fizdale — *Misia.*
1523. Honoré d'Urfé — *L'Astrée.*
1524. Michel Déon — *Le Balcon de Spetsai.*
1525. Daniel Boulanger — *Le Téméraire.*
1526. Herman Melville — *Taïpi.*
1527. Beaumarchais — *Le Mariage de Figaro. La Mère coupable.*
1528. Jean-Pierre Chabrol — *La folie des miens.*

1529.	Bohumil Hrabal	*Trains étroitement surveillés.*
1530.	Eric Ollivier	*L'orphelin de mer.*
1531.	William Faulkner	*Pylône.*
1532.	Claude Mauriac	*La marquise sortit à cinq heures.*
1533.	Alphonse Daudet	*Lettres de mon moulin.*
1534.	Remo Forlani	*Au bonheur des chiens.*
1535.	Erskine Caldwell	*Le doigt de Dieu.*
1536.	Octave Mirbeau	*Le Journal d'une femme de chambre.*
1537.	Jacques Perret	*Roucou.*
1538.	Paul Thorez	*Les enfants modèles.*
1539.	Saul Bellow	*Le faiseur de pluie.*
1540.	André Dhôtel	*Les chemins du long voyage.*
1541.	Horace Mac Coy	*Le scalpel.*
1542.	Honoré de Balzac	*La Muse du département. Un prince de la bohème.*
1543.	François Weyergans	*Macaire le Copte.*
1544.	Marcel Jouhandeau	*Les Pincengrain.*
1545.	Roger Vrigny	*Un ange passe.*
1546.	Yachar Kemal	*L'herbe qui ne meurt pas.*
1547.	Denis Diderot	*Lettres à Sophie Volland.*
1548.	H. G. Wells	*Au temps de la comète.*
1549.	H. G. Wells	*La guerre dans les airs.*
1550.	H. G. Wells	*Les premiers hommes dans la Lune.*
1551.	Nella Bielski	*Si belles et fraîches étaient les roses.*
1552.	Bernardin de Saint-Pierre	*Paul et Virginie.*
1553.	William Styron	*Le choix de Sophie,* tome I.
1554.	Florence Delay	*Le aïe aïe de la corne de brume.*
1555.	Catherine Hermary-Vieille	*L'épiphanie des dieux.*
1556.	Michel de Grèce	*La nuit du sérail.*
1557.	Rex Warner	*L'aérodrome.*
1558.	Guy de Maupassant	*Contes du jour et de la nuit.*

1559.	H. G. Wells	*Miss Waters.*
1560.	H. G. Wells	*La burlesque équipée du cycliste.*
1561.	H. G. Wells	*Le pays des aveugles.*
1562.	Pierre Moinot	*Le guetteur d'ombre.*
1563.	Alexandre Vialatte	*Le fidèle Berger.*
1564.	Jean Duvignaud	*L'or de la République.*
1565.	Alphonse Boudard	*Les enfants de chœur.*
1566.	Senancour	*Obermann.*
1567.	Catherine Rihoit	*Les abîmes du cœur.*
1568.	René Fallet	*Y a-t-il un docteur dans la salle ?*
1569.	Buffon	*Histoire naturelle.*
1570.	Monique Lange	*Les cabines de bain.*
1571.	Erskine Caldwell	*Toute la vérité.*
1572.	H. G. Wells	*Enfants des étoiles.*
1573.	Hector Bianciotti	*Le traité des saisons.*
1574.	Lieou Ngo	*Pérégrinations d'un clochard.*
1575.	Jules Renard	*Histoires naturelles.*
1576.	Pierre Mac Orlan	*Le bal du Pont du Nord* suivi de *Entre deux jours.*

Impression Bussière à Saint-Amand (Cher),
le 29 mai 1984.
Dépôt légal : mai 1984.
Numéro d'imprimeur : 177.
ISBN 2-07-037575-7/Imprimé en France

33071